瞄准

北乔 著

人民日报出版社

·北京·

图书在版编目（CIP）数据

瞄准 / 北乔著． -- 北京：人民日报出版社，
2025.8 -- ISBN 978-7-5115-8435-9

Ⅰ．I247.5

中国国家版本馆 CIP 数据核字第 2024J2D414 号

书 名：瞄 准
MIAO ZHUN
作 者：北 乔

责任编辑：陈 红 周玉玲
封面设计：李腾月

出版发行：人民日报出版社
社 址：北京金台西路 2 号
邮政编码：100733
发行热线：（010）65369527 65369509 65369846 65363531
邮购热线：（010）65369530 65363527
编辑热线：（010）65369844
网 址：www.peopledailypress.com
经 销：新华书店
印 刷：大厂回族自治县彩虹印刷有限公司

开 本：880mm×1230mm 1/32
字 数：220 千字
印 张：11.75
版次印次：2025 年 8 月第 1 版 2025 年 8 月第 1 次印刷

书 号：ISBN 978-7-5115-8435-9
定 价：58.00 元

如有印装质量问题，请与本社调换，电话：（010）65369463

目　录

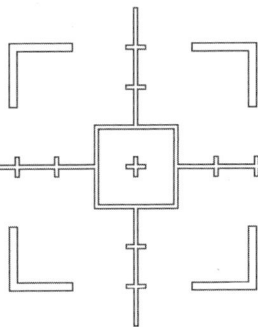

缺口，瞄准具的组成部分。透过缺口，将准星置于其中央，上沿与准星尖端平齐，指向射击目标，完成正确瞄准。

摘自李喜贵的《射击学理》听课笔记

缺口

一

吃完晚饭至中队组织收看中央电视台的《新闻联播》，一般间隔三四十分钟。兵们称这时段为"挂空挡"。松开油门，挂上空挡，你爱跑不跑，不管不问。说得确切一点，这段时光是发条松完和上紧发条之间的一段空隙。

这时的营区，处于稍息状态。

借助散步加快消化的兵们，皮带松开一至两扣，肚子凸腆，饱嗝以校枪的射击速度发射，步子松松垮垮，三三两两散落在篮球场、器械场、战术场。写家信、炮制情书，包括需要处理其他个人紧急事务的兵们，便疾速向宿舍等目的地前进，争分夺秒地抢时间赶速度，提高效率。对感情投资有着浓厚兴趣的兵们，则嬉皮笑脸地缠着班长递烟上火，海阔天空瞎扯。

兵们都有事做，事大事小不一。

有一个兵——李喜贵，不可思议。

他出了饭堂，径直向东围墙走去。步子不紧不慢，一脸虔诚。墙角下有块石头，他鼓起腮帮子吹几下后，一块橄榄绿裹着的屁股落在石头上。

李喜贵是个烟鬼，号称中队第一枪——烟枪！眼睛睁着的时候，只要条件允许，烟不离嘴，嘴不离烟。别的兵在新兵连时，做梦想父母恋女朋友，枕巾上湿一大片。他在梦里抽烟（新兵在新兵连不允许抽烟），口水也能在枕巾上流成一块沼泽地。有兵劝告他少抽或者干脆不抽，他不干。烟都不会抽，做男人还有什么劲？他常常向不会抽烟的兵灌输他的理论，他称之为"李氏理论"。

这会儿，李喜贵举头看天。一看至少十分钟，姿势不带走样的。中队值班员"准备看新闻"的咋呼声和哨音响过，李喜贵起身活动活动脖子，做上四五个深呼吸，带着满足的神情向班学习室走去。

天不下雨飘雪捣乱，没有公差勤务缠身，李喜贵的看天活动一天也不会落下。固定地点，固定姿势，和《新闻联播》一样准时准点，跟队列动作一样规范。

没人知道李喜贵在想什么，知道的只是李喜贵每天非这样干坐上一会儿不可。刚开始，兵们出于好奇，围着李喜贵看"西洋景"，叽里呱啦，指手画脚，李喜贵不理不睬。真可谓，稳坐钓鱼台，任凭风吹浪打。时间一久，兵们的好奇劲儿疲软干枯，视线麻木，便见怪不怪，习以为常。

放不下心的是指导员王锡友。

李喜贵一下中队，王锡友就注意到他这每天独特的必修课。问过，李喜贵不好意思地挠挠头说："指导员，我啥都没想，又啥都在想。"王锡友说:"你这话颇有先哲的玄机,只是在我听来,等于没说,那你说你每天这样做是为什么。"李喜贵说:"我每天这么一坐吧,心里舒坦、踏实,清爽。"得,还是白说。王锡友不问了。找同李喜贵一起来的新兵打听,新兵回忆道,刚到新兵连的时候不这样,好像是听了射击学理中正确瞄准那一课后,就开始有了这举动,那时,他常坐在新兵连的北围墙下。

王锡友心想,这就怪了,这干坐和射击学理以及正确瞄准有什么瓜葛?不可思议。

如果说每天像呆子一样看天,属于反常行为的话。那么除了这一点,李喜贵是个挺不错的兵,处处都很正常。

没事做时,王锡友就站在二楼队部门口,远远地注视李喜贵。居高临下,视野开阔。

一个在上,一个在下;一个站着,一个坐着。坐着的,什么也没有想,也可能什么都在想,看天的动作自然明朗;站着的,在想那坐着的到底在想什么。

几乎每天这个时候,中队营区里都会有这样的一道风景,也许比风景还风景。

遇上没有看天的时间或不能看天的天气,李喜贵实施战略转移:熄灯后,平躺在床上,双手枕在脑后,瞪着眼看漆黑的房顶。

二

武阳第一次撞见，受惊不小。

中队长武阳是在走马上任的第一次查铺时遭遇这一幕的。

穿着布鞋的武阳，无声地走进二班宿舍。李喜贵在二班。走近李喜贵的床时，武阳隐隐约约感到有点异样，凑上前借助室外散射的月光细瞧：李喜贵双目圆睁，眼球内陷，一动不动。武阳倒吸一口凉气，一股寒流直逼后脊梁骨，汗毛直竖。一只抖个不停的手掌晃过来晃过去，没反应，右手食指贴近李喜贵的鼻孔一试，有气，但很微弱。这兵莫不是……武阳不敢想下去了。

他轻声问道："哎！怎么了？"他还不认识李喜贵。

李喜贵没有一点反应。"二班长陈钟涛！"武阳略微抬高了嗓门喊了两声。

陈钟涛轻手轻脚下床到武阳跟前："队长，啥事？"

武阳一指李喜贵："这是谁？"

陈钟涛说："李喜贵。"

武阳弯下腰贴着李喜贵的耳朵："李喜贵，李喜贵。"

没动静。

陈钟涛赶紧推了推李喜贵："喜贵，喜贵，中队长叫你呢！"

李喜贵像被什么刺了一样，倏地挺坐起来："到！"

没有防备的武阳，脸色苍白，好在屋里暗，替他打了掩护，也好在他腿没发软或倒退几步，才没有在兵面前跌面子。

定住神的武阳厉声说："李喜贵，你在搞什么名堂？"

李喜贵说："我没坐！"

"没做，你没做什么？"

李喜贵显然是听错了，愣愣地看着武阳。

陈钟涛忙说："李喜贵的意思是他今天晚饭后没捞到在围墙下坐上一会儿，这会儿是在补课。"为了解释清楚，他又补充道，"李喜贵常常这样，没事！"

"补课？补什么课？"武阳越听越迷糊。

这时，班里的兵都坐了起来，一声不吭地坐着。

武阳一瞧这阵势，不想影响兵们休息，便一挥手说："没事了，都睡吧。"

话音刚落，兵们稀里哗啦地躺倒，一声不吭，像什么事也没发生一样，各自重新开始培养进入梦乡的情绪。

"二班长，你跟我出来一下。"武阳要向陈钟涛进一步了解李喜贵的这种令他心惊肉跳的怪异行为的来龙去脉。

三

武阳和陈钟涛出门后，李喜贵重重地叹了一口气，又恢复了先前的姿势。被武阳这么一搅和，前功尽弃，他需要从头再来。

陈钟涛回屋时，啥也没说，径直向自己的床铺走去，脱衣上床。没有任何拖泥带水的动作，没有一点过剩的响声。

一切都浓缩为"寂静"二字。黑暗的极限，反而让李喜贵感到无限的空旷。这种氛围，最适合他滤尽杂念，进入一种纯净的空间。然而，今晚不行。李喜贵不知不觉地回到了报名参军的那段时间，他第一次对自己的思绪失去了控制。

他要当兵的念头，似乎是从娘胎里带来的。随着年龄的增长，这念头也在同步茁壮成长。一年一度的征兵季如期而至，鼓胀的梦想开始加速向目标冲刺。

找村长，求乡人武部长，缠部队上来的接兵干部，爹好话说尽，腿跑得干细。在他的印象中，爹性子耿得很，从不求人。这当个兵咋就这么难？看着爹赔着笑脸压低嗓门儿东奔西走，他心里头一地碎片。

"爹，这兵，咱不当了。"他说这话时，眼里已是湿湿的。爹甩过一记耳光："没出息的东西，这兵一定得当，还要当出点名堂来。"爹心疼的一击，反而使得他无端地生出一股力量：这兵非当不可！

离开家乡的头大晚上，爹亲自置了 桌丰盛的酒菜，说是要给他壮行，而且得长谈一番。按家乡的规矩，平常家里请客吃饭，只能做父亲的作陪，女人、小孩没上桌的份儿。今天能和爹平吃平坐，不用说，爹已承认他成人了，而且是个够格的男人。他心里除了喜悦，更多的是意识到此次从军不能不大干一番。出乎意料的是，偌大的一张桌子只坐着他和爹。看样子，爹今儿个要说的话还不少。爹打开一瓶酒，先是给他倒了一杯，又给自己斟上了。"小子，喝。"爹说完，没等他搭话，便一仰脖把酒倒进了喉咙。接下来，爹只是一个劲儿自斟自饮。酒剩了半瓶，爹还是没开口说话。看着爹脸烧得黑里透红，两眼血红，没完没了地重复着倒酒、喝酒的动作，他心里有点发毛。一瓶白酒底朝天，他一杯没下肚。"小子，没啥好说的，到部队要有点人样，别让人家瞧不起咱山里人。"爹摇摇晃晃地起身走开了。

爹的影子走出他的视线，却从此走进他的心里，牢牢地钉在心坎上。一夜之间，他似乎长大了，成熟了。走时，爹没送他，倒是妈妈一把鼻涕一把眼泪地把他的眼眶染得湿漉漉的。嘴唇咬出一道刺眼的红痕，脸上的五官都变了形，但他愣是没让一滴泪水落下，半滴也没有。

整个晚上，李喜贵几乎所有的脑细胞都参与了这场突然进行的回忆演练。一声悠扬中夹杂着催促的起床号，宣告了这场演练的结束。

一夜未眠的他，全然没有一丝倦意，相反，似乎浑身蓄进了一股神奇的力量。李喜贵有一种从未有过的快感和神驰。这是他想不通的。

四

起床，穿衣戴帽急急忙忙上厕所放松一下，往队列里一站，班长的口令一吆喝，再死睡的兵，这会儿也醒了，最差也有七八分醒。扯着嗓子吼几声番号，吐出了憋在肚子里一夜的脏气，夜里那些乌七八糟的梦早已没影了。出完早操回来，整理内务，叠被子、打扫卫生、刷牙洗脸，一环扣一环，就像子弹链子上的子弹，一发出去了，后面的一发随之上膛。

手脚快的兵，打理好一切，除了值日的钻进饭堂打饭打菜外，其余的都往器械场聚集。器械场位于宿舍与饭堂之间，从宿舍出来，穿过篮球场便是。穿过器械场，自然就是饭堂了。

一般来说，老兵比新兵来得早。老兵嘛，干什么都行云流水，干完了也没啥顾虑，想来就来了；新兵可就不同了，干什么都以质量第一，速度次之，即使都干完了，也不敢早早离开。想想，人家都还勾着头做这做那，你甩着膀子走开，明摆着是偷工减料或是敷衍了事，最终，落个这兵不咋样的坏印象，不好。更何况，叠被子就够受的。看着自己整理出的被子没把握，不踏实，只好装模作样地整过来摆过去，非得班长或班副说："行了，快去洗漱吧，要不然赶不上站队吃饭了。"这才如释重负。就这样，还佯装精益求精的模样，赖在床前似乎很是认真地在被子上抹两下后，才恋恋不舍地离开。忙早上的活儿，数李喜贵最利索。他是靠叠被子效率超高、质量过硬来赢得时间的。其中，还包括附带帮林源把被子叠好。按常规，李喜贵应该可以第一个到达器械场，但他总是等到有两三个老兵出现了，他才去。原因很简单，他也是个新兵蛋子。

早饭前，兵们围着单双杠闲谈聊天，间或上杠来两下，这似乎成了一种习惯。不同的是动作好的兵潇洒地露一手，然后不露声色地看着其他兵出场。陈钟涛每天的动作都是端腹，在双杠上，两臂撑杠，两腿并拢举起与上身成九十度，这动作看起来简单，做起来却相当难。这是陈钟涛的强项，他一口气能端上五六分钟。动作差的老兵，反倒站在一旁指手画脚地评头论足。他们只能动嘴，要是一动身子，可就掉价了。这时的器械场，实际上是赛场，唯一例外的，气氛相当宽松。但兵们心里都清楚，谁的动作好，谁的动作不到位。新兵做得最多的是撑臂拉臂，实在躲不过的，截取某一练习中自己最拿手的一个动作来一回。这个时候，是没有人去练那些自己生疏的或者还没有很好掌握要领的动作的。那些都得正式训练时在班长的威逼之下练，要么就趁人少时，和几个要好的一块儿开小灶。

李喜贵和别人不一样。

下中队没三个月，李喜贵单双杠一至五练习已完成得相当出色。如果不论动作是否老道，光谈完成的质量，他在中队排第一，惹得一些老兵在器械场都不好意思正眼瞧他。新兵更是眼里直冒火，他们无缘无故成了李喜贵的陪衬，能不气恼？兵们在杠上骄傲地展示自己，李喜贵心里不热，他的好动作从来不在这时候练，而是光挑自己不行的做，他的端腹时间在中队排名最靠后。每回陈钟涛手一挥，李喜贵上！李喜贵上了杠就练端腹。不谈时间，不谈造型，刚端上去，双脚就耷拉下来了。气得陈钟涛当面吹胡子瞪眼，大感脸上无光，背后数落："你李喜贵就不能使自己最拿手的替我撑撑面子？"李喜贵有点为难地答道："班长，那好的不练没事，不行的，越不练可就越不行了，我是想尽快把自己的弱项变成强项。"话到这份儿上，陈钟涛说什么也不是。

今天，李喜贵躲不过了。

兵们以单杠为中心，以最为松散的组合形式上每天的必修课。冷不丁，武阳扎进兵堆。老兵见到武阳，目光有些懒，顶多是投去一道没有一点战斗力的目光，算是表示不能少的礼节。新兵不敢如此放肆，一见中队长来了，不约而同地成立正姿势，"中队长好"的声音此起彼伏。李喜贵正在端腹，因背对武阳，没瞧见。一听到兵们对武阳的问候声，李喜贵一激灵，随着一个漂亮的下杠动作，在双脚尚未落地的过程中，"中队长好"已经出口。稳稳地立地，标准地立正，和武阳正好面对面。这一连串的动作，看起来简单，但要做得如此自然，得有点功夫。兵们没注意到李喜贵无意之中露的一手高招，他们的注意力都在武阳身上。

武阳在离器械场老远时，目光就聚在了李喜贵身上。昨天晚上，他连李喜贵的名字都不知道。但这会儿，一瞧背影，他就知道是李喜贵。李喜贵的下杠动作，让武阳为之一振，这小子，看来有两下子。武阳最厉害之处，是兵们在他面前一亮相，他就知道这兵军事素养如何，有多大的潜力可挖。

"饭前活动活动筋骨，能刺激食欲。"武阳边说边向双杠走去，看似随意地上杠，一个前摆随后一个杠上大倒立。兵们心里难度系数最高的双杠动作，武阳做起来十分轻松。

武阳从杠上下来后，兵们大气都不敢喘。老兵比新兵还紧张，他们心里清楚，遇上了这样的中队长，训练场上没多少好日子过。新兵是被镇住了，双眼圆瞪，张着嘴巴就差没吐口水。武阳就像什么事也没发生一样，一脸的若无其事。兵们心里的那点道道他有数得很，他要的就是这种效果。

"时间不多，老同志就免了，新同志都上杠动一动，让我这个新来的见识见识。"武阳话不多，口气也不重，但在场的兵都感受到这话分量不轻。动不要紧，关键这会在队长心中留下第一印象。一些新兵开始不安。老兵们相互一使眼色后，心里都在琢磨，这新来的队长有些花头，小看不得。新兵动，老兵看，这里面名堂大着呢。

新兵一个个像临上轿的新娘子，羞答答地向杠下挪动。表面上看，是不好意思，怕动作不好污染了大伙儿的眼睛。心里头，一个个都憋着一股劲，大脑在高速运转，搜寻自己最得意的那一段。中队长说是动一动，随便玩玩，可谁心里都明白，这"动一动"比真正的考核还吃紧。幸好，每个兵都或多或少地有自己的"一碟小菜"。

李喜贵一点也不紧张。他早想好了，挑一个自己不好不差的练习——双杠三练习做一做。最好的、最差的都不能代表自己的水平。中队长要看，应让他看自己的真实水平，不夸大，也不缩小。当然，缩小比夸大好。其他兵削尖脑袋郑重其事地抽取最拿手的来炫耀，他也不眼热，相反，求之不得。趁着这当儿，学学人家的长处，弥补自己的不足，这样的机会并不多，心平气和的李喜贵看得很专心。

陈钟涛在一旁待不住了。他眼一扫李喜贵，就瞧出了李喜贵此时此刻的心理状态。都到这份儿上了，这小子还不肯震震大伙，当然包括武阳，不是个事儿。陈钟涛贴近李喜贵，低声但又严厉地说："李喜贵，你要是不好好地露一手，就是不给我面子，不给我面子，就是瞧不起我这个班长，瞧不起我这个班长，你就不是一个真正的兵。"陈钟涛像是说绕口令，说完这一串话呼吸明显加快。

听着陈钟涛的话，李喜贵心头一紧，迅速转过脸，死盯着陈钟涛，想在陈钟涛脸上开垦些东西出来。陈钟涛满脸是希望、鼓励、威逼、冷峻的混合表情。

轮到李喜贵上场了。

李喜贵的念头没变，依旧是发挥了自己的中等水平，似乎还有点偏低。

武阳的脸上闪出了一点别人都没有察觉的笑意，仅仅是一瞬间。

陈钟涛刚想发怒，值班员吹响了站队吃饭的号音。陈钟涛的口令明显多了点狠劲儿和怒气，给李喜贵扔出一个"待会儿找你算账"的信号。李喜贵没有一点反应。

五

上午的操课内容临时发生了变化。前两节课是队列，没变，最后一节擒敌技术课改成了军体（单杠、双杠、木马）课。照理，调整训练内容，兵们并不见怪，每周的课表最下面一栏的备注中都有"如有变动，另行通知"的安民告示。但除了上级来人或执行什么紧急任务，这则安民告示从未发挥其应有的功能。所以兵们常说，部队不但营盘是铁打的，课表也是铁打的。

今日无风无浪，武阳一句话就让铁打的课表变成了水做的。仅仅如此，兵们不会受惊，关键是在中队的历史上、在兵们的训练生涯中，这军体从未在课表的上午栏中出现过。这让兵们为猜个究竟费了不少神。

两节队列训练一结束，武阳讲评完后，顺带说了一句："下节课改成军体。"十分钟的课间休息时间，兵们都在议论，只是直至上课，都没能有个什么头绪。其间，有兵想去向武阳当面打探打探，但下了好几回决心，被众人添柴加炭着实烧了好几把火，都没敢把想法付诸行动。武阳刚来，兵们一时也未能摸透底细，谁都不敢轻举妄动。

号音刚落，值班员整队，立正，向右看齐，稍息，整理着装，立正，报告。武阳一句"稍息"，值班员下完口令，跑至排头，融入队列，他的工作暂告一段落。

武阳跑到了队列的指挥位置。

"讲一下。"武阳气出丹田，脸上生威。兵们闻声立正。按照惯例，接下来该是武阳下达稍息的口令，而后开讲。武阳没按程序办，足足停了有一分多钟。他在用目光挨个儿和队列中的每一个兵进行无声的交流。与其说是交流，还不如说是向兵们倾灌他的咄咄逼人。如此阵势，队列里的兵都是头一回碰到，立在那儿，谁都不敢大口出气。

等到武阳自感这种倾灌已达到最佳效果时，他才下达了稍息的口令。他的开讲也尤为简单："下面这节课，每个班抽出三个人，得一年度、二年度和三年度的兵都有，正副班长不参加，抽谁由班长决定。三个班分别由选出的三个人进行单双杠的对抗赛。对抗的内容是单双杠的三至五练习，至于谁做哪个练习、做几个练习，由班里组合，一个人做六个练习都行，目的是比出你班里的最高水平。"

训练一下子演变成一决高下的比赛，最焦灼的莫过于班长。各班带开后，班长都在做战前紧急动员，其核心是要为班里拿荣誉。

李喜贵第一个被陈钟涛点将。不点李喜贵，点谁？单双杠六个练习，李喜贵一人承担四个。比赛前，陈钟涛问李喜贵：

"怎么样？"李喜贵一笑："在这个节骨眼儿上，班长，你甭操心。"

虽有了李喜贵这句话，陈钟涛心里还是直打鼓，生怕李喜贵不愿使出浑身解数。

事实证明，陈钟涛的担心是多余的。

其他两个班长看李喜贵做完单杠的三练习，满是担忧；看完四个练习，就知道自己的班没戏了。在他们眼里，李喜贵是冷不丁蹿出的一匹黑马。李喜贵一下杠，陈钟涛长长舒了一口气，而那两个班长顿时阵脚大乱，已无半点斗志。

李喜贵是器械场的焦点人物。对抗赛已失去原先兵们想象中那种紧张激烈，散发着浓浓的火药味。李喜贵主宰了整个比赛，对手和他差距太大了。

武阳讲评时，几乎每一句话都和李喜贵有关。队列里的李喜贵，满脸羞红，像做错事一样。旁边的林源一捅李喜贵："这回你可风光无限了。"李喜贵没有出声。

下课后，李喜贵追上向队部走去的武阳。

"队长，其实我的单双杠动作没你说的那么好。"李喜贵盯着鞋头说。

武阳停住了脚步，看了看李喜贵，一言不发。他在想李喜贵话中之意。

李喜贵瞄了一下武阳，心想，队长肯定是不相信我的话，便连忙接着说："我说的是真的。"

"好就是好，你这样说，是不是暗示我不负责任，有意在不合实际地胡夸你？"

"不，不是这个意思！"

"那是什么意思？"

"今天我做的动作，刚好是我练得最好的，其实，我没做的那几个，差得很。"

"我也没说你那几个动作好哇。"

"可你说我的单双杠成绩在中队无人可比，中队战士都得向我学习，事实上，我也有不行的地方，我也得向别的同志看齐。"

"这无关大局，整体上好就是好。"

"我整体是比中队的其他战士好，但比我好的还有。"

"谁？"

"别的中队肯定有。"

武阳一听，禁不住大笑起来。尽情地笑完一阵子后，武阳只说了句"你这兵有点意思"，便独自上了楼。

李喜贵立马僵住。武阳纵情的笑声，直在他脑里打转膨胀。

空荡荡的篮球场上，李喜贵孤零零地竖着。五月的阳光，已有些毒，洒在李喜贵身上，如一根根芒针。李喜贵感到浑身不自在。

林源来到眼前，李喜贵依旧是木呆呆地竖着，脸上的肌肉已经凝固成一种说不上来是什么内容的表情。

"喜贵，来一支。"林源笑嘻嘻地递给李喜贵一支"三五"烟。李喜贵完全没有往日那瞧见好烟喜不自禁的神情，机械地点燃烟，大口大口地吞着蓝色的烟雾。林源本想和李喜贵唠唠的，一看这形势，心想：喜贵心里指不定又在犯什么邪了，这时候和他聊没劲。想着，林源叼着烟晃开了。

篮球场，依然是李喜贵一人，唯一和他相伴的是他的影子。这时的影子，是个椭圆形的黑影，趴在球场上，一动不动。

六

一个下午，加上傍晚围墙边的那半个小时，李喜贵终于回过神来。

林源问李喜贵："你自己对自己，招数怪多，也挺灵的，给咱说说。"

李喜贵说："别逗俺了。"

"和你说真的。"

"其实也没啥，我的招数只对我的路，不合你的胃口。"

"你说说，兴许有用。"

"不会有用的。"

"你是不想说。"

"不是不想，是说了也等于白说，既然是白说，那说了干啥？"

"李喜贵，想不到你小子平常话不多，可要真耍起嘴皮子来，还挺溜的。得了，不说就不说，咱林源不过是闲着没事问问，其实，我要你那些招数干啥？"

"算我欠的，等我有钱了，请你抽好烟。"

"别这么说，我的烟就是你的烟，咱俩谁跟谁。"

林源和李喜贵的关系就是如此，有时难免有点疙瘩摩擦，但都属于易碎品。

正当李喜贵和林源从紧张到热乎再到今日话题将要山穷水尽时，陈钟涛撵走了林源。他要和李喜贵说说早上的事。

"说说。"

"说啥？"

"说说早上的事。"

"早上什么事？"

两人来回像是在捉迷藏。陈钟涛见李喜贵转不过弯来，便单刀直入："早上你不拿出真本事为啥？"

李喜贵不是转不过弯来，是早淡忘了过去的一切。这是李喜贵的一大优点，他对过去进行小结反省之后，只会留下结论，而将过程、细节抛得远远的。

"班长，你说早上做单双杠的事？"

"还能有啥事？"

"我想，队长要看我们的动作，我得让他看我的真实水平。"

"什么真实水平？"

"就是我单双杠的平均成绩，我拣好的表现不是在欺骗领导吗？"

"那你放着好的动作不做，只做不上不下的不也是欺骗领导吗？"

"我，我……"

"别我，我的了。那你说说上午对抗时，你为啥发挥得那么好？你我都知道，有一个动作你平常从未上档次过，上午居然跃上了顶峰，这里头有啥问题？"

"上午是对抗，涉及全班荣誉，我是代表全班，那时，我自己已不存在了，为了咱班，我只有竭尽全力。"

"就这么简单？"

"就这么简单。"

陈钟涛总算问出了点头绪来。他甚至认为对李喜贵为什么要坐在围墙下，已略知其中的奥妙。当然，要他说出来，目前还不能，他的这种略知，还处在朦朦胧胧的状态，颇有点只可意会不可言传的味道。

"李喜贵，你这兵有点意思。"陈钟涛笑了，笑得很野蛮。

李喜贵忙问："班长，怎么你的话和笑跟队长一样，这是啥意思？"

"是吗？"陈钟涛止住笑问道。没等李喜贵答话，便带着笑意飘然而去。

七

李喜贵班里有个老兵叫王辉，今年是第三年兵，再有半年多就该退伍了。

王辉刚入伍那会儿，各方面表现都挺好，据说第一年下来，差点儿提副班长。中队党支部都研究过了，就等支队的批复了。有些消息灵通的兵，已经开始暗地里称王辉为班副。中队干部知道了，也没加阻拦。一般情况下，中队党支部研究决定的班长、副班长人选，报上去审批，也基本不会有什么变动。王辉这个班副是提定了，兵们爱叫，就让他们叫去吧。

事情出在支队的批复到中队后。上午到的，中队准备晚点名时宣布。可就在中午，王辉因替在押嫌疑犯传递纸条，违反了执勤规定。如此一来，晚点名时，对王辉宣布的是行政警告处分一次。

从此，王辉被兵们视为异类。老兵不愿和他接触。在中队，兵们最忌讳立场不坚定，被在押犯拉下水的事。新兵不敢和他来往，生怕被人套上近墨者黑的脏帽子。虽说中队干部常常教育大家，要给犯错误的同志一个改过的机会，要热情帮助他，不要冷落他，但几乎没有效果可言。更何况，中队每回谈到执勤规定方面的事，都要把王辉当作反面教材，给大家敲警钟。只说事不点名也没用，中队就这么大，这种事谁人不知谁人不晓？

原本就沉默寡言不爱动的王辉，自从出了事之后，在班里，大伙儿若不留神，都感觉不到他的存在。

在李喜贵这批兵心中，王辉这人除了让人看不起、感到恐惧之外，还多了一份神秘感。这种神秘感来自没人和他交流，有关他的事，都是听别人说的、传的，没有太高的可信度。一个活生生的人，和他同住一室、同吃一锅饭，但彼此间不说话不接触，哪能没有深不可测的感觉！

兵们有时把问题看得很绝对，凡事只有对和错之分，人只有好与坏之分。在中队，王辉是个废兵，一个不具备真正兵的精气神的兵。没有兵认为他有优点，更没有人去主动细心地寻找他的闪光点。王辉这样的兵，有缺点不足为怪，但要是有了值得兵们学习的长处，谁都不会心服口服。就算王辉有过人之处，兵们也会不屑一顾。

王辉的战术动作十分地道，李喜贵一下中队就注意到了这一点。

刚开始，李喜贵常常趁没人在的时候，主动和王辉搭话；时间一长，李喜贵没有了顾虑，他把王辉和班里的其他兵同等对待。这事林源提醒过他，但他全不当一回事。

训练场上，李喜贵经常向王辉请教有关战术训练的问题。王辉不多说话，李喜贵问什么，他答什么，回话相当精确到位。

个人体会动作的时间一到，陈钟涛点名让李喜贵出列，他讲解动作要领，李喜贵配合动作示范。

李喜贵说："班长，王辉的战术动作比我好，让他来做示范吧。"

陈钟涛没料到李喜贵会将他一军。王辉的战术动作好孬，他比谁都清楚。他之所以叫李喜贵做示范而不叫王辉，有他的道理。一来王辉是老兵，这种示范让新兵来做具备激励示范兵和增强看示范者进取心的双重功效；二来虽然他本人对王辉没多大偏见，但兵们都不太喜欢王辉，要是让他做示范，容易产生副作用。

陈钟涛在思考最妥当的回答。

王辉冷冷地说："班长，我的脚刚才不小心扭了一下，做动作影响质量。"有了这句话，陈钟涛顺水推舟，示范自然还是由李喜贵来做。

李喜贵知道王辉说的是假话，他本想戳穿，但一想，王辉这样说，一定有他的道理。李喜贵弄不明白，王辉为什么要撒谎，躲避做示范？

下课了，值班员讲评之后的一声"解散"，似乎是一道大赦令，兵们像被放的鸭子，疲惫地向宿舍走去，三三两两，摇摇晃晃。

王辉一屁股坐了下来，点着一支烟，吸了一口，便仰躺着。

李喜贵想上前和他说几句话，但最终还是走开了。他想，也许王辉和自己一样，需要有一个属于自己的短暂空间。

八

今年的夏天来得比往年早，势头更是凶猛。圆圆的太阳，肆无忌惮地喷发着毒火。中队的篮球场被烤得生烟，那棵大梧桐树的叶子，片片无精打采地卷着。无数只知了，用刺耳的叫声向太阳进行着口头上的较量。

这天气，不在外头训练是大幸。

中队这两天在进行半年总结。总结的程序颇有规律，开会动员，个人写小结，班里讨论通过，上报中队党支部，评议推选嘉奖人选，最后是军人大会。

班里烟雾缭绕。

林源和李喜贵两支烟枪，制造出这一点效果，简直小意思。陈钟涛也没表示反感。

用一支笔替自己"画像"，对谁都是难事。上级要求画得越像越好，可在实际操作过程中，兵们考虑的是如何充分表现自己的优点，并且表现得恰如其分。添枝加叶，可以，关键是要看不出造假，不能有故意炫耀的痕迹。缺点，则以模棱两可、不伤筋骨为原则。这等功夫，难学。

陈钟涛伸了一个懒腰，连打了几个哈欠。人都坐在这儿半小时了，面前还是一张白纸，头脑里除了糨糊还是糨糊。按他的喜好，让他写个人小结，还不如让他出去跑五公里，全副武装也没有问题。当战士时，还好厚着脸皮借别人的，照葫芦画瓢；身为班长，再干这等事有失身份，也没法督导大家实事求是地搞好小结。

陈钟涛眼一瞟李喜贵和林源，两人同一个造型：左手夹烟，右手拿笔，右手处于停滞状态，左手上下运动不停。那一口口烟被他们吞进喉咙，穿过肠胃，流进丹田。

"林源，"陈钟涛下巴一抬，眉毛一挑，"还老抽，不动笔可不行！"

林源扬了扬手中的烟："班长，你不知道这抽烟有助于思考。目前，我停留在思考状态，等我的思路一打开，保管一挥而就，不就是份个人小结嘛！"

林源说归说，他有的是门路可走。刚听说半年总结人人都要写，他就向李喜贵订购了。林源是在等，等李喜贵写完，他拿过来稍加修改，就能搞定。

一潭死水，被陈钟涛和林源的一问一答搅和。兵们纷纷踊跃发言，就吸烟是否有助于思考进行辩论。谁是谁非，胜负如何，无关紧要，他们是借机凑凑热闹，暂时挣脱个人小结的纠缠。

长久的沉闷得以突破，班里顿时气氛热烈，群情激昂。

兵们你一言我一语，来来往往，不需报告，不需起立，自由式辩论。

这对李喜贵是个机会。

李喜贵走到陈钟涛身边，趁着这乱哄哄的时机悄悄问道："班长，这小结到底该怎样写？"

"还能怎么写？有啥写啥。"

"那成绩和缺点是不是有比例？"

"没啥比例，不过按常规，成绩多写，详细写；缺点少写，一带而过。"

"为什么？"

"还能为什么？为你自己。"

下课的哨声响了。

陈钟涛起身对大伙儿说："课间休息时，你们把要说的全部说完，下节课好好写。指导员说了，个人小结下午各班得讨论通过，晚饭前要交上去，大伙儿抓紧点儿。"

李喜贵的个人小结是第一个写出来的。他想：这小结嘛，班长说有啥写啥，又是写自己，那还不好写？！他把自己上半年的思想变化、工作表现来了个全景大扫描，按照自己的想法进行了小结。再说了，林源催得紧，烟是一支一支递，他也想早点儿完成，算是帮林源的忙。

林源接过李喜贵的个人小结，还没看，李喜贵说："我早说了，个人小结个个不一样，也许我的对你没用。"林源说："不会。"

不幸的是，果真被李喜贵说中了。

林源把李喜贵的个人小结从头到尾看了一遍，一甩手，扔给了李喜贵："这写的啥？"

李喜贵接过个人小结，理了理后说："个人小结啊。"

"什么个人小结？有你这样写的吗？我看你这脑瓜子是越来越不开窍了！"说完，林源气呼呼地走了。他得重新为自己的个人小结寻找蓝本。

李喜贵也没理会林源的话，他坚信自己写得已经很全面，很切合实际了。"个人小结还能怎么写？就该这么写。"李喜贵望着林源急匆匆的身影，自己和自己咕哝了一句。

重新誊写，斟字酌句。李喜贵将个人小结慎重地交给了陈钟涛。陈钟涛稍稍浏览了一遍，就倒吸了一口凉气，目光里满是惊讶。

李喜贵的个人小结里，成绩只是提了一下，绝大部分笔墨用在自己还存在哪些缺点、哪些不足上，并详细地分析了其中的原因。这样的个人小结，陈钟涛当了三年兵，还是头一回见到。想想自己，有时也想写得这么真实，但每回到了写个人小结时，虚荣打退了胆量。这李喜贵，对自己够狠的。

陈钟涛低头沉思了好一会儿，终于抬起头说："李喜贵，你胆真够大的。"

"班长，你是说，我这小结有写得不对的地方？"

"不是，我是说你怎么把你的缺点写得这么多？"

"指导员不是说过，成绩不写跑不掉，缺点不找改不掉吗？我想，小结小结，就是为了总结过去，为以后更好地干工作提供借鉴，再说了，你也跟我说过，有啥写啥。"

"你说得不错，可这样写，你不怕给中队领导留下不好的印象？"

"不怕，我本来就是这个样子，我以后慢慢地改了，不就行了？"

陈钟涛看了看李喜贵，心里生出了许多愧意：唉，我这个班长的觉悟和李喜贵比起来，差远了。这李喜贵，总是能正确地一分为二地看待自己，时时刻刻知道自己处在什么位置，敢于给自己亮丑。这兵，以后出息大着呢。

羡慕也好，佩服也好，陈钟涛不会像李喜贵这样为自己画像。

这人就是怪，明明知道别人做得好，心里大加赞许的同时，无情地谴责自己，一时激动起来，也想仿效，但激动、感动最终只限于心理活动，怎么也不会转化为行动。

班里讨论通过个人小结时，李喜贵把自己的小结读完，整个学习室就炸开了锅。大伙儿讨论的内容早已跑题，不谈李喜贵的小结是对是错、是否全面反映了李喜贵的真实表现，而是大谈李喜贵如何如何的傻。当然，口气里除了惋惜、看不惯，隐隐约约还有点儿不敢和李喜贵比的成分。

碍于是班集体讨论，场合比较严肃，陈钟涛又是以班长的身份出现，大伙儿没明说李喜贵傻，谁要说白了，反而会落个思想基础不好的臭名。这种傻事，谁都不会干。大伙儿只是抱怨李喜贵的这份小结会影响班里的集体荣誉。你想想，把自己的那些别人知道和不知道的小错误、小毛病全都抖出去了，除了说明李喜贵本人还不够成熟，兵还未当到家，也给全班带来了影响。在班里，你的问题是你的问题，可出了班，人家可就不说你李喜贵了，只会说我们班。你李喜贵一个人的事，害得大伙跟着遭殃，还有没有一点集体荣誉感？

讨论一下子成了批斗会。李喜贵自始至终没吐半个字。不过，他心里坦然得很。

林源看不过了，他愤然站起来大声说："好了好了，写小结是人家李喜贵自己的事，人家愿意把自己的缺点公开曝光，有什么错？"

陈钟涛见这情景，知道自己不站出来说话是不行了。他双手平举，做了个安抚的动作后，用不高不低的音调说："李喜贵同志做得对，我认为应该表扬。"

有班长替李喜贵撑腰，兵们不再言语。

李喜贵发现，这么热烈的讨论，王辉一直没开口。王辉一动不动地看着李喜贵，眼神很复杂，表情冷冷的。

真是一波未平，一波又起。

晚上，在推荐半年嘉奖人选的时候，李喜贵提出了一个大家都没想到的人——王辉。

与下午的气氛完全相反，陈钟涛做了开场白后，班里鸦雀无声。

面对嘉奖，大伙儿都有自己的小九九。感到自己够格的，不能提自己，因此，也就不提别人，佯装漠然地坐在那儿，其实心里在不停地盘算、静观。要是有人提到自己，面子薄的赶紧轻描淡写地客气几句，更多的是不动声色。

表面上平平淡淡，撕去了表皮，就是一座火山，即将喷发的火山。

李喜贵说："王辉同志这半年来各方面表现都不错，我看嘉奖理应归他。"

林源表示同意李喜贵的意见。

有两人提王辉，众人不好当面反对。陈钟涛说："这推荐，大伙儿都得发表意见。"有一个兵便说："我看班长比较合适。"陈钟涛忙说："我是班长，嘉不嘉奖留给中队领导去考虑，今天的推荐，我不在其中。"陈钟涛挡了回去。事实上，他也是为王辉提供一个机会。

陈钟涛扫视了一圈，说："大伙看看，报王辉同志受中队嘉奖还有什么意见没有？"

这样的问话是不合规定的，这一点陈钟涛清楚，但只有如此，才能让王辉得嘉奖。果然，兵们都说同意。

一致通过，晚上的集体活动就算结束了。

林源和李喜贵来到篮球架下。

"喜贵，你怎么想起提王辉的？"

"人家王辉也没什么不好。"

"王辉犯过错误，你又不是不知道。"

"那是过去的事，我看王辉现在就是不错，谁没有犯错的时候。"

"说的也是，我发现你有别人不具备的一个优点，包括我在内。"

"什么？"

"你总是看到自己的缺点，发现别人的优点，真不赖。"

"不好吗？"

"我没说不好，否则，我不会第一个站出来支持你。"

"你没发现班长也是我的支持者？"

"是吗？"

"想想你就知道了。"

……

中队党支部在研究王辉的嘉奖时，王锡友和武阳的意见、看法出奇一致，其精神实质和李喜贵的同出一辙。

王锡友专门找陈钟涛，问是谁打的头炮。陈钟涛说是李喜贵。

"李喜贵这兵有点儿头脑。"

"啥头脑？"

"李喜贵是个不可多得的人才。"

"什么人才？"

王锡友说："我们都忽略了李喜贵的内心世界。"陈钟涛不说了，他被王锡友的答非所问搞得一愣一愣的，再说下去，还指不定咋样呢！

中队公布嘉奖人员名单后，王辉成了热点人物。

一些事情在悄悄地发生变化，最明显的是兵们渐渐地和王辉有了来往。土辉脸上，再也没有了沉重的表情。

九

武阳到中队半年多，没有下班检查过内务卫生。这事一向是副队长抓的。副队长管内务和后勤；他嘛，主抓训练和行政管理。分工明确，各负其责，各司其职。

近一段时间，副队长探家，内务和后勤工作自然到了武阳的手上。后勤还有司务长撑着，不用操心。武阳担心的是，内务没人管了，这帮兵还不把宿舍糟蹋成狗窝。来一次内务卫生大检查，势在必行。

武阳带着几个班副检查内务卫生，是在晚饭之后。检查内务一般都是在早操之后早饭之前，个别情况是在上午的操课之后，像这样在晚饭之后进行的，可以说是绝无仅有的。

再有一两个小时，就得放被子睡觉了，谁也不会把心思放在内务上。武阳的精明之处就在于在兵们最放松的情况下，来检查那些要求最为严格的东西。这种威胁，十分可怕。几个副班长跟在武阳后面，腿都有点儿打战。特殊时段的突然袭击，还没正式开始，他们就已经输了一半。

一床被子鹤立鸡群。

被子是李喜贵的。对武阳来说，自从那天晚上开始，他对李喜贵这张床的印象非但没有减弱，反倒愈加强烈，就如同酒一样，越陈味越浓。

"这谁的？"武阳明知故问。

"李喜贵的。"

"这是不是临时突击的？"

"不是，就是想，也来不及。"

"早上李喜贵叠这被子，需要多长时间？"

"顶多五分钟。"

"不会吧？叫李喜贵来！"

李喜贵的副班长把李喜贵从围墙边拽进了班。

武阳抖开被子，背手站在一边说："李喜贵，把你的被子再叠一遍。"

李喜贵迟疑了一下，迅捷走到床边。

看李喜贵叠被子简直是一种享受。他两手抓起被子长边往上一抛，被子稳稳地落在床上，平平坦坦。其实在被子尚未被完全铺在床上之时，他已将被子从中间向两端一抹，折、压、量、叠，动作飘逸，颇有节奏感和美感。轻轻松松地，被子已坐在床上，横平竖正，协调均匀，没有一点皱纹。班副们只见过李喜贵叠的被子，没见过到底怎么叠的。今天一见识，都禁不住鼓起掌来。

"从现在开始，你参加中队的内务检查。"武阳一拍李喜贵的肩膀。

李喜贵嗫嚅地说："中队长，我，我……"

武阳有点儿不耐烦了："我什么，你是觉得你不是副班长，参加检查轮不上你？照我看，刚才大家的掌声已经说明了一切。"

就这样，李喜贵成了检查中的一员。

李喜贵参加内务检查从不发表意见，他躲在最后头，在众人评判之后，他弯下腰把那些差的被子整几下，这一整，被子就大不一样。哪儿不整齐、不干净，他都得动手来几下。时间一长，全中队的内务卫生还真上了一个档次，尤其是被子。

兵们戏言，咱中队的被子干脆由李喜贵一人承担算了，他的哨我们替他承包。武阳闻之叱责："亏你们想得出，叠被子只是手段，不是目的，你们这兵怎么当的！"

兵们吐吐舌头，一哄而散。

十

老兵退伍，是个伤感的事情。

王辉临走时，和李喜贵谈了一整夜。王辉专门买了一瓶酒和几个小菜，说要请李喜贵。

李喜贵说："别。你现在不是兵了，喝酒没人问，只是不要喝多；我还是个兵，这酒我不喝，吃菜可以。"

王辉说："你李喜贵就是和别人不一样，不但不一样，简直无与伦比。"

李喜贵说："别瞎扯，你说得太玄妙。说说你自己吧，回去后，准备干什么？"

"回去再说吧。"

"其实到哪儿都一样，最主要的是人不变。"

"你这话绝对是真理。"

"看看，你又来了。"

"我都是要走的人了，不会和你说假话的。"

"那你给我提提忠告。"

"没啥忠告，你就保持这样子，日后有的是出息。"

"出息不出息无关紧要。"

"那什么紧要？"

"不说了，你喝酒，我吃菜。"

一个晚上，李喜贵认为最大的收获是他对王辉有了更多的了解。王辉那一个又一个当兵以来的故事，李喜贵听得如痴如醉，在了解的同时，李喜贵更是学到不少东西。

老兵走时，人人心中都下起了小雨。王辉拉着李喜贵的手，泪流满面，久久不愿松手。

十一

林源从指导员那儿回来，找到李喜贵："指导员让你去一趟。"

"啥事？"

"不知道，不过，是好事不是坏事。"

"你怎么知道的？"

"凭直觉。"

李喜贵一声"报告"进了队部。

王锡友找李喜贵确实是为了一桩好事。

王锡友说："李喜贵同志，今天找你来，是关于中队党支部研究决定上报提你为副班长的事。你入伍以来各方面表现不错，已经具备晋升副班长的条件，不知你个人在这方面有什么看法？"

李喜贵站在那儿，嘴唇抖动了好几下，想说什么，又好像开不了口。

王锡友说："要是没啥意见，明天中队就往上报了。"

李喜贵一摆手："指导员，让我考虑考虑行吗？"

王锡友狐疑地看着李喜贵："考虑什么？"

"我也不知道。"

"有什么话你说吧。"

"我明天再说行吗？"

王锡友想了想，说："那也好。"

李喜贵一晚上都没睡踏实。早上起床时，林源说："喜贵，摊上什么好事，喜得你兴奋了一个晚上？"李喜贵没吭声。

李喜贵再次进队部是中午，兵们都在午休。王锡友正在队部里备课，一见李喜贵来了，忙问："考虑得咋样了？"

李喜贵说："我想过了，我当副班长不合适，这副班长还是留给别的同志吧。"

"有什么不合适？"王锡友简直不相信这话是李喜贵说的。这骨干，有些兵想都想不来，哪还有送上门不要的，这李喜贵是不是心太大？

李喜贵说："我自己有多重，我知道。我还不具备当副班长的能力，要是让我当了，不但害我，也误人子弟。"

这是什么话？这是什么理由？王锡友有点儿哭笑不得。

王锡友给李喜贵做了一个中午的思想工作，李喜贵愣是没转过弯来。越做，李喜贵的态度越是坚决。到后来，李喜贵说："指导员你别劝我了，副班长我要当，但不是现在。等我自认为我能胜任了，你不让我干，我还得找你呢。现在不行，当然，如果是命令，我不折不扣地执行；不是命令，我坚决不干！"

"你可要慎重，不要感情用事。"

"我很慎重。"

"副班长你真不想当？"

"不是不想，是当不了、不能当。"

"你当兵就没有目标？就不想有出息？"

"想有出息。"

"那为啥有副班长不当？"

"我没有达到条件，我不要。"

"为啥？"

"不为啥。"

"副班长你真不当？"

"真的。"

"确定不当？"

"确定。"

李喜贵的态度过于固执，没有一点儿回旋的余地。王锡友和武阳商量了半天，都觉得李喜贵这兵有点儿摸不着头脑。他不想当，就不要勉强了。

上报的名单中，李喜贵的名字被删去了。

这事，李喜贵谁都没说，只是这天晚饭后他在围墙下坐了半个小时，晚上上床后，又破例干躺了半小时。

一个月后，中队宣布班长、副班长的任职命令，陈钟涛一听没有李喜贵的名字，感到很意外，当初要李喜贵当副班长是他提议的，队长、指导员都明确表态过，怎么说变就变了？

军人大会结束后，陈钟涛进了队部，站在王锡友面前一脸的不高兴："指导员，怎么副班长中没有李喜贵？"王锡友说："李喜贵他死活不干。"

陈钟涛又找到李喜贵，李喜贵正在伙房帮厨。

大梧桐树下，陈钟涛和李喜贵席地而坐。

陈钟涛说："给我支烟抽。"

"班长，你不是不抽烟的吗？"

"这会儿不抽不行！"

"怎么啦？"

"还不是因为你！"

"我？"

"不是你，是谁？你说，中队要提你当副班长，你为啥不干？"

"我没那能耐。"

"李喜贵，我发现你这人怪怪的，每天要么坐着看天，要么躺在床上发呆。什么时候自己都有缺点，人家说你好，你非得说你自己这儿不好那儿不行，你这是搞什么名堂？"

　　"班长，你别发火，其实也没什么。当不当班副，也不影响以后考警校。"

　　"还没什么，你今天和我说清楚，要不然，我不会罢休！"

　　李喜贵低头猛抽烟，表情异常严肃冷峻，甚至有点儿吓人。

　　"缺口。"

　　李喜贵扔掉已经烧着海绵嘴的香烟，重重地吐出两个字。

　　"缺口？"

　　陈钟涛如堕云雾。

你这样瞄准，再怎么着都是不行的。瞧瞧，得排除缺口和准星上的虚光。虚光这玩意儿，好看是好看，但耽误事儿。

摘自成为老兵后的左佳向新兵传授瞄准之法

虚光

一

早饭过后，兵们都忙着翻找笔记本。上政治课不记笔记，到了考试的时候，抄都没的抄。动作快的兵，一切准备妥当后，搬着方凳坐在门口，等着值班员吹集合哨。左佳蜷缩在墙角，两手捂着肚子，眉头拧成死结。

班长刘祥平瞧见后，心猛地一缩。左佳平日里活蹦乱跳，没闲着的时候，陡然间蔫了，当班长的能不着急？刘祥平走到左佳面前，蹲下来，右手一抚左佳的肩膀："左佳，怎么啦？"一句话，一串颤音。

"班长，我肚子不太舒服，不过没事。"左佳有气无力地说。牙使劲地咬着嘴唇，左佳一定是在忍着巨大的疼痛。刘祥平直怪自己对战士关心不够，没有及早发现左佳的病情。

左佳晃晃悠悠地站起来。

刘祥平一把扶住似乎随时都会栽倒在地的左佳，有点儿气愤地说："这个卫生员也真是的，偏偏在这节骨眼儿上不在中队，这家什么时候不能探？"

左佳粲然一笑："这不能怪卫生员，都怨我肚子不争气，没选好日子。班长你别担心，这点儿病搞不垮我，上午的课我能坚持上。"

一个刚到部队才半年的新兵，思想觉悟就这么高，难得。刘祥平对左佳顿生欣赏之情。

"卫生员在也不顶啥用，最多塞两片止痛药，那东西治标不治本，反而误事。"刘祥平边架着左佳向队部走去边说，"你这样硬撑着没好处，我带你到指导员那儿请假，上支队卫生队好好看看。"

左佳不愿意。刘祥平几乎是把他推进中队部，推到指导员许文成面前的。

许文成听完刘祥平简单而精练的情况汇报后，再看左佳病歪歪的模样，当即决定由刘祥平护送左佳到支队卫生队就诊，并说一定要查出病因治疗彻底，时间上不受限制，啥时好啥时回中队。

这回，左佳是真的不愿意了。

左佳从肚子上腾出一只手摇个不停，说："班里离不开班长，哪能因为我影响了班里的工作，要那样，这病就不看了。"

他说得很坚决。

许文成心里一热。左佳这种顾全大局的态度感动了他。上政治课，又多了一个鲜活的好教材。

"文书！文书！"许文成朝门外嚷了两声。片刻，文书应声而进。

"文书，你陪左佳到支队卫生队去看病，一路上给我照顾好。"许文成转过头又对左佳说："走吧，有什么情况及时和中队联系。"

"指导员，耽误了文书上政治课我赔不起，也影响中队的到课率。"左佳说，"到支队就个把小时的路程，这一出门就有中巴车，我自己去就行了。"

许文成再次感动了。

左佳一步一颤地走出了许文成的视线。一个好兵的形象，走进了许文成心里。

出了营区，拐上大马路，左佳回头看了看，目光高度警惕，俨然是一个老练的侦察员。在确定无异常情况后，他双手从肚子上倏地弹向头顶，做出双臂呈V形的动作，欢呼胜利。

迎面驶来一辆到支队的中巴车，左佳兴奋地挥手拦车。车尚未停稳，他腾地跳上车，鲁莽之中，不乏矫健敏捷。病猫转眼之间变成了小老虎。

左佳根本就没病。

他什么都不怕，就怕上政治课，干巴巴的大道理，听起来心烦，记起来更烦。平常，一个半天三节课，已憋得够呛。今天一天都是指导员上课，那还不把他左佳灌得死去活来？不行，得想个办法逃过这一劫！没公差勤务，正课时间又不让帮厨，上哨排得好好的，轮到谁是谁，想换哨又没有正当理由。若侥幸换成了，一班才两小时，只顶一节半课，剩下的还得苦熬。

支队卫生队有个小老乡，叫王斌，是在新兵连认识的。虽说比自己早当一年兵，但因为有老乡这层关系，一谈就投缘。在部队，老乡是最好的通行证。别看在家时，撸袖子叉腰，谁都看不上谁，一到部队，见了格外亲。想起了这位小老乡，左佳决定上演生病的戏，逃离苦海，找老乡聊聊，散散心。回头，老乡大笔一挥，诊断书什么的不愁没有。巧了，捎张三四天的病假条，也不是不可能的。为了演得逼真，达到最佳效果，他一晚上没睡好，反复揣摩每一个动作、每一个表情、每一句话，对其中的种种细节以及可能遇到的种种问题，他都做到了滴水不漏，应变有策。

太顺利了，大大出乎左佳意料之外地顺利。他感到自己临场发挥并不理想，完全可以再装得像一点，演得出色一点。就这种低劣的表演，居然把班长、指导员搞得一愣一愣的，他想想都好笑，这演戏也太简单了。左佳开始后悔自己来当兵，凭他的演技，搞个名演员当当，简直是小菜一碟。一份名利双收的工作失之交臂，埋没了自己这个表演天才，左佳有点儿后悔。

车到市区时，左佳下了车。上老乡那儿去，不能空着手，总得带点小吃什么的表示表示。

左佳从商场出来，拎着一大袋小吃，向中巴车停靠站走去。一个小伙子迎面飞奔而来，撞得左佳退后好几步。小子敢撞我，左佳一发力，打住了后退的脚步，起右脚一个正蹬，直指对方的腹部，那小伙子哼都没来得及哼就趴下了。左佳上前一脚踩在小伙子的后背上，你小子走路不长眼，敢惹你武警大爷？

正在这时，两名巡警赶到。原来，这小伙子是个"拎包"的，得手之后被巡警发现，只顾着逃跑，没料到忙中出乱，栽在左佳手里。

检验一下训练的拳脚功夫，又没什么麻烦，左佳对巡警只说了句"这家伙交给你们处置吧"，就转身继续向车站走去。

中巴车在支队大门前停下，左佳跳下车，正了正帽子，拽了拽警服，又把上上下下的口袋检查了一遍，扣子扣上。到支队，他不敢马虎。门岗发现你警容不整，会把你当场扣下，一个电话打到中队，队长或指导员就得亲自出马领你回去。这种兴师动众的事，左佳不敢做。

支队大院里曲里拐弯的，左佳敬了三回礼，问了三个人（两个干部、一个上士），才找到夹在几幢大楼后的一溜小平房的卫生队。他先找到门诊室，问了问，一军医嘴努了努，在注射室。

　　王斌见左佳进门，下了床就递烟泡水，热情得不得了。左佳点着烟，往床上一倒说："让我躺躺，享受享受。"

　　"享受？这也叫享受？我都快躺得发疯了，闷在这机关里，出又出不去，又没事儿干，哪像你们在中队，那多带劲。"王斌倚在桌边，边说边咽着口水。

　　左佳没和王斌争论。这种事争起来没完没了，到最后谁都不会占上风，弄不好伤和气，老乡都没得做。他出来是找乐的，这种伤感情找气生的事，他懒得做。

　　注射室里，两个老乡天南海北地神侃。有烟和茶保障，谈什么高兴就谈什么。转眼就到了吃午饭的时间，左佳拉着王斌溜出支队，进了一家小饭店。左佳做东，叫了一桌菜海吃。左佳本想来点儿白酒，王斌直摇头，他一想自己下午还得回部队，酒气冲天，那装病的事还不露出马脚？左右再三，只好作罢。

二

傍晚时分，左佳回到中队。

软绵绵地喊了声"报告"，左佳进了队部。他没细瞧队部里还有些什么人，就把诊断书、病假条和一大堆药放在许文成桌上。"指导员，经过卫生队的仔细检查，我得的是急性肠炎，在那儿挂了两瓶水，军医给我开了一周的病假条，说要按时吃药，细心调养，注意休息。我一想，这使不得，一星期下来，那我得少干多少工作。我向您保证，从现在开始，我就参加中队的正常工作，晚上的哨我照上不误！"左佳一口气把背得滚瓜烂熟的词儿全都倒给了许文成。

许文成看着左佳，笑得眼睛眯成了一条线。

左佳说完了，认为自己还是早点儿回到班里去，免得许文成出于关心问得过细，自己不小心露出破绽来。他把药装进了口袋，诊断书、病假条他没拿，这本来就是给许文成的。

"指导员，您要是没啥指示，那我就走了。"左佳转身要撤。

许文成忙叫住左佳。左佳吓了一跳，定是自己哪儿出了错，被指导员发现了蛛丝马迹。他两眼盯着鞋头，不敢正眼瞧许文成。表面上很镇静，心里正琢磨着该怎么应付意想不到的情况。

事情没有左佳想得那么严重。他心太虚。

　　许文成叫住左佳，是因为队部还坐着两人，是左佳上午在街上遇见的那两名巡警。接下来的事，就把左佳搞得晕晕乎乎的了。

　　上午，左佳一怒之下打倒的那家伙，是个负案流窜专营抢劫的。巡警把他带到派出所一审，他全招了。两名巡警找了半天，才找到左佳这个无名英雄。

　　第二天，中队党支部为左佳报请三等功的报告就到了支队。一个新兵，带病勇擒歹徒，在支队上上下下引起不小的震动。金光闪闪的三等功奖章挂在了左佳的胸前。他的英雄事迹，经过支队新闻干事的妙笔生花，成了县报、市报的头条，上了省报和《人民武警报》。

　　左佳心里抖抖的，怕得要死。怕完了，又生出满腹的害臊。装病逃课，不分青红皂白动手揍人家，这些都是违纪行为，却阴差阳错得来一个三等功。他有种做贼的感觉。再一想，这又不是我故意去争去抢的，是人家主动送上门的。时间一长，左佳倒也心安理得，但一粒不知名的种子从此埋在心里。

三

训练场上，有两条标语十分引人注目。一条是"严格要求，严格训练"，一条是"掉皮掉肉不掉队，流血流汗不流泪"。与其说是标语，还不如说是士兵铁铸的信念。置于这样的氛围之中，青春的原始冲动被撩拨，男儿的阳刚之气如泉涌。震天撼地的喊杀声、龙腾虎跃的练兵场诉说着警营男子汉的激情。

左佳在练擒敌技术中的挡抓扼喉。假设敌上步打右拳，他左手立掌挡抓，右脚上步绊腿的同时右掌扼喉，同时用力将敌绊倒，而后卡喉的同时右膝顶其右肋。练了不下十个回合，左佳的卡喉顶肋总是不协调。当假设敌的刘祥平边完成自己的动作，边指导。见效果不大，刘祥平又和左佳交换，由他当操练者，左佳做假设敌，一个动作一个动作地反复讲解。他讲得仔细，做得到位，左佳听得认真。

训练场上再苦再累，浑身被摔得青一块紫一块的，左佳不在乎。

左佳当兵，就是冲着学真功夫来的。

在家里，左佳是根独苗，和许多独生子一样是个地地道道的"小皇上"。老爸老妈买卖越做越大，管他的时间越来越少。他有用不完的零花钱、玩不腻的新潮玩意儿、穿不尽的名牌，整日里处于自由人位置。自由自在，上学读书也是当作游戏，调节调节而已，日子过得很舒坦。说他胸无大志，似乎并不确切。生活在蜜罐里的左佳，渴望变强壮。在别的方面，他可以为所欲为，可就是天生一副豆芽形身材，手无缚鸡之力。和别人起毛时，他只有夹着尾巴的份儿。干架干不过人家，想逞能也没招。窝囊气受多了，他就想练一身功夫，收拾那帮骑在他脖子上得意忘形的家伙，威风威风。

征兵开始后，左佳听说有武警来招兵，便头一个报名。有关武警的事儿，他了解得不少。警营是块炼钢的好地方，当三年兵，那一身功夫还了得。忍气吞声、咬牙苦练三年，回来后，即使不施行报复行动，从此也可称雄一方。老爸老妈的生意做得那么大，日后都给自己，得有人保护，请几个保镖，钱是没问题，但人心隔肚皮，谁知道他们会不会反水，唯一可靠的只有也只能是自己。自己有了一身硬功夫，还有谁敢动我的坏点子！左佳想得比较周全。三年，换来一生的平安，这买卖划算，得做。左佳在父母的影响之下，小小年纪已会念生意经。

左佳想当兵，完全出乎他父母的意料。娇生惯养的儿子，居然自讨苦吃要去当兵。这不是坏事。在家里胡作非为，随时有闹事出乱子的危险；到了部队，有人管，而且一管最起码三年，少操心不必说，磨去野性，上点规矩，以后把家产交给他，心里也踏实。左佳的父亲第一次赞赏儿子的选择，倒是左佳的母亲舍不得，更不放心。左佳在家不会叠被子、不会洗衣服，什么都得人照顾，这一去，孤身一人，只能自己照顾自己，罪还能少受？左佳一拍胸脯，说："妈，别老觉着我没长大。不就是三年，不就是当回兵？人家能过，我也能行，三年后，我让你们刮目相看。你就把心放到肚子里去吧。"左佳坚决又无所畏惧的口气，让他父母意识到儿子真是长大了，长成了真正的男人。担忧没有了，随之而来的是欣慰和自豪。

有了追求的目标，左佳迸发出前所未有的激情去迎接一切挑战。

一到新兵连，别的新兵一上训练场，小腿肚子就打战；左佳可不，训练场是他心驰神往的地方。训练，近乎残忍的训练，反而让他兴奋，让他想不顾一切地扑上去，达到一种忘我的境界。

节假日，兵们都涌到伙房帮厨，左佳不去，他得训练，用部队的话说，自己开小灶。一招一式，反复琢磨，反复练。班长看到他如此着魔训练，便时常给他在训练上加餐。自己的刻苦，加上班长的悉心指导，他的训练成绩突飞猛进，成了新兵连首屈一指的训练尖子。不过，他对射击不太感兴趣。中国，是一个法治社会，不允许私人拥有枪支，非法持枪是大罪。没有枪使，这射击练起来也就没什么实际意义。因此，他对自己的要求不高，成绩中等偏上就行。

分兵时，左佳向新兵连写了决心书，主动要求到机动大队去。机动大队是全训单位，除了训练，就是负责城市武装巡逻和处置突发事件。训练内容比一般的看押中队要多得多，攀登、硬气功、拳击散手、驾驶摩托等，应有尽有。整天训这些，三年下来，还不是一个十八般武艺俱精的武林高手？！退伍返乡后，往哪儿一站，都会威猛无比，不需要出手，就能摆平那些往日张狂的小子。执行任务，是检验训练成果的好机会。真刀真枪地施展一番，既能出色地完成任务，又能使自己越发老练、成熟，这等好地方，左佳自然不会放过。

左佳最终没能去机动大队，而是去了县中队。其中什么原因，他不得而知。县中队主要负责看守所的看押勤务，训练和执勤对半分。训练虽说没机动大队那样全面，但也少不到哪儿，关键是你想不想练。在县中队也有独到的好处。执勤时，和犯罪嫌疑人打交道，是识人处事的好课堂。这是一个纷杂的世界，形形色色的人都有，能把这些人摸透了，到了社会上还不是心明眼亮，遇上什么人都能应付？自己以后要在生意场上混，认清楚人也是一件大事，不得含糊。县中队，挺好。左佳在去县中队的路上，仔细一盘算，有得有失基本持平，也就没有了怨言。

四

在中队，刘祥平算得上是个人物。

刘祥平入伍前是个散手运动员，据说拿过省里的冠军。在他的比赛成绩和荣誉呈上升趋势，处于坚挺的时候，他断然报名参军，也算是亮出了出其不意的一招。放着鲜花、奖杯不要，死心眼儿地来当兵，别人问他为什么，他只说一句"当兵有什么不好"，便把一切都给挡了回去。

对左佳来说，刘祥平是一个猜不透的谜。能在省里拿冠军，肯定有两把刷子。有这么好的拳脚，到哪儿吃不开，还要到部队来，图什么？在左佳看来，每个人来当兵都是有目的的。当兵，只是前进中的一个跳板，借用而已，而后弃之不顾。他左佳要是有刘祥平的一半，还来当什么兵？刘祥平这家伙，在部队就跟在擂台上一样，出手前，一点都不露相，让你无法探到一点底细，深沉得很。左佳以自己的思维标准来琢磨刘祥平，到头来，只是越来越觉着刘祥平深不可测。

谁心里还没个小九九。左佳并不在乎刘祥平来当兵到底有何居心，各人有各人的道儿，只要不妨碍自己实现目标，管那么多事干什么。瞎操心，白费神，不是他左佳的性格。

一个人过于隐藏自己，无形之中就会对别人形成一种悄无声息的潜在的威胁。这种威胁的震慑力是极为可怕的。疏远，被视为不尊重，到头来落个战友之间关系不密切的结果，没有牢靠的群众基础。遇到民主评议、民主选举之类的事，可就四面楚歌，陷入无援无助的境地了。过于接近，会因为自己的不小心或对方的过于缜密，使自己真实的内心世界暴露无遗，为众人所知，其后果不堪设想。

在中队，兵们对刘祥平若即若离，保持着一定距离，处于一种谈不上亲近也不是老死不相往来的游离状态。这除了因为对方的性格特点，最主要的原因是自己的防范过于严密。左佳不需要顾忌这些，他来部队的目标很明确，也很单一。他没有别人那些入党当班长提干转志愿兵的负担，也不需要博取一个好兵的头衔。只要把功夫练精练强，其他有没有他无所谓。甚至有了，才算是一种负担。

在兵们为处理好与刘祥平的关系而大伤脑筋时，左佳和刘祥平已经铁卜了。他需要刘祥平为自己的训练指点迷津，更需要学到刘祥平那高超的能够威震一方的散手功夫。有了这层依附关系，他对刘祥平唯命是从。中队长、指导员的话，他可以不听，刘祥平一个不经意的脸色、眼神，他都会用心去领会，并将自己的言行与之达到完美的统一。

刘祥平喜欢左佳这样的兵。当兵不习武，不算尽义务，武艺练不精，不是合格兵，他把练武提到了军旅生活的最高位置。现在的兵，细皮嫩肉的多，娘儿们的习性在蔓延疯长。长此以往，"男子汉"一词迟早会从社会词典中消失。左佳的出现，让他为之一振。他喜欢左佳那股在训练场的玩命劲。一个从城市来的兵，一个家有万贯的兵，能够做到心无旁骛，进入一种无牵无挂、无所畏惧的练武境界，是当今警营的一大幸事。自己手底下有一个和自己一样迷醉训练的兵，刘祥平感到无比欣慰。欣慰之余，他就下了决心，要把左佳调教成一等一的高手、一个真正的好兵。

左佳的小毛病，刘祥平知道不少。爱耍小聪明，平时稀稀拉拉，吊儿郎当，作风不紧张，爱吃零食，不爱劳动，等等，这些习性，左佳几乎全具备。兵，不是二流子，也不是普通的社会青年，兵所以为兵，就得有兵味儿。刘祥平在等一个机会，给左佳造一个模子。

五

星期三的晚上，是自由活动的时间。

看电视，打台球，甩老K，写家信，兵们各取所需，充分享受在纪律规范之下所应有的自由。

刘祥平来到训练场，完成他每天的自定训练任务，一百次组合拳，一百次边腿，一百次侧踹。压韧带，舒展筋骨，进行完活动身体的开场白后，他把自己送入忘我的散打世界。

在刘祥平离开班里向训练场走时，左佳已悄悄地尾随，躲在暗处。他在欣赏刘祥平的技艺。

半小时后，刘祥平大汗淋漓。完成最后一个动作之后，他习惯地抬起胳膊用袖子揩汗。

"好，精彩，真是精彩！"左佳冷不丁地蹿到刘祥平跟前，夸张地鼓起掌来。他是第一次欣赏刘祥平的身手。白天，刘祥平从不亮散手的招式，擒敌训练时，他是按教材上的教，按教材上的练，只是在无意中透露出他的敏捷。

"你居然敢偷看我练把式，胆子不小！"刘祥平脸一摆，佯装生气地说。黑暗之中，有一双眼睛在瞄着，他还能不知道？这点小伎俩难不倒他。他没从班里出来时，就发现左佳的眼神不对劲，估摸着这小子又在动什么点子。有了这种心理上的准备，他在走时，虽说没掉头，但凭直觉，他知道左佳在跟踪自己。

他不点破，是因为这对他来说是个机会。若没有这一层意义，他不会让左佳瞧见他练散手。他不是怕别人偷学，是不想过于张扬。

左佳一看刘祥平的脸色，知道是犯了忌，忙说："不敢，不敢，我憋着泡尿上厕所碰巧撞见了，怨我这尿憋的不是时候。"左佳的脑子灵光得很，他知道该怎么打圆场。

刘祥平没吭声，他在等左佳的下文，对此，他十分有把握。这时的他，就如同立在擂台上，漠然地注视着对手，等着对手发起攻击。这种以静制动的手法，是他的拿手好戏。以不变应万变，主动权在自己手里，取胜的概率要高得多。

左佳不是刘祥平，他无法洞察到刘祥平的内心世界，也没料到刘祥平会比自己技高一筹。他所想的，是要抓住这个机会，达到自己的目的。

"班长，抽支烟消消气。"左佳递上一支"万宝路"，殷勤地替刘祥平点着。

刘祥平冷冷地说："你咋不抽？"

"在班长面前，我不敢放肆。"左佳笑嘻嘻地应道。

"别给我装蒜，在这儿抽烟比躲在厕所里过瘾，来得清爽吧？抽吧，这儿没旁人。"刘祥平停了停，继续说："不过，你是新兵，在公众场合，这烟还是不抽的好。"刘祥平的话不冷不热，淡淡的，可分寸把握得很精确。

刘祥平的法外开恩，乐得左佳喜不自禁，也在开始改变他对刘祥平的印象。平常，刘祥平是个冷面人，尤其是在执行纪律方面，容不得谁越雷池一步。没想到，在两人世界里，他会很有人情味地关照起自己来。叼着烟的左佳，兴奋之情油然而生。刘祥平的举动，使得左佳更有了说出自己想法的勇气。

"班长，有个事求你。"左佳小心翼翼地说。说完了，他斜着眼观察刘祥平的反应。这至关重要。如果估摸着情况不妙，他会迅速调整战术，放弃这一次进攻。反正来日方长，只要尽心地留意，最佳战机还是能够逮到的。

刘祥平心里一动，这小子总算出手了。等待终于有了结果，现实印证直觉的欢欣和自信在他的脉管里涌动，但他不是一个忘乎所以的人。他维持着一种平静的表情，用一种听不出任何情感色彩的语气说："什么事？你说说看。"

左佳是不会轻易说出自己的想法的，没有可靠的保障和六成以上的把握，不说反而好。

"不晓得你同不同意，我不敢说。"左佳说得可怜兮兮的。

刘祥平有点儿诧异："你不说，我哪知道什么事？不知道什么事，我怎么表态？"

"你得先给我一个态度，我才敢说。"左佳坚持自己的原则。不，应该说是战术。

刘祥平有点儿生气："你小子，葫芦里卖的什么药？有什么事快说吧，别跟我兜圈子。"

左佳眼巴巴地看着刘祥平，说："班长，你不答应，我真不敢说。"

刘祥平疑惑道："答应？你要我答应什么？"

"答应我求你的事。"

刘祥平警惕地说："你是不是起了什么坏心，想套住我？要是这样，我劝你趁早回头，否则休怪我不客气！"

左佳连忙摆手，说："我左佳从不干拉人下水的事，话说回头，即使偶尔为之，我也不敢在您班长头上动土。真的，再借我两个胆，打死我也不敢。"

刘祥平扑哧一笑："谅你也没这贼胆。"

左佳兴奋道："班长，那你给我个态度。"

刘祥平眼一眯："啥态度？"

左佳说："是同意还是不同意？"

刘祥平被左佳缠得实在是没办法了，只好说："除了违反原则、破坏纪律、泯灭良心的事外，我答应你。"

左佳忙说："真的？"

刘祥平傲然说:"本班长还能和你打诳语?"

左佳猛吸一口烟后说:"班长,这可是你说的,我没逼你。"

刘祥平有点儿不耐烦了:"快说吧,我的耐心是有限度的。"

左佳两手一作揖:"班长,收我为徒,教我散打吧,我不会给你丢脸的。"

刘祥平想都没想,说:"可以!"

听到这话,左佳一下子蹦得老高,拉着刘祥平的手说:"班长,不,师父,从今往后,你的香烟我负责供应,保证是万宝路以上的档次,数量不限。"

刘祥平甩开左佳的手,说:"别高兴得太早,教你散打,我是有条件的。"

左佳不假思索便答应:"没问题,什么条件我都能做到。"

"咱们师徒关系,只限于咱俩人知道,不得泄露出去。"

"行!"

"要练,就得练出名堂来,中途打退堂鼓,我是不会轻饶你的。"

"那当然。"

"第三条是最关键的。对你来说,也是最难做到的。"

刘祥平表情愈发严肃地说:"老老实实、勤勤快快地当个好兵,凡事得向中队表现最好的兵看齐。这一点你若做不到,咱俩的师徒关系随时终止。"

"可以！班长你怎么说，我就怎么做，一切听您的吩咐。"

"不，"刘祥平纠正道，"不是听我的吩咐，我也是一个兵，我们都得听中队的。军人，以服从命令为天职，做什么，该怎么做，达到什么标准，不该做什么，一切都以条令条例为标准。"

左佳双腿挺直，双脚并拢，坚定地说："班长，照你说的办，咱左佳也不是孬种，别人能做到的，咱绝对不会掉价儿。"

刘祥平笑了，笑得很满足很开心。自从左佳分到他班里，他一直等着这个机会，现在终于如愿以偿，给这匹烈性野马套上了缰绳。一个好兵，在不久的将来，就会脱颖而出。同时，真正地找到了一个知音，和自己一起切磋技艺，畅谈练武心得，这对他来说，又是天大的乐事。

左佳没想到事情进展得如此顺利。自己朝思暮想的、苦心经营的念头，在这个平常的夜晚，收到了超乎自己想象的成功。刘祥平那类似"约法三章"的条件，做起来不容易，但一想，只要自己做到了，就能尽得刘祥平的真传，还是值得的。世界上没有无本生意可做，总是有亏有赚的，少亏多赚，这样的生意就是笔好生意。

好生意，左佳岂能放过？

六

叠被子是项细活，犹如炖老母鸡一样，文火慢炖，急不得。被子姓水，柔柔的，兵们的手是铁铸的，硬戳戳的，以柔克刚，不是什么难事，以刚制柔，麻烦可就大了。在训练场上龙腾虎跃的兵，一身虎胆，横竖没有怕的，可早操回来，摸着被子，心里就缺钙。下手轻了，整不出个豆腐块来；下手重了，皱巴巴的，没法子摆弄。

当兵的头一年，兵们最怵的还是叠被子。被子叠得好坏，直接影响到内务卫生的质量高低。一个兵倘若内务卫生不够格，其他方面再好，也逃不脱作风稀拉的评价。在新兵连时，除了正常的军政训练科目，总会加上一课，练习叠被子。下了中队，不会再有这一课。至多是中队值班员检查内务时，揪到你，出手轻飘地将你花费巨大心血叠成的被子抖开，抛下一句"重叠"，就向别的班走去。管内务的副班长顿时觉得脸上无光："给我叠好！早饭不吃，也得叠好！"这时，你可就惨了。

这种丢了班里的脸，自己受到双重惩罚的灾难，从未降临到左佳的头上。被子他叠不好，但他有办法让自己的被子方方正正地坐在床上。每回班里、中队评内务卫生，最佳内务的名单里总会有左佳。

和左佳享有同等荣誉的还有赵二宝——和左佳同年入伍又同属一个班的新兵。赵二宝天生有双叠被子的巧手。别的兵刚把被子摊开铺平折好两道，他就像变魔术一样变出了一个豆腐块，轻轻松松。就为这，左佳和赵二宝成了好朋友。赵二宝是个烟鬼，左佳投其所好，时不时恰到好处地送上一支好烟。关系牢固之后，左佳把自己的被子交给了赵二宝，条件是叠一次被子五支"云烟"以上档次的烟。

左佳不是个小气的人。星期六、星期日以及一些节假日，部队可以晒被子，只要你愿意，可以从早上晒到晚上就寝号响时。照理，这些时候，五支烟就可省了，但左佳不。赵二宝每回都主动说："无功不受禄，今天没叠，这烟我不能受。"左佳不高兴了，说："你看你说到哪儿去了，咱俩的关系是靠这烟维持的吗？是哥们儿，就不能这么想。"左佳的话，让赵二宝好生感动。什么叫朋友？左佳这才是真正的朋友，够意思！赵二宝感动完了，就死心塌地、尽心尽力地每天替左佳叠被子。当他感到自己做得远远不够时，他又包下了左佳洗衣服的活儿。左佳也没亏待他，烟由五支涨到十支，档次照旧。

赵二宝从没想到自己会失业，左佳也是有长期"雇佣"的打算的，但自从与刘祥平确定了师徒关系之后，情况就发生了变化。

这天早上出操回来后，兵们忙着整理内务，左佳像往常一样端起脸盆，哼着小调向洗漱间走去。"左佳，回来。"刘祥平不轻不重地喊了一句。

左佳一溜小跑折回到刘祥平跟前："班长，什么事？"

刘祥平一指左佳手里的脸盆，说："别忙着去洗漱，先自己动手把被子叠好，整理好内务卫生。"

在这之前，这种事从未发生过。即使发生了，左佳也有理由不听。别人愿意给我叠被子，关你什么事，条令上又没规定被子不能让人代叠。应变之策，他早就掌握，但一直没用过。这一回，用得上，但不能用。

左佳没有任何反驳，放下脸盆走到自己床铺前，一把推开正弯腰撅着屁股叠被子的赵二宝说："行了，从今往后，我的被子我自己叠。"

赵二宝不相信自己的耳朵，以为自己听岔了，又重新拾起被子。

左佳伸手夺过被子说："你没听见吗？去，我来叠。"

"左佳，你别开玩笑了，你叠？你这是考验我心诚不诚，是吧？"

左佳脸一沉，说："谁跟你开玩笑？不光我的被子我叠，以后，我的衣服也由我自己洗！"

左佳突如其来的变化，让赵二宝摸不着头脑。他莫名其妙地立着，看着左佳发呆。

站在远处的刘祥平露出了一丝不易察觉的笑容。开局不坏，牵牢左佳的鼻子，让他跟着自己走，看样子已成定局。

吃过早饭，赵二宝把左佳拉到营房的一个拐角处，说是要和他好好谈谈。

一夜之间，左佳像换了一个人似的，这让赵二宝感觉不可思议，他认定是自己在某一方面没做好，失去了左佳的信任。他找左佳来，就是要问个清清楚楚、明明白白，发现自己的失误，加以改正，重新赢得信任。他替左佳叠被子、洗衣服，不是为了那十支烟，赵二宝也是条汉子，气节还是有的。出门在外，多一个朋友多一条路，更何况是战友。谁都有难处，谁都有做不来的事。左佳不善做的事，他帮一把是应该的。左佳是个能处的朋友，他不想轻易失去这个朋友。

赵二宝掏出一包"红塔山"，这烟他平时是不抽的，舍不得。这包烟，还是上个星期他找指导员汇报思想时特意去买的。给指导员上了好几支，指导员一支没抽，临走时，指导员把桌上的烟全帮他塞进烟盒里去了。现在，这烟总算派上用场了。

"来，今儿个抽我的好烟。"赵二宝第一次给战友发高档烟。

左佳接过烟，用一种探寻的目光看着赵二宝。赵二宝今天真是反常，面对反常的赵二宝，左佳一时无言以对。

赵二宝说："你今天得好好给我说说，我到底是哪儿做错了，你对我有了过节儿？"

"没啊，咱俩之间怎么会有过节儿？"

"那你为啥不让我替你叠被子、洗衣服？昨天还是好好的，一觉醒来，你咋说变就变？"

左佳悬着的心终于落地，他重重地舒了一口气。心想，赵二宝神神秘秘地把我拉到这儿，给我上好烟，形式看起来异常隆重，内容倒很平常。左佳是想告诉赵二宝前因后果的，但和刘祥平的"约法三章"他不能违背。

左佳搂住赵二宝的肩膀，笑着说："你想到哪儿去了，正因为咱们关系好，老让你为我受累，咱咋能过意得去？"

赵二宝说："是不是每天十支烟，你觉得亏得慌？告诉你，从现在开始，烟我可以一支不要，但活儿我要照样做。"

"烟？你看我像那样的人嘛，事你不用做，烟反多给你抽，谁叫咱是好朋友。"左佳扶着赵二宝的两肩，盯着赵二宝的眼睛说，"是朋友，你就让我做我自己能做的事，要是我有了过不了的关，我找上你赵二宝，你不出力我还不愿意呢。"

左佳是个从不做作的兵，一般情况下，他有着别人所不具备的豪爽和仗义。赵二宝和他贴心，正是基于这一点。现在，左佳把话说到这份儿上，赵二宝高兴了，咧着嘴笑个不停。

不单是赵二宝，中队的新兵老兵，都觉得左佳这人不错，能处，再加上他出手大方、乐于助人，大伙儿都和他玩儿得来。

左佳有的是钱，能把钱花出去，他认为也是一件快乐的事。中队有几个战士家庭生活条件艰苦，他一甩手就是三五百块。别人不愿意要，他真跟别人生气，说起来振振有词。他说："咱们是战友吧？是战友就该相互关照。现在你有难，我帮帮是应该的；日后，要是我左佳遇上天灾人祸，你不帮吗？那就对了，我这叫有备无患。说白了，是为自己着想。"说得入情入理，兵们自然也就不好拒绝。

中队响应上级号召向希望工程捐款，要求一人十块钱。左佳找到许文成："指导员，咱中队有许多战士家里日子不好过，让他们再捐款，不太好。这样吧，我一人替大家捐了，不是我想拿彩头，你就当我钱多烧得慌。"左佳这样的做法，许文成不同意，捐的钱如数退还，但他对左佳有了好印象。这兵，本质上不坏，心肠挺好的。

在中队，像左佳这样大家都说好的兵，并不多。除了他有钱外，与他说话看人、处事圆滑也有干系。虽说他入伍动机不纯，爱耍小聪明，但毕竟不是个真正意义上的坏兵。

七

刘祥平对左佳的管理调教是下了功夫的。他懂得什么叫循序渐进，知道怎样才能让左佳按照自己的意图去行事。

左佳不是没有反悔的时候。刘祥平的许多要求十分苛刻，他不想去做。但一想，只有这样，才能实现自己入伍前所定的目标，日后才能有八面威风的生活，他又竭力地说服自己，忍一时之苦，得一世之福，千万不能半途而废。

刘祥平说，节假日没事，到伙房去帮帮厨。

左佳去。在炊事班长奇怪的目光中，他学着干厨房里的活。

刘祥平说，别的兵吃完饭，都争着去换岗，你也不能落后。

左佳去。上了饭桌胡乱扒两口，宁愿吃不饱，他也会抢在别人前头接过哨兵手中的枪。

刘祥平说，警容风纪直接影响部队的形象，你得注意才是。

左佳一改卷裤腿、挽袖子的稀拉相，再不舒服，警服穿在身上也是板板正正的，绝对符合要求。

刘祥平说，上政治课要专心，记笔记要认真。

左佳克服怕上政治课的毛病，听得认真，记得全面，每次考试，都在中队前五名。

刘祥平说，训练上要全面发展，不能有瘸腿的。射击、走队列、做单双杠，这些原来认为回去后用处不大、练起来只求过得去、不求过得硬的课目，左佳现在都练得像模像样。

……

刘祥平怎么说，左佳怎么做。大事小事，刘祥平都得说，都得给左佳一个令。

终于有这么一天，刘祥平说："我能想到的，都已说了，你把这些坚持下去做得板板正正的就行了。"左佳除了点头，没有别的动作。不过，他心里在犯邪，这班长明摆着有件事不叫我去做，这算哪一出？中队东北角是个村庄，庄里有位孤寡老人。刘祥平每周去一趟，为老人打扫卫生、买米买粮，陪老人聊天。这活刘祥平坚持了三年，风雨无阻。先是听老兵说，后是自己偷偷去见识过。刘祥平和老人特亲热，左佳不亲眼见到这场面，打死他也不会信。这种事，左佳没干过，但他知道，能坚持三年，不易。不过他也不眼馋，想想也就过去了，他在意的只是练好散打。

就这样，左佳一门心思扛着刘祥平的令行事。

干部、战士纷纷跷起大拇指，称赞左佳是个好兵，左佳不以为意。什么好兵，我这全是为了圆自己的一个梦，是不是好兵，与我何干？这话左佳不敢说，也没必要明说。

暗地里，左佳还是玩味。

但当个好兵，他有点儿动心。

八

中队会议室呈现出一种特殊的气氛。兵们表面上是在听许文成的年终评比总结工作动员，心里却是翻江倒海。有想头的兵，在算计自己想得到的优秀士兵、三等功之类的荣誉能否成囊中之物。有些兵有自知之明，表现平平，不去争、不去抢，但要看看中队能不能把一碗水端平。

左佳没有这些念头，对荣誉、进步之类的东西，他看不上眼。他这兵当得清闲。坐在兵堆里的左佳，坐得很稳当。

许文成宣布无记名投票选举年度"优秀士兵"。按照规定，"优秀士兵"数为全中队总人数的百分之十五，照此比例，中队有四个半名额，四舍五入，五个。兵们拿着选票，紧紧地捂着，慎重地写上自己心中早已权衡再三的名字。左佳写得飞快，写得光明磊落。

评比结果，左佳的得票数高居榜首，这下子，他坐不住了。接到刘祥平投来的赞许目光，耳朵里灌着战友们祝贺的掌声，左佳如堕云雾，稀里糊涂地被评为"优秀士兵"，他一时接受不了这个现实。

闪亮的"优秀士兵"证章挂在胸前，左佳还觉得自己是在做梦。

压根儿没想过要捞个"优秀士兵"当当的左佳，成了"优秀士兵"，他百思不得其解。自己这号兵，居然能被评为"优秀士兵"，他想着发笑。

入夜，左佳躺在床上如针扎。不在乎"优秀士兵"的他，这会儿被缠得难受。他的心在真实的我和虚幻的我之间漫游。得到与自己并不相称的东西，他很惶恐。戳破缠裹在周身的本不该属于自己的一切，让一个真真实实的左佳亮相，重新给自己的理想定位。他的心里，有种朦朦胧胧的欲念在蠕动。

左佳似乎发现这世界上还有更值得自己追求的东西，是什么呢？

星期一晚上开完班务会后，赵二宝双拳一抱对左佳说："左佳，在我们同年兵中，你是第一个'优秀士兵'，你得好好请我们撮一顿才是！"说完了，赵二宝使起发动群众的招数。兵们个个轮番向左佳道喜，让他表示表示。

左佳往赵二宝背上甩了一巴掌，说："你小子，起什么哄？不就是个'优秀士兵'嘛，你要喜欢，送给你，我不稀罕。"

话说得轻巧，但真要让左佳做，他不情愿。为什么？他说不清。

赵二宝眯起眼左手挡在额头上，怪声怪气地说："哟！得了便宜还卖乖，这当不当'优秀士兵'可就大不一样哟！"

班里一阵哄笑。

客，左佳还是请了，不是庆祝，是消灾。

赵二宝整天缠着，张着嘴胡乱编词儿熏他，他实在无路可走。在请客时，他反复声明，不是祝贺。兵们不和他磨嘴皮子。一来人家钱花了，客请了，再说也没意思；二来谁立功受奖得到荣誉，都不会明目张胆地说这是该得的。谦虚，哪怕是虚假的谦虚还是要有的。

左佳刚平息了有关"优秀士兵"的风波，搅乱的心神还没归位，又一个浪头向他打来。

是年，老兵的退伍量特大。中队超期服役和服役期满的兵一共十一名，唯有刘祥平一人留队。其余的，不管想走的还是想留的，统统打起背包返乡。名额是支队下达的，只有执行，没有商量的余地。

走的大多数是骨干班长、副班长。本着好中选优的原则，中队党支部把左佳推上了班长的位置。第二年度的兵，越过副班长，直接提升班长，这在中队是破天荒。兵们的羡慕和嫉妒尽往左佳身上泼。

左佳找到许文成，说自己没有能力管好一个班。许文成一乐，送上门的肥缺还有不要的，这样的兵不当班长，干什么？许文成三言两语就把左佳撵了回去。

"你军事素质过硬，表现优秀，三等功、'优秀士兵'足以说明这一点。兵中的佼佼者不当班长，谁当？"左佳带着许文成的话回到了班里。

刘祥平见左佳无精打采的样子，以为出了什么事，忙从桌肚下拉出一张凳子，摁着左佳坐下来。

"左佳，不，应该是左班长才对，你还有什么不知足的？"刘祥平说。

"班长，你说哪儿去了，"左佳苦着脸说，"我是觉着我这种料当班长，不配，也带不好一个班。找指导员辞职，他死活不肯，我正愁着呢。"正视自己，找一个真正有价值的奋斗目标的愿望，已在左佳心田滋长。

刘祥平后倒身子，仰着脸大笑一番后说："当班长也不难，你准行。"

"不管行不行，你还得教我散打啊。"

"只要你当个好班长，那没问题。"

"有难度，不过，我会努力的。"左佳咬牙狠着心说。

今天和刘祥平的保证，与往日相比，已有些变味。左佳觉得当个好班长，不仅仅是为了学散打。

九

训练课间休息时，兵们一反刚才的严肃，追逐嬉笑打闹。一切正点。

一辆黑色的奔驰600驶进营区，兵们的目光齐刷刷地扫向同一个焦点。兵们见过的最大的官是总队长，总队范围内唯一的将军，来中队时，坐的是辆皇冠。今天来的是个什么人物？不知道，但远远盖于将军的派头已让兵们领教了。

从车上下来的不是别人，正是左佳的父亲。

儿子在部队才一年，三等功、"优秀士兵"、班长，尽入账户，昔日的浪子成了中队首屈一指的好兵。得知此事，左佳的父亲立即启程千里迢迢驱车来到警营，向中队领导表达一个战士家长的诚挚谢意。左佳的父亲此次前来，还给左佳带来了一项光荣但不艰巨的任务。对别人，艰巨有可能，落到左佳头上易如反掌。

往兵们面前一站，左佳的父亲阔气、和气、喜气一应俱全，没落下一点。久经商场的他，这点门面还能罩得住。

中队就许文成一个干部在队，他急忙从兵堆里起来，拍拍屁股上的尘土，正正帽子，拽拽衣服，走上前，伸出右手，算是迎接。

左佳父亲的那双肉手包住了许文成黑黑的、骨头比肉多的手，连声说："早该来拜访了，失敬，失敬。"

"欢迎，欢迎。"许文成只得跟着连声说。

左佳没和父亲要客套，说："爸，你怎么来了？"

左佳的父亲白了儿子一眼："你在这儿当兵，我怎么不能来？都这么大了，说话还没规矩。"

左佳吐了吐舌头，没吭声。

许文成扭头大声吆喝："文书，把队部整理一下。"回过头，抽出一只手做了个请的动作："走，到队部坐坐，喝杯茶。"

左佳的父亲说："好说，不忙。来的时候，没准备什么东西，要过节了，给中队官兵带了点小礼物，算是拜年吧。"

驾驶员早打开汽车后备厢，在搬东西。一箱三五烟，两箱棉皮鞋，还有一箱皮手套。这些东西往训练场一堆，格外显眼。往常八一建军节、春节什么的，地方政府、共建单位上门慰问，半扇猪肉，一人一条毛巾被，已是风光无限。今天，一个战士家长来，带了这么多东西，许文成脸都变了色。他又找不到人商量，一时间，无所适从。

"使不得，使不得，你这礼太重，中队受不起。"许文成愣了至少有半分钟，才开了口。

左佳的父亲说："怎么使不得？左佳常在信里、电话里说部队是他的第二个家。我那儿是他的第一个家，那咱们就是亲家了，要过年，亲家之间串门走走，总不能空着手吧？这是战士家长的一片心意，我这不是送给哪一个人的，是送给中队的。共建单位的东西能要，我送的，你们不能不收。"

左佳听了暗暗发笑，父亲的口才是越来越好了。左佳从没对家里人说过部队是他的第二个家，他自己都没想过这一茬，父亲居然编得像真的一样。

许文成找了个借口溜到队部，抓起电话向支队长请示。支队长问："有什么背景没有？"许文成答："没啥背景。"支队长问："那左佳表现怎么样？"许文成说："特好！"支队长问："收下来，有啥后果没有？"许文成答道："左佳这兵真是没说的，据我预测绝对没有不良后果。"

电话的一头，支队长沉思片刻后，说："那就收下吧。"

许文成从队部出来时，一身轻松。

左佳知道许文成的心思，悄声对许文成说："指导员，这没什么，我老爸这次出手是最小气的一次，这点票子还不够他谈生意时请别人的一顿酒钱呢！照单全收没事。"

十

一个下午，左佳的父亲始终坐在训练场的一角，看左佳带兵们训练。

晚上，左佳的父亲放着宾馆不住，窝在中队那还不如私人小招待所的中队招待所里。一张床，一张板凳，是全部的家当。

左佳的父亲和左佳闲聊了一会儿，开始进入正题。

"左佳，到部队一年，长大了，听说像你这样进步快的兵，全支队就你一个。"

"我也没想到会这样。"左佳说。

和谁打埋伏，也没必要瞒着自己的父亲。左佳把自己当兵之初的想法以及进步这么快的原因细细地向父亲讲述了一番。

说出了自己心中积蓄已久的话，左佳有种如释重负的感觉。

父亲听得入神，不时以一种陌生的眼光打量着左佳。正所谓虎门无犬子，儿子把生意上等价交换的规则发挥至极限，小的支出，换来大的收入，并伴有意想不到而又耀眼的额外收获。如此成功的生意，堪称商场上的经典之作。

父亲没能触到儿子那已开始彷徨困惑的神经，他说："动机、方法到底是对是错，我说不上什么道道来，但你得到的东西是别人想得到却又得不到的，有了这些，你这兵就没白当。不过，可不要骄傲，往后的两年里，你还得有新的突破，那就是考警校当干部，你一定得加把劲！"

"那你给中队带东西，是不是跟这方面有关？"左佳觉得有必要把这事搞清楚。

"这哪儿跟哪儿啊，我要空手来，不符合我的身份，太跌面子。当然了，如果你估摸着报考警校时有困难，打个电话告诉我，花多少票子我都不皱眉头。不过，考，一定是实打实地考，这我可帮不了你，得你发力才行。"

"当干部干什么？那得在部队待好多年的，三年后，我回去跟你做生意，多好啊。"

"做生意？你不要做生意了，钱，我们家不需要你挣，你要做的是待在部队当上干部，以后回到家乡的市县机关谋个工作，这世上光有钱是不行的。"

一个晚上，父子俩围绕提干问题彻夜长谈。

左佳对提干委实没有动过脑筋。父亲给他上了一晚上当干部的重要性的课，他还是没开窍。父亲急了，扔出了撒手锏："你要不考军校提干，咱就断绝父子关系，我的钱你一分也别想得！不，不是钱的事，是家门你就别进了！"

为了不让父亲动肝火，左佳只好暂且保留自己的意见，顺从了父亲。

十一

父亲走后当天，左佳没有到班里。他需要找一个安静的地方。

依着一棵树坐下，这是中队营区内唯一的一棵树，他默默地站在中队最偏僻的角落，默默地看着一批又一批的兵，来了，又走了，走了，又来了。巨大的树冠，为兵们撑起一方宁静的心空。兵们心里有事，总是静静地在这儿坐着。

左佳是第一次来。

有生以来，左佳第一次和自己进行真诚的对话。

在身后的一年半当兵的日子里，一切都来得太意外，太容易，左佳弄不明白怎么会这样。在别人眼里，他是个好兵，可自己到底有几斤几两，他比谁都清楚。

面对这些本不该属于自己的荣誉，左佳品尝到羞愧的滋味。

在别人看来可以珍藏一生的辉煌，反倒使左佳迷茫起来。

他在思考：好兵究竟是一个什么概念？不是真正的好兵，能当上干部吗？当上干部，自己能坦然？

左佳喃喃自语道："我是能当个好兵的，当个真真实实的好兵。当个好兵也不赖。当个好兵，挺好！"

仅仅是一个瞬间，左佳猛然醒悟。充实，盈满快乐欢欣的军旅生活，愉悦着他的身心。困扰在他心头的一切，顿时烟消云散。

轻装上阵，校正自己的人生航标。他要让自己步入一方崭新的天地。

凉风习习，银白的月光洒向大地。左佳从树下走出，走入一片银白之中。

陡然间，左佳感到自己无色透明。

唉，瞄靶训练是件苦差事，得练臂力，得练三点一线的精准度。胳膊僵了，眼睛酸了，还是一个幼儿地瞄，就是不让你击发。

摘自戈镜日记

瞄准

"老兵，来点儿刺激的吧！"

"咋了？"

"淡，这日子太淡！"

"都嚼烂了，哪还有新鲜的？"

"总归还能过点儿瘾。"

"没劲！"

一、压弹

戈镜窝着一肚子火，愣是找不着出处。

在部队，驾驶员历来是兵之骄者，有"师（司）级干部"之称。

听说，地方上的司机更横。你想摆点儿派头，省点儿力气，就得坐车。往车上一坐，身家性命就不再属于你，而由驾驶员一人掌管。

戈镜原先是在支队机关开奥迪的。为支队长开车，就是支队长的人了。到哪儿，戈镜都自感高人一等，当然，这是在支队长之下。支队长从不亏待戈镜，对他也真不赖，他有什么想法、要求，只要不出格，支队长又能办到的，没话说。他懂得其中的分寸，从不出格，支队长又没什么办不到的，什么事还不是水到渠成？有时，戈镜还没有把散乱的头绪整理成完整的想法，支队长已替他考虑到了。可以说，戈镜这兵当得再舒坦不过了。可当他得知支队组建特勤小分队，需要驾驶员时，他想都没想，就向支队长提出了到特勤小分队开车的要求。支队长一口答应。

今天，戈镜正式到特勤小分队报到。尚是光杆司令的队长司空剑，不冷不热地接待了他。刚放下背包，戈镜就接到出发的任务。

戈镜坐在车里等司空剑，这是他的习惯，职业习惯。司空剑气宇轩昂地走来，他的步伐绝对精确到齐步走的步幅步速。头戴迷彩帽，身穿迷彩服，脚蹬迷彩鞋，腰扎武装带。这是干什么？又不是打仗，不就是到中队去挑人吗？真做作！戈镜不习惯司空剑这身打扮。支队长是便装多于警服，他戈镜因此也得以随意着装。不过今天他的着装还算正规：一身夏常服，算得上齐整，只不过少了两样，换了一样。少的是帽子、武装带，换的是皮鞋。严格地说，不是换，部队发的鞋子他都在箱底压着。开轿子，穿解放鞋多丢人。丢人的事，他从不做。司空剑上车看了看戈镜，说："回去，上上下下换上和我一样的装束！"表情冰冷，语气僵硬。戈镜没有讨价还价的勇气，只得照办。

半小时后，他又坐在驾驶位置上。司空剑依然冷冷地说："换个衣服这么久，太拖拉，下次给我注意！到长沂中队。"戈镜什么时候受过这等赤裸裸的训斥？他气得要死。

车子开出去十多公里，司空剑一句话没说，戈镜想搭讪，可一瞧司空剑那表情，没敢。他打开车上的放音机，顿时车里回荡着"妹妹你坐船头……"的男女对唱情歌。司空剑眉头一皱："这歌有啥听头，换首《大刀进行曲》。"戈镜有点儿惊讶道："你说的那歌，太旧，没劲，现在就时兴这些歌。再说了，都什么年代了，还砍呀杀的，大刀砍鬼子，咱这车子就是鬼子造的。"戈镜心里有气，出口的话自然也不顺。不过这比他在机关时和司空参谋说话要好多了。在机关，司空剑以参谋的身份坐过奥迪车，人还没上车，好话已到了戈镜的耳里，上了车赔着笑脸递烟送火，殷勤得很，机关干部用车对驾驶员都这样。怎么？身份刚发生变化，态度就全变了？

司空剑一声呵斥："废话少说！"戈镜吓得一颤，踩油门的脚一哆嗦，车子像受了惊的兔子，一下子蹿出好远。

车是日本三菱吉普，现在机动部队大多装备这种车。高水准的越野减震提速性能，市区郊外，走山路穿小道，没说的。更绝的是，一辆车刚好容下携带轻武器的一个班。机动部队处置突发事件，要的就是这种车。司空剑组队的第一件事就是要来这车，一要就是两辆，一个班一辆。司空剑上车落座后，一直保持着标准的坐姿，头正颈直，挺胸收腹，上身与大腿成九十度，大腿与小腿垂直，双手叠放在大腿上，颇有点和尚打坐的架势。他目光痴痴地看着窗外，可对后闪的树木、行人与车辆，他没一点感觉。平静的表情之外，是翻滚的思绪。

司空剑是老机关参谋，从正排开始当参谋，一干就是八年。整天在公文材料里摸爬滚打，他越发厌倦，其结果是萌生了转业的念头。刚提正连，他就提出了申请，可直到现在进入正连第三年，申请还是未能批下来。有人对他说，像你这样的干部想转业只有三条路——送礼、胡混、瞎闹，否则没门儿。他不干。就在他准备第三次递交转业申请时，支队接到了总队关于组建特勤小分队的指示。他心热了，揉烂了转业报告，向支队党委提出了担任特勤小分队队长的口头申请。这时又有人劝他，你正连三年都快满了，副营眼看到手，你这样一下去，还是正连，什么时候提副营可就难说了。他没在意，其实他考虑过了。到特勤小分队找找当兵的真正感觉，对他来说比什么都重要。

司空剑本来就是支队党委心目中的最佳人选，他主动申请，倒省去了一番烦琐的思想工作。其他人员问题，本来很简单，驾驶员戈镜捷足先登，其余十六名战士一个中队出一名最好的战士便可。司空剑不同意。让中队自己出，谁会把最好的兵给你？谁都不会，弄个不好不孬的塞给你还佯装诉苦。况且，什么叫兵，司空剑的标准和有些干部有些出入。司空剑要求由他自己挑兵。支队长满口答应："行，你怎么挑都行，只要你认为好的兵，就是你的。"

戈镜瞟了一眼正襟危坐的司空剑，心想：装什么蒜，你这样坐着不就是给我看的？我看你能撑多久。正想着，前面的路况越来越差，戈镜暗暗地加速。减震性能再好的车，车速超过每小时八十公里，人坐在车上也有种乘风破浪的感觉。戈镜的屁股夸张地上下弹跌，似乎还应着某种节奏，他心里乐。司空剑依然坐得很稳，他的身子好像粘在了座椅上，不，他已把自己牢牢地钉在车上，就像椅子一样和车子凝成了一个整体。戈镜心里发毛了，这司空剑真邪，车这么颠，他都坐得住。

到了长沂中队，司空剑下车整了整衣服，猛地回头对戈镜说："你小子车技不错，我要的就是你这种驾驶员！"

戈镜顿时泄了气，心里暗骂道，辛辛苦苦整了一回，不但没整倒，连对方都没感觉到挨整，真他妈的白痴。

他不知道是骂自己还是在骂司空剑。

司空剑刚踩到第一级楼梯，长沂中队陈队长满面笑容，站在楼梯的拐角处，双手伸得老长，这位置是陈队长精心挑选过的。到楼下迎接，太热情，你司空剑现在也是队长，平级，不像以前是参谋，不管级别高低，都是机关首长；不下楼迎接，太冷漠。以前司空剑以参谋的身份来中队时，陈队长接待起来是滴水不漏。迎接规格太悬殊不好，站在一楼和二楼的中间，这位置再好不过了。

"欢迎，欢迎，司空参谋，不，现在是司空队长了。"陈队长并不是健忘或失言，他是有意为之。

司空剑笑着说："欢迎不敢，你只要不骂我就行了。我可是来挖墙脚的哟！"

陈队长脸上闪过一丝尴尬后说："你说到哪儿去了，支队长有指示，谁敢违抗？走，走，到队部坐坐。"

司空剑摆手说："不啦，时间紧，任务重，我看还是抓紧挑人吧。"

"你性子也太急了。"

"不急不行啊！"

"那行，我把中队的花名册、各类考核成绩登记表给你过过目，然后把战士召集起来，任由你挑。"陈队长说完，就要转身上楼。老在高处俯视司空剑，他心里发虚。当然，不居高临下，他见到司空剑心里同样发虚。自得到司空剑要来中队挑人的消息后，他就把一切都作了假。挑人嘛！不就是看看成绩表，和战士聊两句算是面试，再听听中队对战士的评价，这种事，陈队长应付自如。

"不看了！"司空剑迅捷地挪着步子上了台阶，和陈队长站到了一块儿。

陈队长一惊："那你怎么挑？"

"考！"

"考？怎么考？"

司空剑笑了笑说："这样吧，麻烦你召集中队战士，让我暂时行使你的职权，时间不会太长，四个小时。"

陈队长不知道司空剑要要什么点子，但话说到这份儿上，他不好回绝。中队就他一个干部在家，也没个人商量。

一声集合哨，兵们被拉到了操场。由于不是紧急集合哨音，兵们的动作显然有些懒散。三三两两，不紧不慢，穿夏常服的有，穿迷彩服的有，穿制式衬衣的也有，鞋子的花式也丰富，解放鞋、迷彩鞋、布鞋、凉鞋，应有尽有。这看押中队的兵就是稀拉，司空剑皱了皱眉头，面露不满之色。

陈队长抛给司空剑一个眼色，意思是说，人都到了，你爱怎么摆乎就怎么摆乎吧。今天的司空剑已不同往常，他陈队长省去了一道报告的程序。他现在要做的，就是冷眼旁观司空剑施展招数。

值班员看了看陈队长，陈队长摆了摆手，意思是不用报告了，不但不用向他报告，也不用向司空剑报告了。值班员看了看司空剑，送了一点对不起的目光，便对兵们下了"稍息"的口令，回到了队列中自己的位置。

司空剑心里亮得很，来之前，他就有了这种预测。他不在乎，把兵选好是最重要的，其他的，你爱怎么着就怎么着。

跑步，立正，右转一百二十度，司空剑立在了队列指挥位置。兵们都是刚睡完午觉起来。夏天，看押部队训练量明显减少，中午午休时间长达三个小时，不为别的，保证看押任务不出差错是重中之重。有些兵似乎还没有睡醒，仍旧是满脸睡意。

"同志们，"司空剑话音刚落，队列里稀里哗啦的立正靠脚声此起彼伏。司空剑按捺住性子，继续说："稍息。接到上级命令，由于处置突发事件的需要，支队成立特勤小分队。特勤，就是执行特别勤务，我想大家当初报名参军当武警时，都有寻求军人最佳感觉的想法。不错，当兵就得扛枪，有了枪光是平整准星、缺口来画饼充饥，或对着靶纸狠狠地发泄一番，那都没劲。军人的风流，莫过于对罪恶宣战，用正义的子弹说出心中的话，那才过瘾。即便是光荣了，那也是美丽的壮烈，是对军人称号最完美、最浓烈的渲染！"

司空剑说完这番话，不但燃起了兵们心中的那份渴望，他自己的情绪也开始激动起来。陈队长不屑一顾，心想，你司空剑煽风点火骗战十，还真有两下子，瞧你的那些话，我就不信能有几个兵听得下去。司空剑张开嘴刚想接着说，队列里传来"扑通"一声，一个战士因在毒毒的太阳下站得太久，晕倒了。司空剑心里一阵痛楚，唉！现在的部队哪像是部队，兵们没有了血雨腥风的召唤，都开始退化了。

有兵倒了，陈队长顿感脸上无光，打了一个寒噤。幸好，司空剑现在是队长不是参谋，要不然他的脸更没处搁了。

兵们的情绪已被司空剑的一番话焐得滚烫，这种心情还是在拿到入伍通知书时出现过，现在已经很陌生了。他们希望司空剑能再说下去，当然，更希望自己能被选中，有幸成为特勤小分队的一员。

司空剑是想再说的，多说一点对挑兵大有益处，但被倒下的那兵一搅，他失去了兴致。接着，他简单地说出了他此行的目的和挑兵方法。至于考核内容，他没给兵们兜底，底牌亮得太早不好，他要一步一步来，而且要让兵们意想不到。

"课目！"司空剑气出丹田。

兵们浑身抽筋，靠脚立正，这一回是同一个声音"啪"，没有一点拖泥带水的痕迹。

陈队长有点儿发呆，手底下的这帮兵从没这样精神过，怎么司空剑三言两语，就让兵们像吃了兴奋剂一样，他想不通。以他的思维来运转，也只能是想不通。

"稍息！"司空剑语气十分威严，"考核，第一个内容——睡觉，时间两小时，方法，各班组织。"

兵们怀疑自己的耳朵是不是出了毛病。考核睡觉？开国际玩笑，从来没听过有这样的课目。

司空剑一扫队列后说："没错，睡觉，各班带回。"

兵们这才确信了，以前没有这课目，现在有了。睡吧。

陈队长一听司空剑下达的课目是睡觉，差点儿笑出声来。他憋住了，心想，这司空剑搞什么玩意儿？他想上前探听探听，可一看司空剑那脸色，就没动。不问了，咱好歹也是个队长，要是像学生一样向你请教，多丢面子。

兵们无奈地脱衣上床。也真难为他们，刚起床又睡觉，哪睡得着，可不睡又不行啊。有点儿心眼儿的兵，知道这觉不好睡，搞不好接下来就是紧急集合，因此不脱衣就上了床。有的干脆连鞋也不脱，上了床，睡不着，来回地打转。天又热，几个回合下来，汗流浃背，更睡不着了。

司空剑一个班一个床铺地察看。一班有个兵引起了他的注意，床下解放鞋放得很好，鞋后帮已被踩倒。别小看这个动作，一旦紧急集合，下床脚一搓鞋就上脚了。床上的腰带、帽子、衣服都呈待战状态。这兵不但有准备，而且有头脑。司空剑走近一看，兵双眼微闭，神平气和，看样子再有五分钟，他就能入睡了。这兵，司空剑刚才在操场就注意到了。集合的动作快而不乱，站在队列里像根钉子，一动不动，倒是两眼像是瞄准镜，在对司空剑进行精度瞄靶。司空剑刚在床前立稳，这兵腾地坐了起来："队长，有事吗？"

司空剑问："你叫什么名字？"

"宋西河。"

"哪年兵？"

"第二年。"

"好，没事了，"司空剑拍拍他的肩膀说，"睡吧！"说完，转身就走。

宋西河叫了一声："队长！"

司空剑脚已到了门外，但他还是抽回来又走到宋西河床前，问："什么事？"

宋西河看了司空剑好一阵子才说："队长，你这种考核有味道，也有意思。"

司空剑没想到宋西河会这么说，他有点儿自责，太低估现在的兵了。

这兵不简单。就这样，宋西河已在司空剑的心里挂上号了。

"你指什么？"司空剑探问道。

"这你比我清楚。"宋西河调皮地说，"不说了，我得按课目实施了。"

司空剑自言自语说："小滑头，还真有点儿头脑。"

巡查了一圈后，司空剑心里已对几个兵产生兴趣，他的标准不高也不低，能睡觉就算合格。

两小时过后，营区里一阵急促的紧急集合哨音响起。

不过五分钟，兵们全副武装，荷枪实弹地聚集在操场上。

下一个课目是五公里越野，线路很简单，从中队到靶场。

陈队长提醒说："司空队长，这段路不止五公里，快八公里了。"

司空剑说："不要紧！"

兵们撒开腿出发了，陈队长给司空剑推来一辆自行车。中队组织五公里越野，跟队的干部都是骑自行车的。陈队长本不想为司空剑提供这一方便，好让他出点儿丑，可又一想，不能太损。

司空剑没接自行车，他说："你老兄别熏我，这点路我跑得来，知道要组建特勤小分队，我已经在搞恢复性训练了。"说完，他向兵们追去。

陈队长脸上红一块白一块，气的。热面孔贴到了冷屁股，他只有气的份儿。这司空剑一点不识抬举。气完了，他开始发羞，他不能不佩服司空剑的一身雄气。想当初，他刚当中队长的时候也像这样，可两年下来，棱角早磨平了，锐气也自生自灭了。望着司空剑的背影，陈队长感到浑身燥热，满目眩晕。

在操场上站了一会儿，陈队长开始替兵们担忧，这么热的天，奔跑八公里，再进行百米精度射击，谁还能让子弹长眼？兵们睡觉时，司空剑主动找陈队长，用汇报的口气告诉了他考核的三项内容，而后，带着文书到靶场进行射击前的准备。那会儿，陈队长暗自高兴，还打什么靶？光头，都是光头，我看你司空剑怎么挑人！现在，他改变了自己的想法，他希望司空剑把认为最好的兵挑出来并带走。

"唉，我要还是一个兵多好啊。"陈队长颓丧地向哨位走去。中队空了，得保证哨位的绝对安全。陡然间，他觉得肩上的担子特别沉，这是从来没有过的。白天也得查哨，以前不查是不对的，从今天开始得查。陈队长走着走着，脚下生力。

天是贼热，犹如一颗燃烧弹，始终保持着飞离枪口之初的那般火烫，撕咬着兵们的皮肤。脚下的路，则似发射了几弹匣子弹后的枪管，迷彩鞋里灌满了汗水，但脚一落地，还是热。空气中散发着一种焦煳味，满身的汗水根本无法洗去一丝灼热。对绝大多数兵来说，在这样的天气里越野是头一回。不要说天这么热，比这好上百倍的好天气越野，兵们都有偷懒的。可今天，没有！

戈镜按照司空剑的命令，开着车在队伍后面压阵。司空剑有吩咐，如若有兵撑不下去，想上车，就让他们上。一路上，戈镜看着踉踉跄跄的兵，不停地咋呼："不行的就上车歇歇吧，司空队长有这样的交代。"他看不下去，嗓子喊哑了，还是在喊。兵们听到他的话，不领情，反而死死地瞪他几眼，嫌他啰里吧唆的讨人厌。

跑，死跑，跑死也要到终点，兵们在向大自然、向自己的体能挑战。

这场面、这气势，极大地感染了戈镜，他不敢违抗司空剑的命令，要不然，他会扔下车子，加入这队伍。

司空剑第一个到达靶场，他站在射击地线等着。

前后不到三十五分钟，兵们都到了。着装一点不乱，连迷彩服的袖口和裤腿都没一个卷的。用胳膊揩汗，兵们自觉地站成队，没人坐，没人躺。兵都是好兵，司空剑开始后悔，自己早不该当什么参谋，应在基层当个带兵干部，排长也行。有这帮兵，怎么着心里都畅快。

司空剑身后的靶壕里足足有三十个胸环靶竖着。

"文书，发弹！"司空剑又对兵们说："下面进行射击考核。"

有兵叫了："咦，队长，怎么就一颗子弹？一练习不是五发吗？"

文书发完弹，兵们有些耐不住，都在窃窃私语，怎么都只有一发子弹。

司空剑说："对，就一发子弹，至于为什么一发，大伙儿好好想想，就会明白。"说完，他转身面向胸环靶。他有意给兵们留下了好好想想的时间。

片刻之后，司空剑下达了卧姿装子弹的口令。

打这一枪真难，兵们个个迟迟不敢扣动扳机。射击，最讲究平心静气。现在倒好，跑得死去活来，上气不接下气，刚停下，又要趴在地上一动不动，这靶怎么瞄？

缺口上是虚光，眼里是汗水，兵们在努力地调整状态。

今天可真是大开眼界，每个兵心中都有这样的想法。

司空剑花了十天的时间，把所有中队的兵筛了一遍，手法如出一辙。他这一趟，在各队都掀起了不小的波澜。兵们都被他搞得神魂颠倒，干部们少了一份担心，多了一份危机感。司空剑选的兵，的确不是中队干部认为最好的最得力的兵，都很平常，有些还是不怎么样的。可司空剑一个个当宝贝，这让中队干部想不明白。危机感来自司空剑挑起了兵们的某根他们从未触摸到的神经。兵们都把司空剑当作偶像，公然声称要能在他手底下当兵，干什么都行。这弦外音，中队干部已听出来了。

他们的威信由于司空剑的挑兵行动，受到了极大的削弱。没有了威信，就没法子拴住兵们的心。

戈镜抱着个真空保温老板杯进了一班。夏天用这杯子不太适宜，戈镜知道，他之所以用，是因为这杯子是支队长送给他的。手里拿着这杯子，他有种优越感。戈镜比其他兵早到十来天，他认为他是特勤小分队的元老。部队嘛，也有这样不成文的规矩，别说早十来天，就是早一个时辰，都能带"老"字。

兵们见戈镜进门，只能用眼神打招呼，他们忙着呢，要熟悉装备。

特勤小分队就是和其他中队不一样，光装备就十分了得。每人一件防弹衣、一把匕首、一团绳索、一支七七式手枪、一支七九式微型冲锋、两颗手榴弹、四颗催泪弹，这是常规装备。另外，每人都有不同的武器，机枪、狙击步枪、催泪枪、喷火枪、六〇炮。这样的一个班组合，是兵们以前想都不敢想的。

戈镜也有这套装备，这会儿他也该在熟悉阶段，可他想：我是开车的，把车开好就行了。他这是自己给自己做了思想工作，况且，对他来说熟悉人比熟悉装备更为关键和迫切。

先到一班，戈镜是有理由的，一班温晓东和他是同年兵，又是老乡。

戈镜拧开杯盖喝了一口水后说："晓东，你那小对象最近来

信了吗？"

温晓东一笑："现在说这干啥？"

戈镜喜欢开玩笑，尤其擅长开荤玩笑。有了温晓东的这句话，他开始发挥自己的特长，活跃活跃气氛。

兵们听了戈镜的话，笑得前俯后仰，手里活儿也不由自主地由快到慢，由慢到停。戈镜很得意。

戈镜一脚踩在板凳上说："这谈对象啊，就跟咱们打靶似的，固定靶没意思，搞移动靶才带劲，打一枪换一个地方，此乃游击战术……"

戈镜说得摇头晃脑、唾沫横飞。

司空剑进了班，大伙儿都看见了，戈镜背着门，又在自我陶醉之中，没发觉。

"戈镜，"司空剑喝道，"瞧你那样！"戈镜一听身后传来司空剑的声音，魂都飞了，手中的老板杯滑到了地上，塑料底座裂了好几道。他心疼，可不敢弯腰捡。

司空剑说："跟我到队部去一趟！"

戈镜杯子都不要了，扭头就跟在司空剑的屁股后头。司空剑一发话，就像有根绳子套住了他，剩下来的只有被牵的份儿。

进了队部，司空剑扬着眉说："你没事干？"

戈镜赶紧说："有，我这就熟悉装备去。"

"免了！"

"那队长你有啥最新指示？"

"收拾收拾东西回支队去！"

司空剑的话音不高，也不是很严厉，戈镜却吃不住了，他头嗡的一声就大了。司空剑的话，扎得他的心生疼，四肢麻木。

戈镜结结巴巴地说："队，队长，怎，怎么啦？"

司空剑淡淡地说："没怎么了，我看你还是适合在机关，咱们这儿你不合适！"

"队长，"戈镜哀求道，"我有什么错，你批我打我，我改还不成吗？"

"不成！"

"我不走！"

"不成！"

"给我一个机会吧？"

"不成！"

戈镜鼻子一抽，眼泪就下来了。他心里难受。这些天，跟在司空剑后头，他心里始终是朗朗晴空，即便是有气时，也是一会儿就烟消云散。当兵以来，他真正领略了当个真正的兵的内涵，这机会难得，他怎么会轻易放过。

"队长，我要再犯错误，我不是人养的。"戈镜哭啼啼地说，

"你就让我留队察看好了，只要你说了我的错，我不改，不用你再说，我打背包走人，还不行吗？"司空剑被戈镜的情绪感染了，他原以为打发戈镜走人很简单，现在，他知道自己错了。不过，他心里头高兴。

"好，放你一马，"司空剑接着说，"记住，你是普通队员，只是比别人多一项任务——开车。平时，你必须跟大家一样工作训练。"

戈镜破涕为笑，一个立正："行！没说的。"

特勤小分队正式组建，支队部门以上领导亲临祝贺。

一个下午，这个领导提要求，那个领导做指示，司空剑有点儿烦。领导讲话的思想都是出自参谋、干事，蒙得住兵，蒙不住他。他认为这下午的时间被糟蹋了，小分队刚组建，需要做的工作太多，在这节骨眼儿上，用大块的时间来欣赏领导的朗读水平，不是那么回事。这发言稿就不能少写点儿？拉这么长，有什么意思！司空剑心里骂了，才发觉自己当初也是这样的。为了一份发言稿熬通宵，一写就是二三十张纸。搞完了，还自我欣赏地读一番。他为自己以前当参谋时的这种行为感到羞愧。

总算是熬过去了。

到了第二天，司空剑开始实施三个月的封闭式强化训练计划。

这计划，冥冥之中已在他心中埋藏了好多年，现在终于能够变为现实，他异常兴奋。

兵们也是群情激昂。虽说计划会让他们蜕一层皮、掉上十好几斤肉、流几桶汗，甚至会流血受伤。

对司空剑、对兵们来说，训练都是一件令人高兴的事。众多的训练课目，兵们平生第一次遇见的训练动作，这些都不会难住他们，只要司空剑能想到的，他们就能做到。

磨刀，总是一件令人充满遐想的事。训练之余，兵们倒头就睡，一是累，二是他们希望拥抱那怎么都可以的梦乡。

司空剑一点也不担心兵们的训练热情会萎缩，至少目前不会。当然，时间过分长久，兵们的期待一旦遥遥无期，那就不好说了。

不管怎样，特勤小分队的训练进展得很顺利。兵，已不再是以前的兵。他们脱胎换骨，个个身怀绝技、生龙活虎。

二、上膛

一座废弃的厂房，是特勤小分队的训练场地之一。

搜索捕歼的模拟训练结束后，司空剑和兵们席地而坐，抽烟喝水侃大山。

司空剑掏出一盒硬壳"阿诗玛"，扔了一圈就剩两支了。他扬了扬烟盒："打土豪分田地，这两支你们别动脑子。"

下士耿丘是一号烟枪，接过烟左闻闻右嗅嗅，非得把自己的口水折腾下来才点火。他见司空剑把烟盒往口袋里揣，忙一个前扑，想来个突然袭击夺过来。哪知，坐着的司空剑一个后滚翻，躲过去了。耿丘没料到司空剑反应如此之快，扑了个空。

司空剑点着烟："小子，这一招你还得练练。"

耿丘爬起来，回到了原来的位置。抽两口烟，他打趣道："队长，你咋有好烟抽，是不是腐败了？"

司空剑一掸烟灰："腐败？你们这帮小子不但不送，反而老抽我的，轮到你们发烟，也是劣质的。"

温晓东在一旁插话了："没道理啊，就你那工资，这种档次你玩不起！"

司空剑眼微闭，脑袋晃个不停："虾有虾路，蟹有蟹道。"

耿丘头一伸："透露一下。"

司空剑头一歪："问问戈镜。"

戈镜若无其事地说："这都不知道，警惕性太差，你们没注意队长个把礼拜就到支队走一趟。"

耿丘听不明白："干什么？"

戈镜一吐烟圈："向支队长汇报工作呗。"

噢，噢，兵们顿时笑成一团。

耿丘还蒙在雾里："怎么啦？"

他这话，大伙笑得更厉害，连司空剑也忍不住了。

司空剑看着兵们笑得死去活来，忙说："好了，别呆笑了，下堂课别哭就行了。"

大个子商成接过话："不就是攀登楼房？小意思！"个子大有好处，攀登就讨便宜，身长臂长，省时省力。

司空剑说："从今天开始，攀登训练不再带保险绳，你不怕？"

商成一乐："怕？谁怕？"

易初不愿意了："你是不怕，你个儿大，我有点儿怵。"易初个子最小，搞战术他比谁都灵活，可爬楼房他不怎么行。

商成用手比画了一下："你不该怕！"

易初不明白："为啥？"

商成蹲下身子说："小弟弟，你个儿小重量轻，摔下来也不疼，哪像我，摔下来还不砸个坑？"

易初一脚正蹬把商成蹬出好远，手叉着腰说："你耍我！"

商成不生气，干脆躺在地上大笑不止。

司空剑手指扫了一圈："你们这帮小子真逗，还乐呢，一个个小黑子，就不怕找不到媳妇？"

兵里头就数耿丘最黑，听了司空剑的话，他神秘地说："队长，告诉你个秘密。"

司空剑被吸引住了："啥秘密？"

耿丘摆出随时逃跑的架势，说："我们都是小黑子，你是标标准准的老黑子。"

司空剑猛地手一伸，耿丘起跑。司空剑根本就没有想抓耿丘，手又缩了回来。耿丘说得没错，司空剑和兵们一样，都由小白脸变成了小黑蛋。整天泡在训练场上，没法子不黑。

就在这当儿，车载无线台传出呼叫。

戈镜急忙上车应答。

是支队呼叫，要司空剑立即赶到支队作战室。

司空剑犹如注射了兴奋剂，心中那爆满的张力，撑得他骨头在响，肌肉在抖擞。走时，他甩下了一句话："弟兄们，好好练，我回来，就有东西喂你们啦！"

三菱吉普屁股扬起满天尘土，急速向支队奔去。

车离营门老远，戈镜就开始死命地按喇叭，节奏非常有趣，颇有点紧急集合哨音的味儿。他是在通知战友，队长从支队受领任务回来了。什么任务？他不知道。司空剑从作战室出来钻进车里，亮出惯有的坐姿，眼微闭。戈镜不敢多话，都快憋死了。

其实，戈镜的通风报信是多余的，兵们从训练场回来后，一直聚在中队制高点，严密监视。

车未停稳，兵们就拉车门，叽叽喳喳地问司空剑到底什么任务。

司空剑板着脸，不吭气。

商成的嗓门特粗："队长啊，啥任务？"

"有你这么问的吗？"温晓东一推商成，笑嘻嘻地凑到司空剑跟前，"队长，你做指示吧。"

大伙都急着想知道任务，忽视了围着车门，司空剑根本下不了车。

"干什么？"司空剑起身，"你们还让不让我下车？"

温晓东反应快，转身做了个后退的手势："去去，往后，让队长大人下车。"

司空剑总算下了车。后退的兵，迅速在司空剑面前列队，连戈镜也位于其中。

"立——正!

"向右看——齐!

"向前——看!

"稍息!

"整理着装!

"停!

"稍息!

"立正!"

值班班长冷其印向司空剑报告:"队长同志,特勤小分队集合完毕,应到十七人,实到十七人,请指示!"

冷其印脑子灵光,他这一招是在逼司空剑。看样子,司空剑非说不可了。

司空剑清了清嗓子说:"开饭!饭后全体集合!"

的确是到了开饭时间,司空剑这招真毒。

兵们你看看我,我看看你,而后向司空剑聚焦,都到这份儿上了,你队长还是不说?没戏,冷其印只好带部队到饭堂就餐。

进了饭堂,兵们光是瞅司空剑,不动筷子。司空剑不管,自个儿大口吃饭吃菜。

兵们心里急呀,看司空剑吃得那么香,便开始懒懒地动筷子。这顿饭菜太难吃了，兵们怎么也咽不下去，草草地扒两口就算完事。胃口不好才是真的。

司空剑出了饭堂，兵们跟着鱼贯而出。

司空剑心里乐得真是没法说。急，急急你们这帮小子，也不是坏事，司空剑悠悠然向操场走去。

冷其印再次实施了报告程序。

司空剑这回是真做指示："从现在起，进入一级战备状态，给大家十分钟准备时间，然后到勤务室待命。"

一级战备，枪不离人，弹不离身，随时待命出击，这边哨音响，那边就得荷枪实弹进入实战。乖乖，真有好差事了，兵们个个挺立着，脑子里填满了枪林弹雨的画面。

队伍解散后，商成咕哝着："队长，都一级战备了，还像挤牙膏似的，不给我们透底？"

宋西河兴奋得有点儿不知所措："还有啥，最重要的是咱们有好活了。"

司空剑看着兵们一个个向宿舍冲去，心里暗想，这帮兵崽子，总算盼到了。其实，他比兵们更兴奋。对兵们来这一套，他是有意的。为什么？他说不清，他只知道，这样做隐隐之中能说明许多问题，已知的和未知的。试试他们，不会白试的。再者，任务虽艰巨，也算得上紧急，但至少也得明天才能真正进入情况。

操场上的兵都已散夫，司空剑突然产生了散散步的想法。他双手背着，慢悠悠地走着，他需要一个安静的空间来冷却激情，滤去一切浮躁。在受领任务后，不，比这还早，在去支队的路上，他的脉管里就腾起了火焰。一个射手长年累月趴在射击地线上瞄准，只能对着毫无生命的靶子发射毫无激情的子弹，聊解日积月累的干渴，这是一种悲哀，一种和平年代军人的悲哀。他无法承受这种悲哀所带来的折磨。终于盼来了，还是一场硬仗，他没有理由不忘乎所以。然而，现在他要平缓自己的情绪。他是指挥员，肩上的担子比任何人都重。他需要清醒自己的头脑，保持异常镇定和清晰的思维。

秋风乍起，司空剑下意识拢了拢衣服。空旷的操场上，他一个人踯躅。

司空剑在有意降温，兵们的情绪却腾地升到沸点。

这样，遇上天大的事，都能解决。司空剑充满信心地向勤务室走去。

兵们早已聚在勤务室里等着司空剑。

"怎么？"司空剑有些突然，"你们都准备好了？"

"啥？这有什么好准备的，为了这一天的到来，我们早就准备好了！"商成说到这儿，扭头扫了兵们一眼，"弟兄们，我说的没错吧？"

"哪能错？"

司空剑拉开身后的帷布，一张有两张乒乓球桌大的地形图出现在兵们眼前。这是一张本市及周边地区的地形图。

"案情其实并不复杂，有五名抢劫犯今天上午十点四十六分，在邻省的一家银行，开枪打死三人、打伤一人，劫得百万元巨款逃跑。据分析，很可能向我市方向逃窜，上级决定，一旦该团伙进入我市，将由特勤小分队具体实施捕歼任务……"

司空剑有意淡化了案情的复杂性和重大性，他清楚，这个时候，根本不需要给兵们上弦。

现在，特勤小分队的任务，就是待命。

兵们离开勤务室时，心里只有两样东西：一样是案情，一样是捕歼时各自所肩负的任务以及应采取的方法战术。

训练了上百次，预演了上百次，不过，这回是真的，实实在在的行动，不再是演习。

商成把八一式轻机枪抱在怀里，凝视着枪口，自言自语道："伙计，这回让你真开荤了。"和枪拥抱了好一阵子，他拿起擦枪布，细心地擦起枪。

"瞧你，这枪还要擦多干净？"戈镜用手指了一下枪管，说，"你看，半点灰都没有，别擦了。"

"这枪越擦越好使，要不然关键时刻它罢工就坏事了。"

"说得也是，"冷其印接上话，"这帮家伙有五支五六式冲锋枪、一千多发子弹，据说还有手榴弹，我们是得做好充分的准备。"

温晓东走到商成跟前，打听道："那团伙头子是参加过自卫反击战的特工，这特工一定很厉害，是吧？"

商成瞟了一眼："特工，既然是特工，当然有一手。"

戈镜脑袋晃个不停："别长他人志气！特工怎么了？兵中败类！在我眼里他是狗屁，臭狗屎！"

温晓东不同意："咱们不能小看他。"

"怎么？"戈镜手指着温晓东嘲讽道，"你怕了？怕，现在还来得及。"

"别用手指着我，"温晓东打回了戈镜的手，说，"我怕？屁话，孙子才怕呢！"

"那你问这干啥？"

"我，我是怕这特工不撑劲，被友邻部队抢在我们前头把他干掉，让我们白高兴一场。"温晓东脸憋得通红，呼吸明显加快。

大伙儿说得很热闹，唯有易初没有开口，他在写信。

耿丘伸着脖子，想看易初到底在写什么，易初身子一俯，捂得死紧，说："有什么好看的？"

耿丘笑嘻嘻地问："写信呀？"

"写信又怎么啦？"

"哟，都到这时候了还柔情绵绵？"

"我给父母写信，不行吗？"

耿丘不说了，他一屁股坐下来，转过脸向窗外望去。他在想，他要不要给自己的父母写信。

易初写完信，封好后对冷其印说："我把信送到大门，再去买几包好烟。"

冷其印点点头，算是批准了。

戈镜不解地问："现在还买烟，还买好烟？"

"越到这时候，越要抽烟，关键时刻烟更不能断，抽点好烟，万一……不让自己后悔。"易初说话间已出了门。

耿丘想通了，这时候不写信。他提着枪，到战术场，反复地练自己以往训练中几个不太熟练的动作。练这玩意儿，比写信更有用。他练得很投入。

司空剑站在地图前，一会儿用手在地图上点点戳戳，一会儿低头沉思：这伙歹徒如若进入我市，在走投无路时，会进入哪一片地区？我们应该怎样采取行动？他必须把能想到的都要想到，这样，行动时才能胸有成竹。

不知什么时候，温晓东轻手轻脚地进了勤务室。他站在那儿，给自己打气，面对司空剑的背影，他有种莫名的恐惧，嘴皮子抖了好几下，都没能张开口。

勤务室里很静。

当司空剑意识到身边有人，转过身子时，温晓东正准备悄悄地退出去。司空剑叫住温晓东："晓东，有事吗？"

温晓东喃喃地说："没什么事。"

"有事就说吧，别婆婆妈妈的。"

司空剑一眼就瞅出温晓东有心事，就鼓励他说。

温晓东问："队长，有消息吗？"

司空剑不知道什么意思："什么消息？"

"歹徒有没有被抓住？"

"没有接到通报，应该是没抓着。"司空剑随口答道。

温晓东叹了口气，说："看来，现在的部队是真不行，就这几个毛贼也搞不定。"

司空剑安慰道："不会，这帮家伙总会被一网打尽的，作恶的，不会有好果子吃的。"

温晓东说："一天抓不到，总让人担心，真盼这帮恶人早点儿落网。"

司空剑说："快了，不会太久的。"

温晓东说："最好是没逃到我市就解决了他们。"

司空剑说："那也无关紧要，我就不信我们特勤小分队搞不定这事！再说，别人抓不到，留给我们，也并不是坏事，你说对吗？"

温晓东好像是没听清司空剑的话，愣了一下才满脸笑容地说："是啊。"司空剑没注意到这话的语气，要不然，他能发现温晓东说这话时，很勉强，做作的痕迹太重。

不能再问了，问也是白问，说不准还会问出事来。温晓东以不影响司空剑思考问题为由，离开了勤务室。没地方去，只得回班里。

把信塞进中队的信箱，易初一身轻松，毫不犹豫地掏出所有的零花钱，买了六包"红塔山"。这种档次的烟，易初很少买。今天，对自己如此大方，他没想是为什么。贪婪地吸着烟盒散发的烟味，他陶醉了。抽了这么好的烟干什么不行？他乐颠颠地走着。在班门口，埋头若有所思的温晓东和只顾陶醉的易初撞到了一起。

温晓东一见易初手里的烟，伸出右手的食指和中指做了个生硬的夹烟动作："来一支。"

"你？"易初有些不相信地望着温晓东的举动，"你不是不抽烟吗？"

温晓东有气无力地说："这会儿我想抽。"

两人在说话，戈镜走过来："晓东，你刚才到哪儿去了？大伙儿正等着你呢！"

"上厕所，上厕所撒尿了。"温晓东不想让戈镜再问下去，便又说，"找我啥事？"

戈镜拉着温晓东进了班："来，趁这会儿大伙儿闲着，你再来段恋爱体会如何？"

温晓东甩开戈镜，径直向床走去，仰着躺下，略带怒气地说："亏你想得出，都到什么时候了，还这么嘻嘻哈哈的。"

戈镜不知道是哪儿得罪了温晓东，想了好一会儿，也没想出头绪来。这温晓东怎么了，以前没见过他这样。戈镜讨个没趣，心里酸酸的。

"我得去把东西再整整，说不准哪会儿就得出动。"戈镜情急之下，想不出其他什么理由离开。出了门，他一想，车也没检查检查，要是耽误了行动自己丢面子事小，完不成任务就犯罪了。戈镜没忘叫上另一位驾驶员一同去做车辆检查。那驾驶员有点儿不以为意，戈镜没给他好脸色："别吊儿郎当的，心细点不是坏事，也累不死你！"那驾驶员从未见戈镜这么认真过，底气突然泄尽，只好跟着戈镜向车库走去。

其实，车子啥毛病也没有。别看戈镜在机关替支队长开车，走到哪儿都扬扬得意、自命不凡。但在车面前，他是孙子，比孙子还孙子。驾驶员靠什么吃饭？车啊。戈镜时刻都意识到把车子保养好，对自己是多么重要。什么都可以马虎，检查车子绝不能马虎，其中的分量，他掂得比谁都清楚。刚到特勤小分队时，他有点儿怠慢车子。三菱吉普比不上奥迪，坐车人的级别也降了好几级，无须再那样认真了。

这种情况很快得到了改变。

那天，司空剑赶他走，好歹算是赖下来了。不能再有任何闪失，否则就自己断了自己的后路。戈镜不敢放肆下去。他又奉车子为祖宗，侍候起来是细致入微、周到得体。车是新车，它的主人又甘愿提供优质服务，自然不会有啥让人不放心的细节。

车上车下，车里车外，戈镜把能检查的都检查了。他知道，他了解车的程度，远远高于了解其他的一切。还是谨慎细心点好，他不这样做，心里不踏实。这不是技术高低，抑或是自信心的问题，他认为这才叫以防万一。

一头汗，两手沾满油渍，戈镜到车库边的水池洗了洗后，总觉得还该干点什么，对了，该回去把装备也检查检查，武器也得擦。刚才在班里，只顾闲拉瞎扯，正事没干一点儿。队长说过，开车是我的分外工作，行动起来，离了车，我是一名战斗员。

想到这儿，戈镜快步向班里走去。

在经过单杠场地时，戈镜发觉宋西河蹲在单杠下。从背后看，两肩在打战。

宋西河自听到有任务的消息，就有些不能自主。梦想成真，他感觉到自己的自控能力在急剧下降。当兵为什么？就是为了能有这一天。这种欲望在他下到长沂中队后，已经被时时充满危险却从不出现的哨位上的寡淡淹没。上哨，只有靠丰富的想象来支撑那仅存的一点侥幸。一走上哨位，他总觉得自己是个看护瓜田的农家后生。唯有肩上的钢枪、身上的警服，让他残留了一点兵的气息。溜达，就是溜达。如果这不是溜达，又能是什么？他甚至有些后悔当初参军的选择，不来部队，也许还会好些，当个巡警也不错。他有个同学就是巡警，时常来信喋喋不休地叙说某一次抓歹徒的细节，他又羡慕又生气。信，不看难受，看了心痛，最后还硬着头皮看，然后在梦里导演自己的惊险故事。

做梦，毕竟只是做梦。

去他娘的梦，宋西河终于从梦中走出来，毫不犹豫地一开大脚，踢开了他曾百般依赖的梦。激活的神经，让他按捺不住。一切准备妥当之后，他积蓄的力量跃至巅峰，急需转移力点。在这种情况下，他产生了舒展筋骨的冲动。

营门不能出，他就在营区内用自己的方法来稳定情绪——

打擒敌拳，几趟下来，汗是出了不少，但还不过瘾。吊单杠，对，吊单杠。这是他的秘密武器。在特别烦恼和特别兴奋时，他都喜欢吊吊单杠，玩几个刺激的动作，在激烈之中放松自己。

这回，他惨了。单杠大回环，一不小心，脱杠摔下。幸好保护动作快而准，只是摔扭了左手腕。疼，刺骨地疼，额头上豆大的汗珠密密麻麻。

戈镜本不想上去和宋西河说话的。他一向对宋西河没什么好感。倒不是宋西河人坏，他只是认为和宋西河说不到一块儿。战友之间的关系，本来就是简单之中隐伏着复杂。他也不深究，谈不来，少接触，是最好的处理方法。戈镜是在一念之间走上前的。事后，他后悔自己的这一念之间。

宋西河回头看是戈镜，起身要走。换了旁人，他可能不这样做。戈镜一向油嘴滑舌，嘴里留不住话。他受伤的事要是让戈镜这样的人知道，参战准泡汤。

看到我，就要走，肯定是有什么事瞒着我！好奇心驱使戈镜拦住宋西河："干什么呢？"

宋西河没好气地说："没干什么，我回班里去！"该死的手腕在这节骨眼儿上不争气，出于本能，宋西河右手又握紧了左手腕。

这动作没逃过戈镜的眼睛，他一瞅，宋西河的左手腕肿得像个馒头。

"怎么，受伤了？"戈镜关切地问。

"没，没受伤。"宋西河闪过戈镜想走。

戈镜差点儿发怒："还说谎，手腕都肿成这样了，走，我带你找队医去！"

宋西河慌了："不行，要那样我就完了！"

戈镜愕然道："这是什么话？"

宋西河吃力地举起左手，叹息着："让队长知道，我就不能参战了。"

"可你这手得治，"戈镜摇摇头，说，"这样不行。"

宋西河慨然道："我心里有数，不会致残的。"

戈镜默然。他被宋西河的话感动了，陡然间，一股敬佩之情油然而生。换了我，我会怎样？戈镜在苦苦地假设自己处在如此境地，会如何去做。

不说，于心不忍；捅出去，太伤宋西河的心。戈镜左右为难。

宋西河似乎是在等待判决一样，静立着。

"你等等，我就来。"戈镜转身向班里跑去。

这下完了！宋西河一下子瘫了下来。

不一会儿，戈镜又跑了回来，裤兜鼓鼓的。他操起宋西河的左手腕，小心地按摩。"按摩按摩，去瘀血活筋骨。"他在解释自己的举动。

几分钟之后，戈镜从裤袋里掏出绷带，替宋西河缠包手腕。然后，他掏出一副护腕："戴上这个，谁也注意不到你的手腕。"

宋西河默默地看着戈镜，眼里湿湿的。

"大老爷们儿还掉眼泪！"戈镜有点儿不自在。

"戈镜，"宋西河说，"谢谢你。"

戈镜轻笑一声，说："谢什么，我还不知道这是帮你还是害你呢，不过，换了我，我也会像你这么做的。"

心相通的两个兵，静静地对视着。通过这件事，他们找到了共同语言，也消除了彼此之间根本不该有的隔阂。其实，人是很容易改变的，戈镜记不清这是谁说过的话，但到今天，他才真正体会其中深刻的含义。

晚饭后，照例是看中央电视台的《新闻联播》。早上听半小时广播，下午起床后读报半小时，晚饭后看半小时《新闻联播》，这三样合起来在部队称为"三个半小时"。军人，家事可以不问，国事天下事是不能不密切关注的。

按照原订计划，看完《新闻联播》之后是集体看电视。考虑到即将执行任务，司空剑临时决定改为自由活动。以往，有了这样的临时变动，兵们会欢呼雀跃。自由活动，比看电视自由多了。可今天，兵们反应非常冷淡。任务临头，再自由也是不自由，还不如看电视消遣时间。时间，在如此情况之下，兵们一点都不会珍惜。等待，会把时间拉得太长。漫长的等待，兵们最讨厌。

兵们都不约而同地回到了班里，各找各的地方坐。房子里有了人，还跟没人似的一样冷清。

司空剑的到来，打破了这一令人窒息的氛围。

温晓东眼尖，第一个站了起来，迫不及待地问："队长，抓到了？"

"抓到什么了？"司空剑扫了一圈，发现气氛不太对劲，又说，"都蔫了？"温晓东还保留着一点希望："那帮人渣啊！"什么叫轻重缓急？没有比这事更重要的事了！一个下午，他心里都纠缠不清。他恨友邻部队无能，恨那帮歹徒太猖狂，恨得越厉害，他的幻想越是不停地扩展。

"看来，你对他们恨之入骨。"司空剑欣赏温晓东在临战之前的这种状态，他趁机做起战前动员，"同志们，我们对恶人就要恨之入骨，绝不放过将他们绳之以法的机会，早一点儿抓住或消灭他们，国家和人民的生命财产安全就会少一份损失……"

"这理，咱们都懂。"冷其印觉得司空剑无须再来做什么动员，兵们不需要添柴，心中的火也是旺旺的，他捏了捏拳头，又说，"关键是这仗我们该怎么打？"

这正是司空剑下班的目的，多听听兵们的意见，对他战时指挥大有益处。

"怎么打？"商成抢起了机枪，"扫他们这帮狗日的！"

易初人老实，他想不出什么高招，但在这个时候，他又觉得自己也该发言，便说："依我看，队长叫怎么打，我们就怎么打。"

司空剑一摆手说："不能这么说，这样吧，大家各抒己见，多出点子。"

兵们的注意力旋即由等待转移到假想的战斗之中。

提前进入状态，人人脸上都洋溢着快感。大伙儿你一言我一语，纷纷提出自己的战术构想。这不是单纯的纸上谈兵，而是介于真实和构想之间的战术演练。兵们对歹徒如到我市会向何处逃窜、我部会在何地和他们遭遇、那里的地形地物如何等，都做了大胆的猜想，对随之会遇到的种种情况应如何采取行动也进行了详尽的分析。

见解不少，也颇有价值。司空剑见兵们热情高涨，想法有很多可取之处，干脆集合全队人员来到勤务室。

兵一个个走到地形图跟前，当起了指挥员。

　　这一夜，兵们都沉浸在梦乡之中，尽情地走进战斗里。等待的煎熬，已被稀释。就连温晓东也因此少去几多担忧，居然睡得比他想象的要好得多。

　　营区躺在浓重夜色的怀抱里，出奇地静。可又有谁知道，兵们梦里的枪战是如何的激烈。

三、预压扳机

冷其印醒得最早。

自打被提为副班长之后，他就有了早起的习惯。天才麻麻亮，兵们尚在酣睡之时，他已下了床。刚当副班长那会儿，他生怕早上起不来，临睡前喝上一大杯水，到了早上，硬让尿憋醒。买个小闹钟，好是好，可他不想影响班里的兵。这法子用了个把月就被淘汰了。黎明来临，睡意遁去，习惯了。根本不用要求，当兵的头儿，什么事都该走在前头，起床也不例外，少睡点觉算什么！当了班长之后，他更是如此。

上厕所放松了一下后，冷其印悄悄地叠被子整理内务，然后洗脸刷牙。接下来，就该吹起床哨了。这周他值班，老规矩，吹哨前先叫醒班里的兵。当然，利用这一机会，欣赏一下兵们形形色色的睡姿，少不了。

子弹袋挂在墙上，枪压在枕下，兵们基本上都是第一次享受这种待遇。现在不像从前，没有必要枕戈待旦。一级战备，就不同了。

冷其印扫视一圈，视线戳在商成身上。机枪进了被窝，商成搂得很紧。秋天了，抱着这铁家伙，不冷吗？冷其印心想，这个大个子，还有这股温柔劲儿。

起床啦！冷其印的音量并不高，甚至比以往还低了至少八度。

兵们一个个似抽了筋，跃然起坐。商成动作最快，快得有点儿离谱。"班长，往哪儿开进？"他边利索地着装边说。

其他的兵也都以为出动的命令下达了，快速实施紧急集合的起床动作。

冷其印忙解释道："大家别紧张，是正常起床。"

话音刚落，兵们的动作又都大幅度减速。

早操是跑步。以往是跑到距营区约一公里的3路车站回头，今天不了，在营区里七拐八拐地跑了十二圈。情况不同，只能在营区里。否则，一旦出击，会耽搁时间，贻误战机，那还了得！

收操讲评，司空剑刚开了个头就出了事。

温晓东双膝一发软，瘫在地上，严整的队列立即大乱。兵们以各式各样的姿势，把目光锁在温晓东身上。

正当兵们猜测不定时，温晓东又摇摇晃晃地站了起来，嘴里连说："没事，没事。"

司空剑重新整队，三言两语把讲评应付过去。本来这讲评就是形式大于内容。跑了十来圈，能有啥话谈，不说又不行。天天说，说来说去就是那几句，没什么新意。司空剑也烦这一套，可还得硬着头皮做。

解散后，兵们围着温晓东问长问短。温晓东不说话，他看上去很疲劳，脸色苍白。软不拉几地站着，仿佛一口气就能吹倒。

最放不下心的是司空剑。这时候，出点什么意外，缠人。

"哪儿不舒服？"司空剑心里七上八下，但口气依然镇定。

温晓东强打精神："没，我这不挺好的？！"

"那刚才怎么倒了？"

"我也不知道，只觉得腿不听使唤了。"

"以前有过吗？"

"只有两次。"

"为什么不早说？"

"又不碍事。"

"不碍事？"司空剑又气又心疼，"谁说不碍事？这要是在执行任务中，你的腿没知觉了，搞不好你整个人就变成蜂窝了！"

温晓东愣愣地看着司空剑。

司空剑又说："这回要有任务，你留下。"

戈镜听了这话，想起了宋西河。宋西河的手伤了，如若在执行任务中有什么闪失，那多可怕！他瞒着，是不想让宋西河的愿望成为泡影，那对宋西河太残酷了。可假如宋西河因此而出事，那他戈镜就是罪人了！戈镜偷偷瞟了宋西河一眼。

宋西河很镇静，甚至还满不在乎。他的目光和戈镜相遇后，他就知道戈镜是什么意思了。他悄悄走到戈镜身边，贴着戈镜的耳朵说："别把我卖了。"

戈镜看着宋西河说得很诚恳，为难地点了点头。

"队长，"温晓东沉默了许久，终于开口了，"我能去。"

戈镜替宋西河保守秘密，心里已很难受，他不想温晓东冒这个险，就说："队长也是为你好，大家也都知道你的心情，你是个真男人。"

没有戈镜的话，温晓东佯装客套便可大功告成了。他没毛病，刚才的一切都是他精心设计的，为的就是大大方方、理直气壮地不去参战。戈镜的话，戳到他的痛处。真男人？我这样也算真男人？丢脸！自尊，潜藏于心田最深处的自尊，一跃而出，击退了胆怯和懦弱。

"不行，我非得去！"温晓东脸涨得通红，一副视死如归的劲头。

戈镜对温晓东陡生敬畏之情。以前，他总认为这小子不算个好种，嘴皮子比谁都油，可一动真格的，或多或少都有点儿阳刚不足。真是人不可貌相，小子，真行，不愧是我的老乡！戈镜是没看透温晓东，要不然，他羞得跳楼都来不及。纯属偶然的言语，让温晓东来了个一百八十度大掉头。戈镜功不可没。

"都回去吧！"司空剑做了个散的手势，眼睛却看着温晓东，"你的事回头再说，我考虑考虑。"

九点二十三分，特勤小分队接到向七号地区快速开进的命令。

司空剑也有点儿按捺不住了。宿舍到勤务室，勤务室到宿舍，重复到无法再重复下去时，他喊来冷其印。摆开象棋，杀一盘，飞马推车，拱卒拉炮，双方刚亮足阵势，他一推棋子："不下了！"

身子向后一仰，藤椅吱吱呀呀地乱叫。长吁短叹，虚火滋滋直冒。这日子不能再耗了，再这样下去，整个人都得着火。

下棋？还不是拿棋子出气！冷其印压根儿就没想和司空剑痛痛快快地杀一盘。他看着司空剑淋漓尽致地表演祈盼的焦急，不说话，不能说，也没法说。司空剑心里在想什么，他看不到，但能感觉到。不用说，堂堂的队长都这样了，他冷其印能好到哪儿去？

冷其印待不下去了，有队长的刺激，他时刻都会发疯。走，走得远一点。冷其印抬腿要走，再不走，烈火点干柴，图什么？

"飞鹰，飞鹰，我是猎豹，听到请回话。"

无线电台骤然响起。飞鹰是特勤小分队的代号，猎豹是支队基指的代号，这是支队参谋倒腾的，到底是什么意思，司空剑没细想。代号，叫着顺就行，要是这都去想，脑子怎么够用。

一个饿虎扑食，司空剑顾不上姿势是不是优雅，硬是把自己弹向了无线电台。

终于盼到了，冷其印像是被人施了定身法，僵在那儿。

"我是飞鹰，我是飞鹰，请讲！"司空剑眼里射出火花，语调像是刚竭力跑完五公里一样。

无线电台传来声音："紧急出动，半小时内赶到七号地区，具体案情在你们开进途中通报。将车载电台调至保密频道，保持不间断联络。"

"你站着干什么？通知部队紧急集合登车。"司空剑给冷其印下达完命令，忙奔向宿舍取枪。

冷其印的意识在瞬间凝固。来了，终于盼来了！受领命令后，他又被瞬间激活，边跑边吹起了紧急集合哨。

"嘟，嘟……"一阵尖锐的哨音，统治了整个营区。

片刻的骚动之后，操场上立着荷枪实弹的警营男儿，个个表情冷峻、浑身挺直，包括思维在内。

"上车！"司空剑没说废话。

司空剑和一班是一辆车，驾驶员是戈镜。温晓东听到哨音后，本能的驱动让他抛去了杂念，加入出征的行列。

插钥匙打火，挂挡踩油门，车子飞了出去。戈镜行云流水般做完这套动作后，提醒道："队长，温晓东也来了。"

不用说司空剑也知道。来就来吧，让他一人留在部队里，这种惩罚太绝情。

车载台与指挥所联系，手持台各小组之间相互联络。司空剑用手持台通知二班将车载台调至保密频道，然后向基指报告："飞鹰已经出动，请通报案情！"

兵们屏住气在听。

"今天早上九时许，抢劫团伙在市区作案后，慌不择路逃至七号地区，目前地方联防队员和民兵已将该地区外围控制，就近部队和前指已在开进途中，他们会在九时四十分左右到达该地区，进一步加强封锁力量，你部的任务是进入该地区实施捕歼，从现在开始，由前指指挥你们的行动！"

七号地区是丛林地带，地形异常复杂。最要命的是，那混账特工最擅长丛林作战。一场恶仗已不可避免。

幸好，特勤小分队在该地区进行过实战条件下的捕歼训练，基本情况可以应付。司空剑对战斗小组进行了小范围的调整，将温晓东调到了和自己一个小组。

"全速前进，子弹上膛，关好保险，做好随时战斗的准备。"

司空剑下达完简短的命令后，便恢复了惯有的坐姿。如何行动，现在说，为时过早。预案是有，而且十分充足和可行，但这要在到达现场后，才能最后敲定。所谓瞬息万变，现在说了，只会搅乱兵们的心神，一点实际作用也没有。

眼睛瞪得浑圆，但眼前的一切已消失。司空剑在利用这段时间，默默与自己的心灵对话。他把自己推进了往事，那时刻在他心中翻晒的往事。

人的思绪是锅大杂烩，这一点，在你想进入特定的思维通道时，尤其明显。司空剑是想滤尽一切杂念，让自己滑落进清净的时空里，然而他办不到。

也是在车上，不是三菱吉普，是公共汽车。

上车的人如潮涌，车门只是一个决口。他随人流向车上涌动。挤，挤得难受，他不愿挤，可身不由己。手头的事又急，迟缓不得。身前身后是纤柔的美女，置身其中，失去了应有的私人空间，他不习惯，借助活动的机会，调整一下姿势，缓解缓解心中的恐慌。这些平时看起来弱不禁风的美女，挤车时却爆发出超极限的能量，他不得不刮目相看。各种品牌的香水味，熏得他晕头转向。

"干什么，想揩油？"一位美女容颜突变，"还是当兵的！"

他没有反驳，这是最好的选择。

那美女得饶人处不饶人："挤，你有病啊？"

"不是我挤，是人多，大家都在挤，我也没办法。"他心里有火，话却很中肯。

那美女又开了口："哟，当兵的，你在这儿逞什么能？你们这些当兵的还能干什么？"

当兵的，你只敢对当兵的这样。司空剑相信，换一个和自己一样身强力壮但不是穿军装的，那美女吭都不敢吭。这年头，军人是聋子的耳朵——摆设，普通百姓看不顺眼。当兵的自个儿到哪儿，都觉得矮了一大截。军人，离开了战场，就毫无价值可言。老百姓可不管你那么多，他们看重最直接、最明显的价值。更何况，吃穿用都是国家的，在如今的社会里，属于不劳而获之流，唉，和平时期的军人真难当！

车到站，他落荒而逃。

标图，需要上乘的笔。柜台前，他左挑右选，营业员烦了："不就是支笔，你买还是不买？"

"买，不过得好的才行。"他像是做了错事，低声下气。

"当兵的还这么讲究，好笔你能写出什么？"营业员面露蔑视。

另一个营业员走来，佯装打抱不平："唉，你别这么说，现在当兵的哟，枪炮坦克玩不转，写写画画跳舞可是在行，听说现在的部队都有一流的音响设备呢！"

"我是武警，不是你们说的野战军。"他觉得有必要解释。

"武警干什么？"原先的那营业员看来是不知道武警和野战

军的区别。

他说："武警，是维护社会治安的。"

"得了吧，有你们在，也没见坏人老实过。"

不买了，他气呼呼地走了。

路很平坦，司空剑的身子却抖个不停。

谁在叫？噢，是老连长。

老连长，不是已经牺牲了吗？

从军二十载，老连长转业，从乡下来，还是回乡下，警营只是他的驿站。

转业证猩红，司空剑看到的却是惨白一片。老连长明显老了许多，收拾东西时恍恍惚惚的。

"连长，一转业提了一级，上校喽。"司空剑说的是服预备役，找了许多，只挤出了这句话。

连长的声音也是苍老的："屁用？当兵二十年，无风无雨，是看了不少坏人，只是个守卫，从没有机会亲手去逮过，这一回去，还能有什么戏唱？"

对军人而言，转业，常常是和某种东西诀别。不是逃避，也不是寄予未来。

传来老连长牺牲的噩耗，他心里反而替老连长快慰。为抓两名穷凶极恶的歹徒，老连长身中数刀，鲜血洒在养育他的土地上。洞悉老连长心理的他，只有快慰。

洒两杯烈酒，一盒烟都插在墓前，蓝色的烟扶摇直上。他生了妒忌："老连长，你圆梦了，却把我留在了幻想的旋涡。"

九点三十一分，前指来电："前指七分钟后到达七号地区，附近部队途中出现意外，一时不能赶到，局势无法控制。"

敌情异常紧急。

冷其印的位置在戈镜的后头，身边是易初。他们身后是两排纵座。

登车完毕，冷其印招呼大家坐好，枪口朝上，该交代的他都交代到了。虽然有司空剑在车上，但他是班长，对全班负直接责任，这是他的职责所在。自己这样做，还可以为队长省点时间多琢磨战术战法。队长比班长负担重，冷其印这班长没说的。

等到一切都做完后，冷其印全身放松，悠悠哉哉地默唱心爱的歌。

易初人小，可坐在那儿，一点也不规矩，屁股底下像有只刺猬。

易初不停地扭动，让冷其印无法安稳。新兵蛋子，第一次上阵既兴奋又紧张，属于正常现象。冷其印了解易初这样的兵。

摸出一副牌，一分为二洗牌，"哗哗"，动作干脆利落，响声脆。冷其印挪出点空，将牌放在座椅上："来，玩一把。"

易初在冷其印洗牌时就有点儿纳闷，马上就要真刀真枪地干了，还有心思玩牌，这班长真是油。

"玩牌？"易初侧过身子，"还玩牌？"

冷其印倒了倒牌："玩会儿，也不会误事。"

易初碍于冷其印是班长，只得抓牌，两人来比点数，谁输了，刮鼻子。

一把牌比完了，易初的鼻子都快被刮塌了。精力不集中，能赢才怪呢！

冷其印的右食指弯在空中："你不行吧？"

"不行？再来！"易初不服气。

两人又比上了。想赢就得心神合一。易初渐渐忘了一切，一门心思在牌上。互有输赢，不分上下，易初的兴致越来越浓。看来，不到下车，他不会从牌中走出。

车上，就数耿丘最自在，烟，一支一支不停地抽。吸一口，吐一个烟圈。好烟与孬烟，到底有多大区别，他不清楚，也不去细细品味。他把心思全用在烟圈上。这个不圆，那个刚有形就散了。到后来，他索性命令烟圈在空中走队列，这有点意思。一个、两个、三个……最多只能保持六个。一个班该是九圈，不够数。一回不行两回，他和烟圈较上了劲。

"你不抽烟会死啊！"温晓东冲着耿丘发怒。上了车，他又后悔了。不来没人说，来了干吗？自己跟自己过不去。这机会也难得碰上一回，不是千载难逢，也是百年不遇。大伙儿都不放过，他一人做缩头乌龟，以后的日子总会觉得少些什么，又多些什么。来就来吧，都是兵，不能当孬种。温晓东心里乱糟糟的，想找人聊聊，可不知道怎么开口。实在熬不住了，只好拿耿丘开刀。

可气的是，耿丘像没听到一样，依然在当烟圈的指挥员。

"你这个乌鸦嘴！"商成发出嗡嗡的一声。

温晓东平常就畏商成，人高马大，满脸络腮胡子，一脸凶恶。你要和他起毛，他反而笑嘻嘻地搂住你，别以为他是和你亲热。一脸的胡楂儿，蹭得你哭笑不得，这是他整你的绝活。

今天，商成的脸刮得铁青。

机枪，商成的机枪映入温晓东的眼帘。温晓东的专用武器是狙击步枪。七九式微型冲锋枪射程、杀伤力都不及机枪。狙击步枪，准是准，一枪干一个，小菜一碟。可歹徒在暗处，只怕你没瞄上，冷枪就挨上你了。机枪，机枪好。温晓东想和商成换枪，增加安全系数。

"老商，这机枪太笨了。"温晓东变着法挑机枪的坏处。

商成一掂机枪："不，我看就很好使。"

"这机枪杀伤力是大，可瞄准系数不高。"温晓东提了提狙击步枪，"瞧咱这枪，带瞄准镜，贼准。"

商成像是有所醒悟，说："你是不是想和我换枪？"

温晓东想吊商成的胃口："你要换枪，得表示表示，我可是帮你的忙。"

"少来这一套，"商成搂紧了枪，说，"表示你个头，告诉你，你休想打机枪的主意。"

"妈的，真毒！"温晓东心里骂了商成一句。

被商成泼了一盆冷水，温晓东心里酸酸的，换枪干吗，这狙击步枪挺好。狙击手，一般都是占领一处有利地形埋伏下来，哪像机枪手，端着枪搜索前进，多危险。

温晓东就是温晓东，他不会往死胡同里钻，他有的是办法，包括骗自己。

机枪，是商成的尤物。温晓东受不住商成那抱枪的姿势，就不自觉地出言嘲笑道："你看你骚的，枪又不是你对象，这么搂着干啥？"

"商成，晓东不说我倒忘了，昨晚你抱着枪睡，做的啥梦，说给大伙儿听听。"冷其印插了一句。

戈镜也铆上劲："是啊，老实交代，让我们共同分享。"

"开好你的车。"司空剑提醒道。

有了大伙儿共同关心的话题，顿时车内的气氛热烈多了。

商成说："你冷班长还说呢，我没找你算账呢，都是你坏了我的好梦。"

"啥好梦，说啊！"冷其印想起商成抱枪睡觉的姿势以及那脸上流露出的亢奋，他扔下牌起来，转身趴在椅背上。这时候，来段公开隐私的小插曲，兵们都会有兴趣。

"我在梦里到了三号地区，那里的地势大伙儿都知道，我不多说。我端着枪在搜索，突然那个特工出现在我眼前，我猛扣扳机直扫，他妈的，那狗娘养的，身上的衣服都被打烂了，就是不死，我急啊，你们又都不在。换上弹匣再射还是不死，我冲上去，抱起枪要往他头上砸，你把我叫醒了……"

商成说到激动之处，站了起来。车顶低，站不直，他就弯着腰。

"嗨！你这说的哪儿跟哪儿？"戈镜打断了商成的话。

易初一拉商成："坐下吧，就这鬼梦还好意思说，你问问大伙儿，谁没做过，一点特色都没有，你还是歇歇吧。"

"你真憨，"冷其印说，"你就不能编个故事？"

"编什么？"商成说。

冷其印哪想到商成居然还会这样问，他被噎住了。话是不能多说，说一句都要想想是什么意思、有什么用，要不然，自己让自己下不了台，冷其印这才尝到胡言乱语的后果。

"冷班,"温晓东说,"你给大伙儿来个带那个的故事,大家说好不好啊?"

"好!"兵们齐声说道。

没反应哪成?温晓东使出了拉歌的那一套。

"冷班长,来一个——"

兵们齐声说:"冷班长,来一个——"

"一、二、三,来一个!"

兵们齐声说:"快、快、快——"

"一、二、三、四、五——"

兵们齐声说:"我们等得好辛苦——"

"一、二、三、四、五、六、七——"

兵们齐声说:"我们等得好心急——"

温晓东把冷其印捧上了天。

司空剑也跟着起哄:"冷班长,就来一个,别扫大伙儿的兴。"

"队长,"冷其印转头苦着脸说,"我一点实践经验都没有,理论知识也少得可怜,肚里没货,来不了。"

"那我可没招了。"司空剑说完,哈哈大笑。

冷其印阵脚大乱,心想,队长咋会这样的?

九时四十五分,前指来电:"前指已到达七号地区,歹徒在逃跑中，打死两名山民、打伤一名。据山民提供的情况，目前估计歹徒向西南移动，再有二十分钟，将会跳出七号地区，进入六号地区。飞鹰火速赶到七号地区和六号地区的交会点拦截歹徒。"

六号地区，是一集镇。

今天，正逢赶集。

前面是一岔路口。左边到前指，右边到交会点。从这里到前指比到交会点近一公里。

不等司空剑言语，戈镜向右打方向，油门已踩到底。

耿丘左摸摸，右掏掏，神色十分慌张，像是丢了什么重要的东西。口袋翻遍了，连鞋子都脱下来了，还是没找着，他离开座位，趴在车上搜寻。

"完，完了！"耿丘上上下下折腾，额头上都冒出了汗珠。

不服气，再找，耿丘钻进座椅下，屁股撅得老高。温晓东看着好笑，一脚踩过去："干什么，找金子啊？"

耿丘探出头，怒吼吼地说："别招我，要不然我和你急！"

耿丘的举动，让冷其印百思不得其解。

"子弹丢了？"

耿丘摇摇头。

"手枪忘带了？"

耿丘摇摇头。

"匕首忘了？"

耿丘摇摇头。

冷其印问不下去了，不耐烦地说："摇头，你哑巴了，丢什么了？"

耿丘好似大难临头："我的烟，我忘带烟了，我记得带了两包的，这包抽完就没了，我可怎么办？"耿丘捏着瘪烟盒，狠狠地扔向窗外。

"大惊小怪，破烟，不带能咋了？乡巴佬，再怎么着都是没见过世面的熊样。"温晓东幸灾乐祸，嘴里没遮拦。

"耿丘，接着！"司空剑手一甩，一包烟飞过来。

耿丘接过烟，贴在胸前，欣喜若狂。魂又来了，烟魂。

"队长，那你呢？"耿丘忽然觉得自己断烟事小，队长断了烟太严重了。都是老烟枪，谁还不知道谁啊！

司空剑嘀嘀一笑，像变戏法似的从口袋里掏出五盒，亮了亮："在我看来，你还只是小烟鬼，也许还算不上鬼。"

耿丘摸摸头，不好意思地笑了。

"别笑得太早，"司空剑又扔过来一包烟，"行动时不能抽，要跟美国佬一样，叼着烟，端着枪，怎么看也不是味儿。"

"好嘞！"耿丘回答得干脆。烟，对他来说，有比抽更重要。

这队长，盖了。冷其印望着司空剑心想。他不得不佩服司空剑，凡事都很到位，恰到好处，让你心甘情愿地把他当偶像。这么一想，他的手停住了，牌也不打了。

易初急了："出牌，该你出牌了。"

冷其印从易初手里拿过牌："不打了。"

"不打了？"易初意犹未尽，"打，再打一会儿！"

"还打？"冷其印把牌装进兜里，"快到了，准备准备。"

易初不在乎："到就到，准备什么？"

冷其印一点易初的头："那帮小子不是吃素的，小心点好。"

"怕什么？"易初头一昂，"几个毛贼，收拾起来费什么劲？"

冷其印说："你不怕那特工？"

易初紧握手中枪："怕？我像吗？谁怕，谁是孙子！"

冷其印满意了。他在想：是啊，堂堂的武警战士还怕歹徒吗？即使是怕，也只是心里没调整好的缘故。穿上这身警服，头顶警徽，我们早把自己交给部队了，全部，不打折。

"呼，呼——"车里突然响起呼噜声。

兵们循声望去，原来是商成不知什么时候睡着了。他歪坐着，两腿夹着机枪的弹匣，双手握着上护木，枪管贴着他那宽厚的肩膀，嘴角露出似笑非笑的模样，眉头紧皱着。

"这大个子，又做梦了。"冷其印说完，也坐着打盹。

耿丘痴痴地看了看商成，弹出一支烟叼在嘴上。

"队长！"耿丘大叫一声。

司空剑一惊："什么事？"

耿丘把烟举过头顶："这是'大重九'，你怎么抽这种烟？"

能品出烟的味道，是耿丘的一大进步。他烟瘾虽不小，但如不看牌子，抽起来都是一个味儿。可刚才，他只抽了两口，就发觉味儿不对劲。人，只有用心，才能敏捷。鉴别烟，耿丘以前没有做到，现在却做到了。

司空剑提示道："你没见，这阵子我没到支队汇报工作吗？"

九时五十五分，前指来电："飞鹰现在何处？何时能到达交会点，请回话。"

司空剑第一次把目光实实在在地投向车外，而后又看了一下速度表，向前指汇报道："三分钟后，飞鹰到达目的地。"

直到这时，司空剑才发觉戈镜今天一直没放磁带，心想：这戈镜以往每次一上车，车动音乐响，今天，居然大意失荆州。

"戈镜，放首歌听听。"司空剑本想自己塞盘磁带的，但没找着。磁带戈镜带了，在口袋里，就一盘。

有了司空剑的指示，戈镜把磁带从口袋转移到卡座里。车里响起《血染的风采》乐曲。

司空剑怒斥道："不听这个，换一个！"

戈镜不相信自己的耳朵："换什么？"

"来一首《大花轿》，类似的也行。"司空剑掸了掸灰，动作很潇洒。

情歌、流行歌曲等，只要和部队、军人没有直接关系的那些歌，戈镜早在第一次挨司空剑数落后，就全送给要好的老乡了，这会儿到哪儿去找？

戈镜退出磁带重新放在口袋里："队长，你说的那些，我早和它们拜拜了。"

司空剑斜了戈镜一眼，重重叹了一口气，才说："你啊，不可思议。"

车"嘎"地停住了。

兵们如出膛的子弹，飞身下车。

用心瞄准，无意击发。瞄准是为了射击，可射击是为什么呢？当然是为了击中目标。这个目标是胸环靶，又不只是那纸糊的胸环靶。

摘自张成宇某次对大学生讲的军营故事

七秒

营会操结束没多久，二团长就把四连长叫到办公室。

二团长没有像往常那样亲和地让四连长坐，只是甩给四连长一包烟："从这次全团的营会操情况看，你的形势可不妙啊。"

二团长是四连长的老连长，那时，二团长是四连长，而四连长只是个班长。多年来，两人的上下级关系没变过，工作和感情如酒一样，越陈越香醇。

四连长瞅瞅烟，没吭声。

"别在乎烟了，一两包烟还让你肥了不成？你应该掂量掂量你们连的成绩，我可告诉你，就这样下去，你什么戏也没有！"二团长嗓门不小，但目光中尽显关切。

四连长站在那儿，浑身别扭。团长的提醒他不是没想到，可也没别的法子了。他不愿团长看到他心中的不安："不是还有攀登课目可以一搏吗？师比武一共才八个课目，八个冠军，三个团二十多个营瓜分，我只要一个就齐了！"

"可以一搏？这才到营会操，你手头上就剩一个棋子，亏你好意思说出口。是的，你那个一班长带的攀登小组确实不错，可你只凭一杆枪冲锋陷阵，危机重重是免不了的。"二团长在屋里转了两个来回后，站在离四连长只有半步的地方，眼睛牢牢地盯着四连长的眼睛。他比四连长高个四五公分，四连长顿时觉得自己矬了大半截。

到年底，四连长在正连的位置已满四年，如果再上不去，离脱军装向后转的日子就不远了。

二团长对四连长还是很照顾的，老首长对老部下多些关心，这很正常，余下的只有靠四连长用成绩说话。在这方面，二团长不会照顾，也不愿帮忙。

一年下来，四连的全面建设有亮点，整体上也不错，差的就是出个大彩。现在就指望连里能有个把课目冲上师比武场夺个第一，那四连长到团里当作训股长的胜算就高了。

这会操一结束，他有了底，全连只有张成宇带的攀登课目能帮他圆这个梦。别的课目，在营里还行，到团里就差了些，想上师里，戏份不大。现在，他不得不把这宝押在张成宇身上。尽管他觉得，把自己的命运押在一个班长身上有些悲凉，可实在没有更好的办法。

晚饭前，四连长拍了拍班长张成宇的肩："饭后到队部一趟，我那儿有好烟。"

张成宇微微一笑："不去可以吗？"

四连长同样微微一笑："不行！"

饭后，张成宇走到班门口停了停，还是折身去了队部。

队部里，四连长一手捏着两根中华烟，一手转着打火机，眼睛总是瞄着门。

张成宇前脚刚进门，四连长的烟就抛过来了，准确度与精度射击有一比。张成宇抬手接烟的时候，步子一点也没变。四连长叼烟起身上前一步，看似顺手，其实是特意给张成宇上火，然后才将自己的烟点着。

张成宇在一班，位居全连之首。排头班的地位非同一般，那排头班的班长也是全连的一个人物。放眼全连，也只有张成宇能胜任排头班班长之职。带兵人把兵们的领头羊抓住，这全连的兵也就好带多了。四连长以柔克刚，使张成宇成为他最得力的干将。张成宇知道自己在连长心中的分量，也认为排头班的班长就该与众不同。这当然包括与连队干部的关系。他可以轻易蹚过官兵间的那条河，在连长面前比别的兵都随意得多。

"中华，好烟啊，知道哪儿来的吗？告诉你，是团长许诺给我的。只可惜，他原答应我们连在营会操得几个第一名就给几包，倒末了只给一包，领导说话不算数，害人哪！"四连长举起那已经拆开的烟盒，"这烟送给你，不过你得告诉我，团长为啥只给我一包。"

张成宇一把夺过烟："知道了也不告诉你，呵呵。"

张成宇握着烟坐在沙发上，四连长也坐了过来："这回会操，你们班的攀登弄了个全营第一，算是跨出参加师比武的第一步，怎么样，有什么感觉？"

"感觉？嘁！"张成宇猛吸一口烟，"等到拿回师里的第一，我才有感觉呢！什么营里的团里的第一，我不放在眼里，得了这些第一，也不顶用。"

四连长哈哈一笑："好，说得好啊！我说嘛，这才是你张班长。看来，这戒骄戒躁加压力的思想工作，也不用我做了，我算是白操心。我就喜欢白操心！"

张成宇把手里的烟往连长怀里一塞："连长，等我拼回师里的第一，我送你一条中华。"

四连长看看这包烟，又看看窗外的阳光，满脸的高兴劲儿："你小子，有种！嘿，你真要替我抢个第一回来，我送你两条中华都觉得值。"

上午还是喧闹的练兵场，午饭后却一片沉寂。

三个兵背枪立在出发线前，随着"开始"的口令一下达，罗祥冲到高墙下，双手扶墙，站成大马步，张成宇踏着罗祥的肩飞身上墙，出枪，呈跪姿射击状，江华文踏肩上墙后，右手右腿扣住墙面，左腿和左手下垂，罗祥起身右腿蹬墙的同时，左手抓住江华文的左手上墙……

江华文坐在高墙的平台上，回忆上午会操时的动作。

后来，他躺下了，双手枕在脑后，二郎腿跷得高高的。九月的阳光温暖得有些酥骨，不过还是有些刺眼。江华文眯缝着眼，让阳光幻出七彩光芒。

江华文的父亲开了个小煤窑，积了不少家产。从小，江华文在县城里就是公子哥。在他十六岁时，父亲在矿下遇难，母亲不久也郁闷而去。姐姐成了他唯一的亲人，可他一点也不听姐姐的话，什么事都与姐姐对着干。父母一亡，他更像脱缰的野马，泡网吧玩游戏，喝酒打架，三天两头不回家。后来要不是姐姐当着他的面要割腕自杀，他不会乖乖回到学校，勉强混个高中毕业。当兵，那是他死活不干的事。姐姐只得悄悄地请派出所的人来吓唬他，说是要么蹲班房，要么去部队。

到部队快一年了，他弄不懂，日子长了，他先是觉得部队还有点儿意思，后来又渐渐想姐姐了，想姐姐的好，责怪自己以前对姐姐的种种不是。

江华文望着蓝蓝的天，有些惬意的同时，怎么也想不通，为什么只是拿了个营会操第一，自己就这么开心，突然感到部队生活还是有点儿意思的。当然，他心里清楚，就是不拿这个第一，仅凭这些日子的训练，营区也有他从没体味到的充实和奇妙。

罗祥走到墙下咳嗽了一声，有些抱怨地说："你一个人待这儿干吗？"

"我们在营会操争得头名，我正在品胜利的滋味呢！没想到，这一阵子的苦没白受，还挺过瘾的。不瞒你说，这样的滋味，我以前真没尝过。"江华文露出淡淡的兴奋表情，"欸，你怎么知道我在这儿的？"

"我哪能知道你猫在这儿，害得我找遍整个营区，腿都快断了。"罗祥说，"你这人有点儿怪！好不容易拿了第一名，也没什么说法，只是会操，又不会给个嘉奖什么的，中午连菜都没加一个，更别说会餐了。瞧你那样，好像得了个大便宜似的。"

江华文的脸色一下由快意变成不快："你满脑子就是得好处，和你这种人说不到一块儿，还是个老兵呢。难道你当兵就为图点什么东西吗？"

罗祥笑嘻嘻地说："我可是给你传消息来的。"

江华文翻身坐在台子上："是不是我姐给我来电话了？"

罗祥双手向身后一撑，仰起脖子看着江华文："哟，你什么时候变得这么想你姐了？以前你可是烦都烦不过来的，什么事都与你姐对着干。"

罗祥的话像是触到他的某个痛处，他对着罗祥直摆手："去，去，关你屁事，那是我姐。"

"是你姐，也是我姐嘛。"

"你敢占我便宜，信不信我揍你。"

"呵呵，从南京到北京，我还没见过新兵打老兵呢。"

"你以为呢，老兵得有老兵的样儿，要不然，我可不客气。我怕谁啊！"

"好，好，我还不想说呢，更不想找你，是班长让你回班里头，说是不能破了在班里午休的规矩。走吧，走吧！"

江华文从平台上跳下，跟在罗祥后边，身子软软的，步子懒懒的。走了几步，他像想起了什么，旋即抬头挺胸直起腰板，步子变得大而有力。

一路上，他遇上别的兵，下巴扬得高高的，目不斜视，扬扬得意。这模样，比他当年在家时把别人打败后神气多了。

张成宇真没把在全营拔头筹当回事，对他来说，只有在师里得第一才有意义。

当兵五年，他考过两次军校，文化课总是不过关。他的训练成绩在团里没说的，立了两回三等功，也算是数一数二的训练标兵。至于全师他能排第几，这不好说。全师性的大比武两年前搞过，那时他是个小战士，比的都是集体项目，他没有选择的余地，也难以实现自己的训练方法，只能眼睁睁地看着别人登上领奖台。

今年可碰上好事了，先是年初师里计划十月举行军事大比武，后来又传出消息，年底有一批士官直接提干的名额。直接提干，看的就是军事素质。这好事好像全是特意冲着他来的，只要在师里显示出自己的能耐，那他就能提干，就能在部队干下去。多好的事啊！要不然，年底他也只有走人了。

比武要求各连按规定课目自由组合人员，先由营团筛选后，再会聚到师比武场。经过全面分析，张成宇选中自己最拿手的三人小组攀登高墙这一课目。罗祥本来就在他班里，江华文是他在新兵连就盯上的。别人说这个兵油腔滑调的，他倒感觉江华文是个好兵苗子。更神奇的是，他第一次见江华文就隐约觉得这兵有许多方面和他很像。至于是哪些方面，他一时理不清。

现在，张成宇可以大显身手了。

全师各个营的会操几乎是同时进行的，三天后，张成宇已利用全师的老乡网和在新兵连训练过的新兵，刺探到各营攀登课目的成绩。全师最好的都在二团，二团最好的是二营和三营。五连最好的成绩是八秒，七连是七秒六，他张成宇小组的成绩是七秒四，而以前师里的纪录是七秒一。当时，这个小组是由全连的精兵强将组成的，其中一个兵还是全省运动会跳高第二名，他们创造了一个神话。

现在，他们都已经离开部队。

张成宇一盘算，只要自己提高到七秒，既傲视群雄又打破纪录，一切就妥了。对此，他还是有把握的。在此前的训练中，他的小组曾经两次达到七秒二。

张成宇获得情报后没多久，全师各团各营各连的各个项目的成绩，人人都知道了。看看，师里搞个大比武，从连到团其实会比上三遍。想走上师比武场，真是要过好几关。哪一关闪失了，夺冠之步也就止住了。

会操的成绩一张扬，就等于所有选手都亮出了底牌，当然也不排除有的选手在保证能够过关的前提下故意留一手，以便到师比武时大放异彩。不过，凭张成宇平时的观察和了解，各单位攀登小组的成绩没什么埋伏。巧的是所有强劲对手全在二团，这有好有坏：好的是，只要冲出二团，就等于抓住了师第一名；坏的是，彼此离得太近，平常的训练情况保密起来太费劲。而且，一个连同一项目可以有三个小组参加团比武。如此一来，张成宇身边的对手人数将近一个排了。这真是十分凶险。

罗祥个儿小，但腿部力量特别强，在攀登小组里，他的任务是蹲下让张成宇和江华文先后踩他的肩上墙，然后由江华文将罗祥拽上去。用张成宇的话说，他是全组的顶梁柱。

有时，罗祥想想心里就不是滋味。

从小到大，他都是受别人欺负，现在到了部队，还得由别人踩啊踩的。在听说江华文这个新兵加入小组而且也踩他时，他本来极不乐意，但转念一想，自己能参加这个小组，是一个难得的机会。抓住这次机会，离改变自己命运的梦想又近了一步。不吃苦中苦，哪能做人上人。罗祥只能如此劝慰自己。

张成宇到其他营的攀登小组取经，让罗祥和江华文继续训练。

江华文看不得班长的行为："我们是第一，还去向败军学习，真是丢人，丢人啊！"来部队前，江华文从来都不给手下败将好脸色看。他拳头硬，他就是老大。

"你啊，还是新兵，部队的好多道道你不懂的。"罗祥露出老兵特有的表情，"这叫取人之长补己之短，要想训练上有一手，多向别人学习是少不了的。只要能达到目的，手段有时是可以多一点的。"

江华文最不愿意别人说他是新兵，更看不惯老兵摆谱。他和同年兵的关系挺好，和老兵，他处不来。对老兵，他只有心底佩服了，才会有一种尊敬，自甘为新兵，要不然，他根本不管老兵有多老、有多横。现在罗祥又摆出一副老兵的臭架子，他当然不舒服："你少来，我的原则是胜者就是强者，强者就该藐视一切。班长这人功利心太强，我看不起他。"

江华文见班长不在，训练就开始出工不出力。有时故意狠狠地踩罗祥，就是不上高墙。刚开始罗祥还没感觉到，后来江华文站在他肩上摇摇晃晃地哼小曲，这才知道江华文要弄他，再想想这小新兵对班长叽叽歪歪的，他身子一歪，把江华文摔了个大跟头。

江华文心里本就有气，再被罗祥这么一摔，怒火噌地就上来了。他一推罗祥的胸脯："你这个土包子竟然敢暗算我，是不是欠揍？"

罗祥见江华文摔得不轻，还有些愧疚，本想上前拉起江华文说声对不起的，江华文一推他，他也生气了。俩人就骂骂咧咧推搡起来，后来罗祥一个背摔，江华文躺在地上，好长时间爬不起来。再后来，几个兵就把俩人分得远远的。

张成宇只到一、二团去了，打着看老乡的名义和别人瞎侃，暗中却是搜罗人家的训练技巧。虽然他战术算是高明，但收获不大。谁还不知道谁，大家的防范心强着呢。虽然张成宇早有思想准备，但心里还是免不了失落。

在回连队的路上，张成宇遇上了七连的一班长赵小威。这时候，张成宇本不想和赵小威说什么话，可赵小威有意堵住他："我说张班长，取经去了？"

张成宇只得停下脚步："这也邪门了，我什么事都瞒不住你啊。"赵小威和张成宇是同批兵，在新兵连同在一个班。张成宇是北方人，赵小威来自南方，这一南一北自打入伍就强强对话，明里比高低，暗地里还是以对方为目标较劲。不过，俩人虽说斗得硝烟弥漫，但私人关系倒是越来越铁。

张成宇常常想，在当兵的日子里遇上赵小威这样的对手，这兵当起来多了很多的意味。别看他处处与赵小威拼啊抢的，可心里总是不由自主地感谢赵小威。

"你这话说的，谁让我们是哥们儿？再说了，我们不都是知己知彼的嘛。你不是不知道，从进新兵连那会儿起，我们可是有数不清的相同的地方啊，一块儿得嘉奖，分到了一个营，一同被提为副班长，同一批转士官，当的都是营排头连的一班长。呵呵，不说这些了，我们谁还不知道谁啊。不过，我要告诉你，这回的会操，我不服你，要不是那天我拉肚子，你肯定落我后面！"赵小威一手叉腰，一手不停地在空中比画。他是不想张成宇得了便宜，就自以为全团第一了，那样的话，他们接下来的比试就没什么意思了。虽然他知道张成宇不是一个骄傲的人，但他需要再给张成宇来点压力，让他的这个对手始终处于最佳状态。有了一个好对手，较量才过瘾。

张成宇下巴一抬："这才哪儿到哪儿？我就喜欢你的不服输。我们还是老规矩，不谈备战的细节，只等着比武场上决雌雄！"

"那当然，这规矩可不能破！我们比了这么多年，其实谁也没有绝对占上风，算是持平。这回我们是同一个课目，好好比一比。说好了，谁在团里、在师里笑到最后，那就是对这些年我们之间争战的小结。"赵小威凑上一步，"不要怪我没提醒你，你那两个手下今天干架了。没团结，就没战斗力，这对你可大大的不利哟！"

罗祥和江华文笔挺挺地站在连部里，面对四连长的怒目而视，他们大气不敢出。从他们进连部到现在，足足有五分钟，四连长一字未发，只是用目光戳着两个兵。

四连长觉得火候差不多了，一拍桌子，桌上的茶杯都被震得跳起来。两个兵立马腿发软，浑身的汗毛都好像竖起来了。

"你们这两个熊兵，还懂不懂事儿？这都到什么时候啦，人家在找差距搞训练，你们倒在没事儿找事儿。这样下去，你们还上团里师里比个屁？看看你们班长，对你们好得没法再好了，可你们一点也不体谅他。就是报恩，你们也该好好表现，帮着你们班长完成多年的心愿。能当上干部对你们班长有多重要，你们不能不知道吧？！我可有言在先，要是你们这样搞下去，我绝对不会放过你们俩，到时保准叫你们吃不了兜着走……"四连长一声比一声大，到后来，整个屋里全是他的声音。他让两个兵来，就没想给他们说话的机会。他说够了，手一挥，让俩兵走了。

出了门，罗祥心里苦苦的，眼泪都快掉下来了。江华文却笑嘻嘻的："哎，你注意到没，连长训话时，嘴皮子抖个不停，好玩得很，嘻嘻。"

罗祥一咬牙："你还有心思说笑呢？！这事怨我，我向你道歉，我们可不能坏了班长的好事。"

江华文乐呵呵地说："多大的事？你们都在无限放大，干架是干架，训练是训练，搅和在一起干吗？你怎么比我还怕连长啊？一点老兵的老练都没有。再说了，我们比武为什么非要为他班长比？我们得为自己比，这什么事一旦有了太多的功利心，就没什么劲。班长背着那样的希望带领我们训练比武，我总觉得不是什么好事。"

"不能这么说，你不是班长，不能感受班长的处境。要是谁都有你一样的条件，这当兵的人就少了。"罗祥本来还想把话说得明白一点的，但一想还是尽快化解矛盾为好，便不多说了。

江华文还是听出了罗祥的话中话："我怎么了？要是图那些名啊利的，总惦记着好处，这兵当得也会让人瞧不起，自己也白穿这身军装。你们啊，都是小农意识。"

听说两个兵居然动手过招了，张成宇更觉不妙。一个小组三个人只有一条心，才能出成绩，这下可好，两个兵闹包子干架，这小组不就等于散了？！

江华文在宿舍悠闲地吐着烟圈，表情相当散淡，连长的训斥他根本没往心里去，不知怎么，他突然又想起他姐姐。他和姐姐有一大笔钱，可姐姐还是找了一份工作，做起事来特别敬业。他常常会想，有这么多钱，还要吃苦受累地工作干吗？他问过姐姐，姐姐说人做事所得到的快乐，有时是拿钱换不来的。以前，他认为姐姐的话一点道理也没有，现在他倒觉得好像隐约有些道理，但到底有什么道理，他想不通，也弄不清楚。

张成宇先找到江华文，刚要批评，江华文的话就涌过来了："班长，我真搞不明白，在家时打起架来没人是我的对手，今天倒好，被罗祥这矮小子占了上风。这算什么事儿，我不服气！班长，要不找个时间你当裁判，我和罗祥正式比一场，我就不信干不翻他！"

看着江华文一脸认真相，张成宇憋了又憋，终究没憋住，扑哧笑了："你，你小子，让我说你什么好？"

"班长，不过，我也有错。"江华文一立正，身子直直的。

张成宇心想，江华文还是明白了团结对于全组的重要性，也知道了和老兵打架不好，忙问："什么错？"

"通过今天的事，说明我的警惕性不高，搏击功夫还不扎实。"

"就这些？"

"就这些！"

"屁话。有能耐，你在攀登上使使劲。和同班的战友干架，你还要不要脸？"

"班长，你说脏话了。你可对我说过，说脏话不文明，我是听你的教育，才好不容易改了满口脏话的毛病的。你要老说下去，我恐怕又得旧病复发了，到时，我就没办法了。"

"哟嗬，挑起本班长的毛病了，还狠狠地将我一军，你小子长本事了，你老实待着，好好反省，要是不能检讨出三六九来，这攀登小组你就别参加了。"

"班长，瞧你说的，我这刚品出点味儿来，你就踹我走人，我可不答应。"

罗祥在学习室看陈怀国的小说《遍地葵花》。这是一部反映农村兵成长的小说，罗祥总想从中学到些农村兵如何在部队有些出息的方法。罗祥觉得自己比较幸运，因为他的文化成绩不错，当初高考只差了几分，要不是家里没什么钱，他就会复读而不是来当兵。这近两年的兵当下来，他自认为各方面都不错，文化学习也没有丢下，一周总能挤出五六个小时学习。本来他要去参加预提班长培训的，后来班长说参加比武比接受培训更有说服力，而且连长、指导员也是这么说的。他听得出，今年年底转个士官，明年初提个班长或班副应该不是问题，明年一开春就可以多些时间复习，然后考军校。成功的希望嘛，还是比较大的。

张成宇站在罗祥后面好一会儿，一门心思看书的罗祥也没察觉。张成宇一把夺过书，一看书名："还葵花呢，你这兵当得满眼金花了吧？"

罗祥在新兵连时，张成宇就是他的班长。当时，罗祥第一眼看到张成宇时，张成宇的形象就和他心目中的军人形象惊人地相似。尽管他说不清其中的道道，但他对张成宇的敬佩之情就在心里生根了。从这以后，他处处表现，事事以张成宇为榜样，为的就是以后能真正成为张成宇手下的兵。快要下连时，他向张成宇说出了自己埋了三个月的想法。张成宇早就喜欢上罗祥这个新兵。他一要求，罗祥还真的被分到了他的班。

罗祥还在愣神时，张成宇一拳捶在桌上："就你这样的兵，当初我就不该要你！"

罗祥比任何人都希望班长能够借此良机提干，他和江华文动手之后，想过班长会训他，也觉得这为班长实现理想添了麻烦，可是他没想到班长会有赶他出班的念头。

"班长，江华文这家伙说你坏话，还看不起你，我心里受不住。"罗祥一下子哽咽起来，"他可以对我说三道四，但我绝不允许他对你不敬！"

张成宇口气还是很硬："我们三个人是一个整体，你倒好，窝里斗，你存的什么心？你还是个老兵呢！我看你这一年多的兵算是白当了！这样下去，你还考什么军校？别光顾着看什么破书，好好给我反省反省！"

张成宇说完，甩袖而走。一晚上，他都没和江华文、罗祥说话，脸板得沉沉的。他知道这两个兵最怕什么，怕什么就给他们来什么，好好震震他们，让他们痛定思痛。

第二天上午，张成宇带着两个兵到了攀登训练场，二话没说，就下口令开始训练。没想到，一趟练下来，三人配合得空前默契。他以为是错觉，又来了一回。不错，真的不错。他奇怪地看着两个兵。江华文对着张成宇一挤眼："班长，发现新大陆了？呵呵，我们可不是孬种，干架还得干，这训练嘛，我们也不会放松的。"

罗祥忙接上话："是啊班长，我们掂量得出这比武的轻重。"

两个兵一唱一和，好得跟一个人似的。

张成宇似乎弄懂了这两个兵的心思，但又好像一点也不明白。

赵小威早在远处观察张成宇他们，他有点儿替张成宇担心，两个兵还能不能配合好，还能不能加把劲。看到他们的动作超乎他的想象，他不禁拍掌连声大叫："好，好啊！"

张成宇一听身后的叫好声，回头见是赵小威："怎么了？是不是没看到想看的笑话啊？"

"我是那种人吗？你还不了解我？你不会变得这么小看我了吧？"赵小威没有生气，"我真没看出来，你调理兵的水平又升了一格，这一点我佩服你。"

罗祥插上话："恐怕没这么简单，赵班长是来刺探我们训练情报的吧？"

张成宇一拽罗祥的胳膊："别瞎说，赵班长不是那种人。"

"哈哈，知我者，张班长也。"赵小威笑得特别爽朗。

江华文若有所思地说："这我相信。比武嘛，比的是自己的真本事，比的是气势，耍巧弄诈、偷鸡摸狗，不是军人的作为。两位班长都是真正的军人，在你们这样的班长手底下，真爽！"

赵小威跷起大拇指："小新兵果然有独到之处，后生可畏啊。这样拍马屁，本班长喜欢。"

江华文不喜欢赵小威称他小新兵，但听得出赵小威是在表扬他，心里美滋滋的："赢得比武固然重要，但从备战到比武的过程，更让人迷醉。"

"哇，你还真是不可小看，有思想，是个好兵苗子。"张成宇脱口而出后觉得不能太夸江华文，又说，"不要光说得好听，实践才是最重要的。再说了，军人的终极目标就是在战场上所向披靡。也就是说过程得看重，结果更要追求。"

赵小威说："不得了，了不得，你们个个都是厉害角儿，我不和你们拌嘴，还是等比试时看你们的真功夫吧。我一定要打败你们，到时够你们喝一壶的，等着瞧吧！"

连队的工作多如牛毛，当连长的一天到晚没有闲的时候。四连长比以前还忙，不过他采取了抓大放小的策略，几乎把全部的心思放在关注张成宇小组的训练上。离团比武也就二十来天了，他不能不着急。

张成宇他们在训练时，四连长很少到场。张成宇最见不得干部不信任他，要是四连长天天守在训练场，他肯定有脾气。可四连长看不到他们训练，心里又空荡荡的。好办！四连长在宿舍的窗口用望远镜进行实时观察，发现些什么训练上的问题或者突然有了点心得，就及时记下来。有时，他真想夺门而出直奔训练场，可他每次都控制住了自己的腿脚。

张成宇特别爱下象棋，那种在棋盘上厮杀的感觉，让他通体畅快。他这爱好从高中时就有了，只不过到了部队后发现，边当兵边下棋才是最来劲的。四连长是张成宇为数不多的几个铁杆棋友之一。四连长的棋艺不错，更重要的是他只要下棋就忘记了连长的身份，全身心沉浸于在棋盘上调兵遣将的状态。这正是张成宇需要的棋友。

这天，摆开棋盘，四连长说："赵小威可是你进攻路上最大的障碍，这几天我观察分析了他们的动作，发现了一些纰漏，我告诉你是想提醒你不要犯同样的错误、走同样的弯路。"接着，四连长就把张成宇他们训练时的毛病嫁接在赵小威身上，一五一十地抖搂，时不时还比画。

张成宇敲棋子打断正说到兴致上的四连长："下棋下棋，说

这些干吗？别说是他们的毛病，就是他们的高招秘招，我也不稀罕。我要比试的是真功夫，我要的是凭我的真本事击垮他们，不只是他赵小威，是全团全师的所有对手！"

张成宇的不礼貌和不谦虚，让四连长火从心头起，可他又不好冲张成宇发泄。自己手中就这一张王牌了，要是张成宇再撂挑子，那看起来伸手可及的作训股长位置就可望而不可即了。

经过营会操，张成宇所在的班只有攀登课目出线，其他的全都败下阵，也就无须备战了，重新进入连队的正常工作和训练。

算起来，张成宇带领攀登小组训练，每天也就一个小时的时间，其他时间他还要带着全班训练和完成其他工作。集中的一个小时，主要是练习攀登动作，其他诸如体能、臂力、腿力、柔韧性和协调性的素质都与平时的训练结合在一起。

副班长主动向张成宇报告过，意思是让张成宇专心致志地抓攀登训练，班里别的工作由他全部担起来。张成宇说："你的好意我心领了，比武对我确实很重要，但我是班长，我不能丢下班长的职责。攀登训练要抓紧，班里的其他工作也不能掉链子。况且，我们攀登小组以及其他班的备战课目，也只是在完成正常工作的同时进行训练，不同的是每天专门腾出一些时间罢了。我看，也只有等团比武后，在迎接师比武的那一周里，我们攀登小组可以全天候地备战。不过到那时，大强度训练也就一两天，接下来的训练量就要开始下降，进入调整阶段。"

副班长说："有些连队的比武项目都是全天训练，我们这样下去，恐怕斗不过他们。"

张成宇说："我不信这个邪！"

四连每个月上旬都会进行一次五公里越野对抗，以班为单位，看哪个班跑得最快。现在四连长没心思过问，副连长觉得自己在这个时候应该替连长分忧，把连队的好传统保持下去。

以前一班总是第一，这回得了个"副班长"，倒数第一。拖后腿的偏偏是罗祥。要在往常，罗祥多半是帮班里跑得稍慢的兵扛枪的。

部队带回时，张成宇就黑着脸，一班的兵多半也是耷拉着脑袋。回到班里，兵们正要洗洗，张成宇却说开班务会。会上，张成宇把罗祥狠狠地训了一通。

而后，张成宇又留下攀登小组单独开会。

其他兵一走，罗祥就叫苦了："班长，现在都什么时候了，比武是第一位的，其他的根本不要在意。我要是把劲儿用在五公里上，攀登还怎么搞？我是一心一意为我们的比武着想的。"

张成宇一拳头砸在桌上："我就知道你要这心眼儿，还有脸说？今天，你把我们一班的脸丢尽了！"

罗祥鼓了鼓腮帮："在师比武时风光了，比什么都有用。"

张成宇的嗓门更大了："瞧你这德行，你这兵越当越不像话了！什么叫军人？军人就是在什么上都不能输，荣誉是军人的命根子！"

江华文清了清嗓子："这事我也得说一句，某些人功利心太强，有点儿说不过去。"

罗祥说："你多什么话，还不嫌乱啊？你说谁呢？"

江华文看了看罗祥，又看了看班长："我只是对事不对人，我也不知道在说谁。"

江华文这话一出口，张成宇和罗祥都不说话了。

赵小威找到张成宇，要比一回。

张成宇故意吊赵小威的胃口："现在比有什么劲？"

赵小威说："闲着也是闲着，比一比，刺激一下。怎么，你不敢？"

张成宇说："怕？我不知道这字怎么写！"

张成宇提出到七连的训练场比，为的是多熟悉场地，毕竟到时师比武的场地也是临时指定的，现在还不知道什么样。

赵小威说："是我挑战的，我先上，你张班长掐表。"

张成宇下达"开始"口令的同时按下秒表，有一种莫名的不祥之感。赵小威带着兵完成动作，张成宇一瞧秒表的时间：七秒四。

赵小威得意地问："怎么样？"

张成宇把秒表交给赵小威："自己看。先别高兴，看我们的。"

张成宇结束了攀登，感觉这一次的速度是有史以来最快的。

赵小威手中的秒表定在七秒五。

赵小威高举着秒表："张班，服了吧？！我测过几次，才来和你比的。"

张成宇提出再比一次，赵小威答应了。

结果是，两个组都比刚才的成绩慢了一秒。

赢家还是赵小威。

罗祥以为班长又要发火，没料到班长从训练场下来，脸上一直很平和。中间，他还和江华文说了个笑话。江华文被逗得仰天大笑，班长的笑容也轻松自在。

罗祥从津贴费中攒下的三百多块钱，一直是他的心病，总没法下决心派什么用场。开头，他想买双皮鞋。连里好多兵都有皮鞋，有的还不止一双，他没有。后来，他又想，还是把钱寄回家给父母。现在，罗祥终于下了决心，他买来营养品，像服药一样每天吃一点。

三个人一组，他罗祥的动作和力量起着很大的作用。他现在不再想被人踩着有多难受，他关心的是自己多出些力，免得到时在比武场上威风全无。那样的话，可不好收拾。

江华文也买来了营养品。与罗祥不同的是，他买了三份。罗祥捧着其中的一份，心里后悔得要死，早知如此，他那三百多块不就省下了？现在糟了，退没法退，吃又吃不了。

张成宇漫不经心地看着江华文送来的营养品："这玩意儿要是顶用，我们每天只吃它就行了，还要训练干吗？只有苦练加巧练，才能出成绩！"

江华文说："班长，得相信科学。"

张成宇说："还不如相信自己，我总觉得这有点儿投机取巧的嫌疑。不过，不吃白不吃！"

赵小威挑战的全过程，四连长用望远镜看得仔仔细细，就连他们说的话，他也从他们的嘴型上理会得八九不离十。当时，他心里就咯噔了一下，深深地叹了一口气。

四连长憋了两天两夜，还是没忍住。一天晚上，他约张成宇到高墙下，自己点根烟不停地吸。

"训练中，有什么困难不？"

"没有！"

"还没有？赵小威都骑到你头上了！"

"这消息怎么传出去的？"

"亏你还打肿脸充胖子，这样下去，什么都黄了。"

"没事的，他来的那天，我正把江华文的一个小动作改了，还在磨合中呢。"张成宇把假话说得比真的还真。

"不行，我得亲自测测你们的成绩。"

"过几天吧，等我们练成熟了。"

没人知道赵小威和张成宇比试的具体成绩，但赵小威打败张成宇的结果，像风一样很快在一团传开。

那些在营会操中处在下风的攀登小组，猛然间又长出了信心，张成宇并不是不可战胜。各个连队的攀登场地，兵们的士气呼地高涨起来。

其他课目的小组也受了感染，个个嗷嗷叫。

张成宇耳听兵们的叫喊声，看着训练场上生龙活虎，心里乐了。

在他看来，这才是真正的营区，真正的兵们。

江华文显然有些不适应，好像入了梦，来到了他梦中的军营。

江华文铺开信纸，只写下"姐姐你好"，就不知说什么了。他当兵到现在，这是第一次给姐姐写信。以前，都是姐姐打电话写信给他，他从没有主动和姐姐联系过。

他在抽屉里翻了好久，才找到夹在日记本里的姐姐的照片。日记本是姐姐送的，说是他到部队后有什么心思、故事之类的，可以记下来。他才懒得动笔呢。照片，他只在新兵连时看过一回。现在面对姐姐，他陡然间鼻子酸酸的。

江华文给姐姐寄出信后，第一次有了盼信的渴望。

这一次，姐姐寄来的是特快专递。

姐姐的信写得很长，说得最多的是江华文长大了。

江华文纳闷了，姐姐为什么说他长大了？他在信中也没和姐姐说自己长大没长大的事，只是讲了他到部队后从讨厌训练到喜欢训练，从总想着逃离到现在有些想在部队多待些时间之类的话，还有就是夸大地说了他参加营会操的过程和自己的感受。

江华文请连里一位爱好摄影的兵，花了两天的时间为他拍了许多在训练场进行各种训练动作的照片。相机是数码的，拍了就能看到效果。每拍一张，他都要看看，如果不满意，他会重做一次动作。

照片洗出来了，他的信也写好了。他也是用特快专递把信和照片寄给姐姐的。

张成宇反复分析自小组成立以来的训练，寻找成绩极不稳定的原因。营会操后，他们也曾有好几次达到七秒二、七秒三的，但就是很难保持住。

每一个动作的细节已经接近完美，各人的力量分配也相当出色。问题究竟出在哪儿？

张成宇想了一个通宵，终于有了眉目，是他们三人的配合还不够心神相通。

挖出病根后，张成宇开出的药方是，以后三人形影不离，就是在日常的班列队时，三人也打破队列的排列规矩，站到一块儿。

江华文说："我们三个人应该睡一张床，那才是真正的形影不离呢。"

张成宇说："我也想啊，可这不现实。"

张成宇要大家猜对方的心里在想什么，江华文不干了："心事属于隐私，这对我是大大的侵犯，我拒绝！"

张成宇没和江华文纠缠："那好办，我们就猜对方眼神和表情的意思。"

一到空余时间，张成宇就领着兵猜来猜去。他和罗祥做得很投入，只是江华文常常扮鬼脸，害得罗祥笑翻天，早忘了猜的事。

四连长走在营区里，兵们给他敬礼，他全当没看见。兵们训练时，他最多只是围着训练场绕几圈。连点名的事，他也交给了副连长；连务会，他不参加。他的脸色总是毫无表情，步子缓慢而显得没有目标。兵们私下议论，连长心事重重啊。

这回，二团长把四连长叫到办公室狠狠地批了一通："你厉害啊，当起甩手掌柜了。成天脑子里就装着攀登小组的事，你这连长浑了。你听着，再这样下去，即使你手下在师比武时有了大出息，你也是一个不合格的连长。到时，什么晋升、什么提副营、什么家属随军，你统统别想。"

四连长有些委屈："我心里乱得很，把稻草当金条也是没办法的事，我也不想啊。"

二团长现出少有的严肃："现在部队既备战比武，又快要到年底了，工作头绪太多，干部到了晋升、转业的坎儿；兵们面临评功评奖和走与留，你给我有点儿脑子。"

四连长知道二团长说得对，也明白自己做得有些过。回到连里，他召集干部开了会，做了一番自我检讨，强打起精神重新回到四连连长的角色。

可一个人心里有块石头压着，根本没法轻松起来。四连长是像往常那样履行连长职责了，可摆脱不了心不在焉的境地。他觉得自己回到了以前的四连长角色，但在连队干部和兵们眼里，连长没变，连长的心还全在一班的攀登小组上。好在大家理解连长的处境，连长拖家带口的，也不容易啊！

张成宇的脚刚踩到罗祥的肩上，罗祥的腿突然抽了一下。张成宇不知道，只觉得这一次上墙比以前轻快，速度也似乎快了些。

"停！"罗祥大叫一声，把正要踏他肩的江华文吓住了。

江华文撤回腿："嚷什么？你这样搞不好要出人命的。"

张成宇从墙上探出头："怎么回事？"

"班长，你刚才有什么异样感觉吗？"罗祥有点儿答非所问。

张成宇想了想："你这一说，还真有点儿，我刚才上时比以前轻松。"

罗祥站了起来，骄傲地看着江华文："我对训练动作有新的心得，可以提高速度。"

江华文说："就你？卖什么关子，说呀，说出来，我好批你。"

罗祥说："在你们踩上我肩时，我可以稍稍起身挺胸送肩，给你们更大的上升力。"

张成宇眼前一亮："是个好主意，我怎么没想到！罗祥在训练中肯动脑筋，值得我们好好学习。"

江华文说："你罗祥不是老叫着不喜欢被别人踩在脚下，这回怎么倒主动配合我们踩了？"

罗祥没生气："此一时，彼一时，提高训练成绩，在师比武场上摆平所有对手，是我们共同的目标。"

张成宇有些不耐烦："磨什么嘴皮子，来，来，练练试试！"

三个人对新的发现，都充满了期待。练了几次，确实有效果。训练结束讲评时，张成宇着实好好表扬了罗祥一番。

班里每天都要评比内务，说白了也是看谁被子叠得好。副班长在兵们叠好被子去洗漱时，手里拿着小红旗，在屋里走一回，把每个兵的被子端详一番，然后将小红旗放在叠得最好的被子上。

这一天，江华文叠被子叠得特别仔细用功，花的时间也比平常多了一半。一切整理好了，他没有去洗漱，而是留在屋里看副班长评比被子。副班长在他的床前停留了好一会儿，手里的小红旗一会儿要放到他被子上，一会儿又犹豫起来。

江华文急了："班副，相信自己的眼光嘛！我可是第一次用心叠出这么好的被子。"

副班长有些诧异："哟，你什么时候也想拿内务小红旗了，这世道变了？你可是个什么都不在乎的人物啊。"

江华文说："我怎么了？你都从新兵变成了老兵，从兵当上了副班长，我也会变的。以后，有什么荣誉，我江华文都要争一争。"

副班长把小红旗端端正正地放在江华文的被子上："好，就凭你这话，这小红旗今天就归你了。况且你今天的被子的确是第一，要不是我亲眼所见，我还真不信这被子是你整出来的。放心，我不会照顾你的。"

"真要是你关照的，我还不要呢。我江华文要的是实实在在的荣誉。"江华文摸了摸小红旗，"以后，这小红旗会常坐我这儿的。"

连里组织教唱新军歌，副连长说了，有比武任务的同志可以不参加。

江华文鼓动张成宇："班长，好像好久，至少有两个月没教新歌了，我们也去吧！"

罗祥说："你江华文最讨厌唱军歌了，说什么还是流行歌曲有味儿，符合当代青年的审美需求。这会儿哪根筋搭错了？"

张成宇好像对江华文的举动并不惊奇："走，唱歌去。"

罗祥说："班长，这唱歌刚好是我们训练的时间，你又不肯用其他正常时间练习，晚上训练场黑乎乎的，没法练，这离团比武没几天了，时间金贵着呢！歌以后可以唱，这比武的事可是过了这个村没这个店了。"

江华文说："你都快被得第一名迷了心智了，再说了，班长的命令你竟不服从？！"

张成宇说："就唱歌去，军人嘛，唱军歌是天经地义的事。训练为了什么？不也是为了当个够格的军人嘛。"

到了张成宇每天固定的训练比武课目的时间，四连长照例在宿舍里拿起望远镜。左等右等，就是不见人影。他下到一班看了，没人。在营区里找了一圈，还是没人。他没去连队俱乐部，尽管他知道连队在唱歌，但他没想到张成宇在这个节骨眼儿上还会去唱歌。

张成宇他们回到班里，四连长正坐在那儿呢。

"干什么去了？为什么不训练？都什么时候了，你们还不抓紧？"四连长气不打一处来。

张成宇说："连里教新歌，我们去了。"

四连长像不认识张成宇的样子："唱歌？你还有时间唱歌？你这班长变傻了吧？"

赵小威从与张成宇的那次挑战中尝到了甜头，决定开始以比代训。他将全团的攀登小组从弱到强排了个顺序，进行全面挑战。

他对两个兵说："从今天开始，我们要挨个儿挑战。大家要把每一次挑战当作真正的团比武、师比武，强的我们不要怕，弱的我们不能轻视。挑战时，我们要留意人家的动作，学经验，但表现出来的得是天下无敌的气势。成绩上要盖过他们，精气神上也要击溃他们。挑战，是我们的训练方法，更是吹响我们比武时夺取全团第一的冲锋号。"

赵小威带着两个兵直杀到别人的训练场，摆足了挑战的架势。再弱的小组见赵小威目空一切的模样，也被激得直咬牙。谁怕谁？你赵小威能降伏张成宇，我们也能把你拉下马！一时间，二团因为赵小威的挑战而群情激愤。

赵小威一个下午两个小时，连比四个小组。就这样，还是没人能超过他们。

这一次，赵小威不以秒表计时，而是两个组同时出发，用最直观的结果来打击对方。

张成宇也改变了训练方法。在这之前，他在训练一开始和结束时，都会找个兵帮着测一次成绩；现在不了，成绩不测，就连连贯性的动作也很少练，全是练分解的。三个人的上墙动作，一个一个地练，两个人练，一个人边看边休息。

罗祥不乐意了："班长，不知道成绩，怎么知道练得好坏？"

江华文说："你就盯着成绩，那是你爹还是你娘？你训练就是为了成绩？"

罗祥说："不为成绩你练了干吗？你脑子进水了？"

江华文说："不是我脑子进水了，是你眼睛只盯着拿第一得好处。"

张成宇说："你们俩有仇啊？别争了，照我说的练！"

江华文冲罗祥一吐舌头："你把军事民主用错地方了。"

罗祥说："我只是提我的个人意见，也没说非要听我的。我们的目标是一样的嘛！"

江华文说："我们的目标说一样也一样，说不一样，大有区别，我江华文的目标就在一天一天的感受之中。当兵嘛，重在一个'当'字。"

师里下来工作组考核团级单位的干部班子，顺便也对团营职的后备干部摸摸底。掌握底数的同时，就把干部排成队了。到了年底乃至明年上半年的干部晋职和调整，基本上就按排队顺序。

二团把四连长推为全团连职晋营职人选的第一个，可说服力并不太强。连队全面建设只能说很稳，但不突出，在四连长任职内，连队没被评上一次标兵连队，其他的单项评比也只和其他连长打了个平手。二团长说，四连会在马上要举行的师军事大比武中有出色表现，可师工作组的人说了，不是还没比嘛，等出色了，再考虑也不迟。

单双杠训练原先是八练习，后来缩水为五练习，现在彻底萎缩为二练习，只是作为最基础的体能训练的一部分，早没了往日在杠上翻飞的动作。有些老兵，兴致上来时，会截取个以前练习中的精彩片段在杠上要要。可能是显摆，也可能是对逝去动作的追忆。江华文从最先的不以为意，到后来的鼓掌叫好，现在呢，他渴望学到以前的单双杠一至八练习。幸好，真要学并不难，部队里还有人会八练习的动作，老的训练大纲中也能找到动作要领。

作为一项制度，单双杠必须在有保护者在场的情况下才能训练，而在严格意义上，老的动作不让再练。江华文没有别的选择，只能偷偷地练。中午别人午休，他一个人练；晚上自由活动，他一个人练。越练瘾越大。

终于出事了。

他从单杠上摔了下来，后脑勺起了大包。开始，他只是有些头晕，也就没在意，摇摇晃晃地走在回班的路上，到了门口，他直觉得天旋地转，扑通一声跌倒在地。兵们全吓得不知所措，张成宇急忙把江华文扶起来抱到床上。

在张成宇的逼问之下，他道出了实情。

张成宇说："早和你说过，想练，我陪着你。"

江华文说："班长，这事就我们三个人知道，不能说出去！捅到连里团里，我的罪可就大了。好在，我没让你帮我练，要不然让干部知道了，我就连累你了。"

张成宇说："你以为你偷着练出了事，我就跑得掉？真幼稚！"

罗祥说："现在还说这些，江华文你要不要紧？"

江华文说："应该没事的！"

张成宇说："说不好，可能脑震荡了，兴许程度还挺重。不行，得去检查一下。"

张成宇让罗祥重点照顾江华文，他去向连长汇报。张成宇没说别的，只说江华文不知怎么的，突然犯了头痛病，疼得死去活来的。

四连长听了张成宇的汇报，坐在那儿好久没动弹，眼睛直直地看着张成宇，一个字也说不出口。

江华文躺在床上，嘴里咬着被角，脑袋忍不住扭过来摇过去，哼哼声不断。罗祥第一次见江华文这么痛苦，脑袋轰的一声也大了，坐在床沿上不知如何是好。他开始有些恨江华文，这小子太不像话，练攀登就够了呗，还去搞什么单双杠？早过时的动作，练得再好，连队也不会有什么说法。自己伤了，还连累攀登小组的训练，说不定还会影响比武。现在再看江华文的痛苦模样，他又一下子敬重这个小新兵了。这小新兵，真有些别人比不上的东西。

四连长木然抓起电话向团长汇报，团长在电话里说："你闭嘴，先送医院好好检查，我通知卫生队，让他们陪护，你跑步到我办公室来！"

四连长放下电话，冲着张成宁喊："你死了？快回班里，马上送江华文去医院！"

四连长没有去看江华文，直接去了团部。开始是快步，后来也顾不得形象了，甩开步子跑起来。

江华文被抬上救护车，罗祥一下子瘫在床上，嘴里一个劲儿地嘀咕："这下完了，全完了！"

四连长像个新兵一样站在二团长面前，大气不敢出。

"你瞧瞧你这个连长当的，我怎么会有你这个老部下？你还有脸说是突发病，我坐在办公室里都能想到这兵是怎么病的。到年底了，你倒弄出这事来，小战士没问题是你命大，否则，这可是训练事故。事故猛如虎！你不但会自毁前程，也给全连全营全团抹黑。一年的成绩，就被你这一桩事败得一干二净！你有多大斤两，你扛得动吗？"二团长脸涨得通红，嗓子嘶哑。

四连长还从没见过二团长这么气愤过，两腿止不住有些发颤。

四连长灰头土脸地回到宿舍，把自己扔在床上，眼睛死死地瞪着天花板。许久，他下床拿出棋盘和棋子猛地摔在地上，棋盘四分五裂，棋子满地滚。他举起望远镜刚要扔到地上，一想这是公物，又收回了手。

在去医院的路上，江华文清醒了许多。他从杠上脱手飞出去的感觉，突然又回到记忆中，他露出幸福的微笑。这把张成宇吓坏了，不好了，江华文不仅是脑震荡，还痴呆了！

张成宇握着江华文的手："不要紧的，别想太多。"

江华文说："班长，我好了，我还能训练，我一定要参加师比武，为你，也为我自己！"

张成宇眼泪都要掉下来了："你好好休息，只要你没事，什么都好，比武什么的，咱们不想它了。"

检查结果，江华文果然有脑震荡，但医生说没办法判定程度，至于治疗，也没有特别好的办法，回去好好休养吧。

这天晚上，张成宇和罗祥心里有事都没睡好，江华文倒是睡得特别香。

第二天早上起来，江华文的头隐约还是疼，但为了让班长放宽心，他竭力表现出全恢复的样子。出早操，张成宇不让他去，他坚决要去。整个早操，他都面带笑容。

出完操，他主动去向连长认错。

连长没出早操，他敲门时，连长还没起床呢。

进了门，他说："连长，昨天我自己走路不小心摔了一跤，当时脑子有些不适，睡一觉全好了。我今天就可以参加连里的所有工作，攀登训练我还会像以前那样活蹦乱跳的。连长，你们不该送我去医院，因为我本来就什么事也没有！"

四连长的眼睛通红通红，脸上挂着憔悴。他看看江华文，又摸摸江华文的头："真没事？真是走路摔的？"

江华文说："真的，全是真的！"

四连长不再追问，虽然他心里清楚，江华文说的是谎话。

早饭后，四连长专程向二团长汇报江华文的情况，特别强调江华文是自己走路摔的。

二团长说："照你这么说，是虚惊一场。也好，这对你是个警示。你蒙我也没用，好在没大事，要不然，我非拿你开刀。你也不要侥幸，好好排查连里各方面的事故隐患。我可丑话说在前头，你再不把你这连长该做的工作全做好，即使你拿一百个全师第一，你的那点小九九也泡汤！"

赵小威听说江华文病了，本要去看看，转念一想，这时候去会加重张成宇的心理负担，就没去。

第二天下午攀登训练的时候，他隐蔽在四连训练场一角，暗中侦察。

张成宇他们像往常一样有条不紊地训练，江华文的动作丝毫没有变形。细细一打量，张成宇和罗祥两人的表情有些阴沉，江华文倒一副笑眯眯的样子。

赵小威回到自己组里，对兵们说："张成宇那组，不像大家传说的那样。不过，我也不认为这是张成宇放的烟幕弹。他这人不会使这样没品位的战术。我看啊，要么风平浪静，要么就是他们真有问题，只不过给我们制造了假象。当然，真要是假象，他们造假的水平也真是太高了！"

一个兵不以为意："就他们那水平，再使招数也白搭，我们现在闭着眼睛也能让他们俯首称臣。"

"骄兵必败！我对你说过多少遍了，怎么脑子里还没这根弦！"赵小威眼睛瞪得浑圆，"我和张成宇较量这么多年，他的实力我比谁都清楚，你才当几年兵？不是我看不起你，你这兵再当，你也别想和张成宇平起平坐！"

江华文并非真的恢复到从前的样子，头有时还隐隐作痛。尤其是晚上睡觉时，有时脑子就像炸了一样，折腾得他翻来覆去难以入睡。他在床上一动弹，张成宇就轻声问他是不是又难受了，为了不让班长担心，他只得咬紧牙关干熬，努力不让自己再发出声响。

白天还好，进入攀登训练更是没说的。不过，要是张成宇以关切的口气问他身体有没有异样时，他的头会突然不舒服。再有就是，每次他结束动作从高墙上下来时，头都有短暂的晕眩。他想，这就没关系了，只要不影响训练就中。

罗祥对江华文摸不着头脑，不知道这新兵搞什么鬼。一次，趁张成宇不在身边，他问江华文："你小子不是要临阵脱逃，先摔个脑震荡做伏笔吧？"

江华文像领导一样拍拍罗祥的肩膀："我说同志啊，你的思想觉悟不怎么高啊！我江华文要是怕训练不想上比武场，还需要这么复杂？我的风格是直截了当。"

罗祥厌恶地躲开江华文的手："要是因为你，我们一败涂地，你对不起的人可就太多了，最对不起的就是班长！"

"看来我们进行的默契训练，你收获不大。我比你进步快，我听出了你心里想说但没说出口的话，你最怕的是我坏你的好事。你放一百个心，我江华文现在最喜欢的就是成人之美。"江华文的手指在罗祥眼前晃来晃去，动作和连长训兵一样，"怎么说来着？信心是战胜一切的前提。你不但觉悟不高，信心也不足啊，这可是身为军人之大忌。"

罗祥不服气："你站着说话不腰疼，我要有你家的经济条件，我比你还洒脱。"

江华文说："我姐守着家里那么多钱，还要出来工作，我以前也想不通。刚到部队时，我也对这儿的一切深恶痛绝，就想着早点儿混完两年回去好好享受人生。这一年还没下来，我就发现钱是王八蛋，人生的享受有太多的方式。我最大的发现是，我骨子里本就是当兵的料。不和你说了，说多了说深了你不懂，伤你这老兵的自尊。"

罗祥说："小新兵少臭美，等你站在师比武的领奖台上再狂妄，再大道理满天飞吧。"

一个老乡来找罗祥聊天。这老乡与罗祥是同批兵，家在同一个镇子。

老乡羡慕罗祥备战大比武，罗祥说："我现在命悬一线啊！"

老乡说："和我保什么密？我们谁不知道你们班长、连长对这次比武多重视啊，你们二团长对你们连长又那么关心，该有的，你们全齐了，你就跟着分享胜利的果实吧。"

"你只知其一不知其二，就这样一个破攀登，这么短短的个把月时间，发生的事太多、经历的惊险太多，说出来，谁都觉得在故弄玄虚、大惊小怪。要不有人说，生活里的故事远远多于人们的想象呢。早知如此，我拼命也不沾这个比武，老老实实地和你一样参加预提骨干集训，稳当地提个班长或班副。集训时，我的表现、我的成绩，我可以控制，可这比武，虽说就三个人，但我时常有心无力啊！"

"比武好啊，得了头名，在全师都风光，提班长是铁板上钉钉，立了三等功考军校加分，立了二等功，那油水更大。"

"咱们是老乡，我还能骗你不成？你不在其中，不解其味啊。"

离团比武只有四天了，四连长要求张成宇以其人之道还治其人之身，挺身而出挑战赵小威。

张成宇说："挑战一把也好，这些天我们光自个儿练，对手只在脑子里，是有些乏味！"

四连长说："我可不是冲着为你提味来的。一是让你们进入实战，测测你们的成绩到底如何；二是就快团比武了，虽然我没把团比武放在眼里，但师比武紧随其后，已经到了绝杀对手士气的时候。你们把前些天耀武扬威的赵小威挑下马，好好给他放放气。可以说，训练的黄金期已基本过去，你的对手再想通过苦练加巧练赶上我们，也无回天之力了。等到了师比武时，我们完全可以不战而屈人之兵。"

"连长，你备战还真有高明之处啊！"

"你记住一句话，是人都有强项。何况我是连长，总有些别人不及之处的。"

四连长与七连长商定，两个连队开展一次比武项目的全面对抗，权当团比武前的准备活动。对抗场地选在七连的训练场，这是张成宇向四连长提的建议。张成宇说，能在对方的场地让其威风扫地，更是致命一击。而七连长想的却是，占尽地利人和，看你四连有何胜算？

两个连的兵聚在七连的训练场上，双方的助威声一浪高过一浪。七连长要全线出击横扫四连，而四连长只想取得一点突破。

按照事先的对抗规则，为了显示绝对的公正，两个连只分胜负，不打分不计时。至于那些靠打分评判的课目，上场一遛，彼此都能心知肚明。

对抗的结果早在四连长预料之中，计时课目中，只有张成宇的攀登胜了；那些打分的课目，大多旗鼓相当。四连长暗中找了四个兵为张成宇他们计时，时间分别是七秒、七秒一、七秒一、七秒二。

当天晚上，四连长在宿舍里备了几个菜、三瓶啤酒和半斤白酒，为张成宇他们庆功。

张成宇望着桌上的菜和酒："连长，我们的成绩是多少？"

"我没测啊！"四连长脱口而出。

张成宇说："我不是白当你的手下的，连长大人的手法我还是知道些的，告诉我吧！"

"不愧是我的班长，七秒一！绝对准确！"四连长替三个兵倒上啤酒，给自己倒的是白酒。

"七秒一，和我感觉的一样，我相信，到师比武场上，七秒跑不了！"

罗祥说："没错，跑不了！"

江华文说："一瓶啤酒太少，牙缝也塞不满。不过，连长亲自违背条令请我们喝，这也是一种荣誉啊！不像我那些哥们儿，酒瘾犯了，像耗子一样偷着弄点酒解馋。"

四连长说："不就是酒嘛！今晚，你们一人一瓶啤酒是个意思，等捧回师第一名的奖状来，我让你们喝白的，不醉不休！"

江华文说："连长，现在我对酒没以前那么亲了，我想参加完师比武后要个特殊奖励，你能恩准吗？"

"你这个新兵刚来时有些稀拉，经你班长一调教，越来越有兵样了，我开始喜欢上你了。说吧，什么特殊要求？本连长会认真考虑的。"

“我想请假回趟家。”

“你给个理由先！”

“要在以前，我才不想回家呢。不过，我现在特别想回家，到我父母的坟上拜拜，让他们看看我穿军装的样子。我要好好和我姐姐说说话，姐姐现在是我唯一的亲人了，我怎么也是个男人，应该学会关心姐姐。我真浑啊，以前对不起他们的地方太多了……”

江华文说着说着，眼泪就下来了。

四连长说：“你家里的情况我们都知道，你能够成长得好，就是对家人最大的安慰。你这近一年的表现，没说的，上了正路。我这人不爱拍胸脯乱许愿，但今天这愿我许定了。也不要说什么比武不比武，也不管结果如何，今年春节我保证让你回家和你姐姐一起过年！”

团里比武前的营连主官会议是早就定下的。四连长提前了一会儿，为的是到团长那儿坐坐。

二团长说：“开会不去会议室，到我这儿干什么？听说昨天你们连和七连搞对抗，你胜得不多！”

“不在于多，而在于精，我的攀登小组不但大胜他们，而且成绩已经接近师纪录。这回，我在师里要扬眉吐气了！”

“军事比武常有黑马杀出，你还是收敛点吧。先冲出全团再说！"

"对我来说，走出团只是过个程序，根本不是一道关口！"

"一说到你的攀登小组，你就两眼发光。别得意忘形，连里的全面工作要紧抓，不能放松。快到年底了，许多事变数太多，人员思想也复杂。今天会上要传达师里刚到的一个文件，士兵直接提干的年龄有变动，比以往的年轻了一岁！这可能会在兵们中间掀起不小的波澜，你虽然不是指导员，但也要留点神！"

"缩短了一岁？那，那我那个张成宇班长的干部梦就黄了。糟了，这样一来，他比武的动力可就直线下滑了。难道不能等师比武结束再传达这份文件吗？"

二团长说："你这种思想太丢人，和你连长的身份不符。更何况，我们不传达，这消息也封不住的！你还是好好动动脑子，想点办法稳住他。兵都是好兵，就看你会不会带。我可有言在先，不许你封锁消息！谅你也封锁不住。"

四连长开会还没回来，张成宇就接到师机关一个老乡的电话。放下电话，他去了训练场，坐在高墙下，头倚着墙，两眼看天。天空出奇地蓝，只有几片如棉絮般的云彩。

江华文和罗祥见张成宇去了训练场，以为班长要抓紧时间再练习练习，便也赶了过去。

罗祥说："班长，你来怎么不叫我们一声，是不是还要练练？"

张成宇大吼一声："练你个头，滚！全给我滚！"

两个兵从没见张成宇发这么大的火，吓得脸都变了色。

直到离张成宇很远，江华文才缓过来："班长这是怎么了？"

罗祥说："一定是遇到了天大的事！"

他们回到班里，四连长就进来了："你们班长呢？"

江华文说："一个人在攀登墙那儿打坐呢！"

四连长说："哦，那就让他多待一会儿吧！"

到了晚上，全连都知道士兵直接提干的标准变化了。

罗祥说："怪不得班长那样，这对他的打击太大了。提不了干，那比武对他就没有任何意义了。这该死的通知，过了师比武再下又不会死人。这可怎么好？不参加比武，就没机会获胜，获胜不了，那，那我怎么办？"

"你就想你那点事，也把所有的人都想成你那样了。"江华文说，"我对班长的了解越来越全面，我觉得他不是你想的那种人。班长是想提干，可提干并非他的最高理想。班长比你我都有心气儿，让他静一静，他应该能自己调整过来的。"

罗祥说："反正与你关系不大，你怎么说都行！换成我，我说得比你还好听！"

连队快吹熄灯哨时，四连长让张成宇到他宿舍去。宿舍里有菜有酒。

四连长说："不说话，光喝酒！"

张成宇果真喝起酒来。

桌上的一瓶酒光了，张成宇说："连长，谢谢你，我回去睡觉了！"

这一夜，张成宇睡得真好！

第二天一早，张成宇第一个起床。兵们总想在张成宇身上找出点什么异样来，可张成宇还是以前的张成宇。

到了下午固定的训练时间，张成宇在高墙下对罗祥和江华文说："现在，我可以问心无愧地说，军人，有功利心没关系，只要不丢了军人的精气神就好！人，要战胜的东西很多，但首先要战胜自己。我提干，当然是为了生活有保障，但更主要的是想多在部队待些日子。我喜欢部队，我不想离开。我提不了干，意味着我不可能在部队生活更多的时间，所以比武我不能放弃。这是我在部队的最后一次比武了，我得倍加珍惜。不但不放弃，而且更要夺第一。我这些话是有些大了，但我想我现在有资格说这样的豪言壮语。"

两个兵情不自禁地为他鼓掌叫好。

团比武的场面很大，干部和兵们都把比武当成了一次你死我活的战斗。

大家看到张成宇精神抖擞地出现在队列里，既惊讶，又不得不佩服。大家都从心底希望张成宇在攀登课目上雄踞全团第一。赵小威专门跑过来对张成宇说："尽管我对你不会手软，可我希望你成为全团最好的！"

张成宇说："我相信我们小组一定手下无敌，包括你在内！"

最大的意外出现了！

张成宇他们因为一个失误，不但没进入前三名，而且成绩是所有攀登小组中最后一名。

失误，是因为罗祥在江华文踏上他肩时，他一屁股坐在地上了。

四连长带着哀求的口气第一时间出现在二团长面前："团长，他们失误了，再给他们一次机会吧！再比一次。"

二团长说："再给一次机会，战场上会有第二次机会吗？战场上只有第一没有第二，你比我明白。而且比武规则对所有人都是平等的，只有平等才有公平的竞争，没理由为你们改。你一边待着去！"

训练场上，所有的比武队伍都带回了，只有张成宇他们三个傻傻地坐在高墙下。

罗祥说："班长，我是罪人！"

江华文说："罪人当然是你，无数次的训练，你也没有出过这样的纰漏。真是不鸣则已、一鸣惊人，可悲的是你鸣的不是时候。你今天真是被鬼迷住了！"

罗祥说："比武对你们的前途都没有关系了，只决定着我的命运，这么大的压力，我受不了啊！"

张成宇抚着罗祥的后背："没什么大不了的，你提班副和考军校的事，不会因这次比武而受影响，我向你保证！"

团比武结束后，张成宇他们三人每天就在班里待着。四连长顾不得他们了。这次团比武，虽说攀登小组比砸了，可还有别的课目冒出来了，或许能在师比武场上放些光芒。他得帮着使把劲。

这天，四连长率领四连参加师比武的兵们向团部集结，统一到师里去。

营区内彩旗飞扬，锣鼓喧天。

张成宇说："人家比武去了，我们就不要欢送了，我提议我们训练去！"

两个兵狠狠地点头。

训练场上，三个兵站在出发线上。江华文下达口令，张成宇如离弦之箭。

一趟下来，张成宇说："神了，这一次我的感觉最好！可以说是身轻如燕。"

两个兵点头表示同意张成宇的说法。

张成宇说："那我们休息五分钟，再来一次，然后休息五分钟，再来一次！"

三趟下来，一班的一个兵提着秒表不知从哪儿钻出来了："班长，我给你们计时了。"

张成宇说："计时？你怎么有这念头的？"

这兵说："我也不知道，我看秒表在桌上，就拿来试试了。"

张成宇问："多少？"

"前两次七秒，最后一次七秒一！"这兵有些惋惜，"这成绩，既能拿师冠军，又能打破纪录，可惜了。"

"有这成绩，就够了！"张成宇他们三人异口同声地说。

话音落下，三人相互看了看，而后仰天大笑。

笑够了，三人不知怎么的，抱在一块儿大哭。他们的肩头在颤动，哭声在训练场上回荡。

好的枪法，要么靠子弹喂出来，要么凭自己的悟性。但不管怎么样，人枪合一，枪成为手臂的延伸，才是射击的最高境界。

摘自孙鹏酒后与战友吹牛之语

军歌不仅是用来唱的

李建峰比赵中伟小一岁，晚当一年兵，称赵中伟为老赵是理所当然的。李建峰说："老赵，晚上到我那儿弄两杯。"赵中伟也不客气："那弄两杯吧。"李建峰是山东人，赵中伟是江苏人，还是苏南的。一般情况下，山东人比苏南人能喝酒。可是，李建峰的酒量比不上赵中伟。赵中伟说："谁叫我是军事干部呢，能喝酒，也算是相配吧。"俩人单独在一块儿喝酒，次数不多，但规矩从第一次就定下了。李建峰说："老赵啊，听说你能喝酒，我们是搭档，你得让我，我们俩人喝酒时，一斤酒，你七两我三两。"赵中伟说："没问题，不就酒嘛。"那时候，赵中伟在副营位置上干了两年，刚调上营长，正要大干一场。身为教导员的李建峰第一次见面能这样说，可见他的直率。赵中伟喜欢与这样的人搭班子。这一年多下来，俩人配合得十分默契。

不过，有些事赵中伟是不会对李建峰说的。

现在的这种状态下，不喝点酒心里不自在，但肚里有些酒，哪怕再少，他赵中伟也会发困，躺倒就能睡着。

赵中伟知道今晚酒后是没法打电话给妻子了，所以晚饭前，他估摸妻子王妍该下班到家时，抓起电话想打。可是，他拨了几个号码，又把电话放下了。他一时不知应向妻子说什么。过去，妻子在农村，他一年探一回家，妻子一年来一回部队。后来他提了副营，妻子随军了，找工作是难，可终究找到了。妻子在市里上班，他的部队也在市里，家也在市里，可他仍没多少时间顾家。当副营长时，得有高姿态，让营长和教导员多回些家。等他当了营长，一周是能回趟家，可常常是事情缠得走不开。其实他也知道，他走了天不会塌下来，营里的工作不需要他营长一个人全顶着，有教导员，有副营长，还有那么多的连长、指导员、排长。但回到家里，他心似猫挠，安不下心来。日子久了，他想回家又怕回家，相比起来，在营区里待着反而踏实些。踏实归踏实，也想家啊。想儿子，更想妻子。妻子的身体不好，他担心啊。部队里的事，尤其是这几年他的不走运，他从来不对妻子吐只言片语，他不想让妻子为他牵肠挂肚。妻子拖着病带着八岁的儿子，已经相当不容易。

天气渐渐热了，湿度在升高。路上的人行色匆匆，要是空气像衣服一样可以挤的话，也能挤出水。

王妍做的是商场营业员的工作，上班时间不是站就是走。其实，她上班有坐的机会，可她不想坐。她知道能得到这份工作不易，得珍惜。人与人是不能比的，她要比别人多付出才行。一天班上下来，她的腿酸酸的，膝盖时常隐隐作痛。她想早点儿到家，可双腿怎么也使不上劲，自行车慢得好似一个老人在散步。赵中伟几次要为她买辆电动自行车，她没同意。电动的，当然比脚踏的省劲，这她知道。可她想的是，俩人的工资不高，上有老，下有小，钱还是抠着点儿花。再说了，路上骑车的人多的是，人家能骑车，她也能啊。

王妍在路上碰到了与丈夫同一个团的一营长的妻子张小敏，俩人就坐在马路边长椅上说起话来。张小敏说咱们边走边聊呗，走着我们就到家了。她们两家都是住团里的集资房，同在一幢楼，一个在最东头，一个在最西头。一营长比赵中伟早当一年副营，所以楼屋好些。虽说在一幢楼，她们两人很少能见面，第一次认识是在那年三八节团里举行的军嫂联谊会上。张小敏在一家工厂当业务员，上下班很少能定时的。王妍怕走路，就说，咱姐妹还是坐着说会儿话吧，这城里的车不长眼睛，害得我们心惊肉跳的，老实在这儿说话，心里踏实。张小敏也是从农村来的，知道城里的厉害事，对啊，这城里比乡下好的地方多，可也有不如我们乡下的。

两位营长的妻子说工作、说孩子、说自己的丈夫，越说兴致越高，靠得越近，欢声笑语不断，亲得像两姐妹。她们说了个把小时，才骑车回家。在长椅上，俩人聊得热闹，一上车，一个也不敢言语。这城里的马路和乡下公路可不一样，人多车多。

王妍家在五楼。到了家门口，她靠在门旁喘了好一阵子粗气。进了门，八岁的儿子正在做作业。儿子说："妈妈我饿了。"

王妍一把搂住儿子："好，妈妈这就做饭。"

择菜时，她可以借机好好休息一会儿。腿弯久了也不中用，再想站起来，可真费事。她一手扒着灶台，一手撑着膝盖，总算站起来了。伸直了身子，还得扶着墙缓上一会儿，要不然，腿一软就能跌倒。这腿越来越不当家了。

一张细长的办公桌，两把木质的椅子，晚饭时营部餐桌上的几个菜，现在转移到这儿。一瓶酒，高度的。酒杯，就是俩人的茶缸。李建峰的茶缸里光亮无比，赵中伟的却有厚厚的一层茶垢，紫得发黑。李建峰比赵中伟细致，给兵们做思想政治工作如此，生活的小节也是如此。赵中伟常说，这就是政工干部和军事干部的区别。

李建峰一举茶缸，折腾了十来天，明天一切终于可以尘埃落定，喝点酒，好睡觉。

俩人茶缸一碰，一大口酒下肚。

赵中伟说："你说，我是怕考核的人吗？当战士是训练尖子，当排长是先进排长，当连长带出标兵连队，我这一路走来都是响当当的。一提到考核比武，我就像打了鸡血一样浑身来劲，上场前我就有把握别人没戏，回回都能如愿拿头名。可以说，那些第一，都是特意为我准备的。可这一到营长的位置上，蔫了，什么都比不上人家。只要能较劲的，基本上都被一营死死压着。你再看看一营的兵，个个下巴朝天，傲着呢！就是那三营，也常常骑在我们二营头上。这都什么事儿啊？我赵中伟什么时候这么倒霉过？"

赵中伟说着说着就在屋里来回地走，双手不停地比画。

李建峰说："老李啊，你坐，你坐啊，这些天还嫌没累够？咱俩接手二营时，二营是怎样一个烂摊子，你又不是不知道。那时的二营是什么样？根本就是一堆稀泥。别说训练，哪方面都比那两个营差一大截。这一年，真是进步多了。想要全面开花、处处翻身也不是一时半会儿的事。团首长不是多次表扬过我们嘛，说我们二营这一年来突飞猛进，全营上下也觉得自你来了后，这日子过得有奔头了。照我说，这次考核不错了。到目前为止，三个营差距不大，不分伯仲，这已经称得上重见天日了。正所谓来日方长，二营总有彻底出头的那一天的。这才一年嘛！"

赵中伟说："这半年考核，大大小小十来个内容，就剩明天两个课目，还是胜负不分。我心里那个急啊，没法说清楚。正因为人人都知道我们二营进步了，可那是感觉上的，真正的硬东西，我们还没拼回来一个。去年年底的全年考核，我们二营垫底。不怕你说，我没在意，毕竟我刚来半年。现在，我这营长当一年了，到了该出点成绩的时候。这回的考核是个绝好的战机，是证明我们二营的最好战斗。没有硬邦邦的证明，说再好也是白搭。可是，十来天的恶仗打下来，我们虽然输得不多，但总被人家压着挤着，喘不过气来啊。我这营长当得也真窝囊！这一次要是还翻不了身，接下来又是难熬的等待。"

李建峰说："来，来，再喝一口。"

赵中伟手一抬，脖子一昂，茶缸底朝天。

李建峰说："好了，回去睡觉吧！"

赵中伟回到宿舍，衣服没脱，就歪倒在床上。片刻之后，呼噜声充满整个房间。

射击场上红旗飘飘，一队队兵们席地而坐。从班到排，从连到营，条块分明，井然有序。这里只有两种声音：一是口令，二是子弹飞行的呼啸。在口令的指引下，兵们轮番走上射击地线，卧倒，装子弹上膛，瞄准，勾扳机，子弹飞离枪口，就由不得射手了。

兵们可以支配枪，赵中伟这时候却只有干等。他坐在二营的排头，脸上毫无表情，心里却在算计一个班一个连一个营的成绩。其实算也是白算，这么多人，这么多靶子，他算不清的。

一个上午，三个营的射击水平已经定格在一张张靶纸上。汇总的成绩一公布，赵中伟提到嗓子眼儿的心依然悬着。二营发挥得不错，一营和三营的表现也可圈可点。如此一来，三个营之间的差距没有缩小，排序仍然一营在前，二营最后。现在，赵中伟只能把希望寄托在下午的五公里武装越野上。因为有希望，那就一战决胜负，一跑定输赢！赵中伟把手关节捏得咯咯作响。

一营的三个连跑下来，成绩比预想的要差，一营长孙鹏的脸有些挂不住。他把三个连长叫到跟前，却又一言不发。赵中伟来了精神，二营的三个连出发前，他都会说同样一句话："弟兄们，拼一把，累死了，就当睡着了。"

兵们是努力了，尽力了，成绩也超常发挥，但还是没能赶上一营。

最后是三营。三营本来比二营用时少，可考核组一查，有一个连的三个兵到达终点时，水壶里的水只剩下一半。按规定，这是要扣分的。那连的连长解释说，不是途中有意放水，是水壶盖没拧紧，所以水才漏了。

解释归解释，分数照扣不误。

就这么，二营在考核大战中，超过三营，得了个第二。全营上下，欢庆胜利。从第三到第二，对二营的官兵们来说，是一次久违的喜事。一营长孙鹏在笑，一营的兵全在笑，二营的干部和兵们也在笑，只有赵中伟笑不出来。尤其当他看到孙鹏远远抛过来的脸色，他更笑不出。孙鹏个头比赵中伟小，还有点胖，不像赵中伟这样高而精干的身材。赵中伟总以为仅凭自己的长相，就是标准的军人，不像孙鹏那样，活脱一个开小饭馆的模样。可是一营样样走在二营前面，赵中伟觉得自己曾经引以为豪的身材优势灰飞烟灭了。就像现在，赵中伟没法不感到远处的孙鹏盛气凌人。孙鹏笑得脸上的肉全堆到一块儿了，右手攥成的拳头做着上勾的动作。赵中伟心口一阵疼，就好似孙鹏的拳头真击中他胸膛一样。

这个孙鹏，在基层当过排长和连长，没搞出过什么大的动静来，属于中不溜的那种。后来到机关干了三年的警务股长，也是平平常常的。到一营当营长两年，虽说一营的变化不大，可一营是老先进，底子好啊。有些人说孙鹏沾大光了，可赵中伟不这么认为。要是这一营长太菜，那再好的部队也会垮下来的。一营现在还能在全团威风凛凛，不能没有孙鹏的功劳。要知道，把一个先进营保持在先进的水平上，绝非易事，有时可能比变落后为先进更难。

考核结束，部队离开训练场，一营通信员跑过来说："二营长，我们营长找你谈点事，他在菜地那儿等你。"

赵中伟边走边嘀咕："这个孙鹏，这么急着找我有什么事？还非得在菜地谈。"

他没想到，孙鹏又要狠狠打击他一番。

孙鹏在黄瓜地里，摘下一根长长的鲜嫩的黄瓜，在衣服上蹭了蹭，就咯嘣咯嘣咬起来。

赵中伟见到这情形，隐约意识到孙鹏要要什么招数，可这时要回头，那就是逃兵了。他不想当逃兵，只能迎头而上。

孙鹏扬起手里的半截黄瓜："赵营长，也给你来一根？"

赵中伟说："免了，我们营多的是。"

孙鹏说："你们是多，可都没有我的长啊，那吃起来不过瘾。"

赵中伟说："你不会只为了请我吃根黄瓜吧？"

孙鹏说："那倒不至于，这些天考核太激烈太磨人，这不，终于结束了，我请赵大营长散散心。这菜地里，有花有果、有绿色有清香，是再好不过的地方。"

赵中伟说："这才是一次考核。"

孙鹏说："说得好，可这么大场面的比试、这么全面的较量，恐怕再有，也要等到明年了。在这之前，哈哈，我们一营就是老大，没人翻得了天，谁再有那能耐也没用，没机会嘛。"

赵中伟说："比试无处不在，不一定非要在考核场上。"

孙鹏就喜欢赵中伟这个样子："你这话说得更好。是啊，比试无处不在。那就听你的，我们现在可以比比菜地里长的东西，黄瓜啊，西红柿啊，豆角啊等，比长度、比重量、比色泽、只要想比，有的比啊。只可惜，我看了我们两个营的菜地，你们二营好像没一样占上风的。呵呵！"

赵中伟说："你在考核场上威风了，现在又急不可耐地在种菜上损我。你，你欺人太甚，你到底安的什么心？"

孙鹏说："你啊，怎么这么输不起？脾气和你的身高真成正比了？"

赵中伟转身就走，孙鹏纵声大笑。这笑声让赵中伟浑身发颤，他恨不得返回头猛揍孙鹏一顿。可一想，人家应该笑啊，谁让人家强呢。想当年，自己处处风光时，不也是如此狂放吗？怨不得孙鹏无情，只怪自己太无能。

赵中伟气鼓鼓回到营里，李建峰笑嘻嘻迎上来。赵中伟努力调整状态，给了李建峰一个十分勉强的笑脸。

李建峰说："我说老赵啊，还是你厉害，让我们二营进了一大步，我这个教导员佩服你啊。要是早和你搭档，这扬眉吐气的美事来得更早喽！怎么样，晚上再弄两杯？"

心里有火，可不能冲教导员发。

赵中伟压住心头怒火："我对第二没什么感觉，我要的是第一。酒，就不喝了，这考核后的总结你来搞吧，我得回家看看你嫂子。"

这一天，赵中伟没有像往常一样，部队晚饭后才离队回家，他赶在妻子下班前到了商场，好接妻子回家。到了妻子的柜台前，他没看到妻子，一打听，妻子到了服装组。到了卖服装那儿，他见妻子正忙着向顾客介绍一款连衣裙，就在一旁等着。妻子不如当初刚从农村来的时候胖了，人瘦了，显得单薄了，脸色发黄，鱼尾纹一道一道的。

赵中伟看着看着，鼻子一酸，差点儿没掉下泪。

妻子下班了，赵中伟从妻子手中接过自行车："来，你坐着，我带你回家。"

"你怎么来的？"

"我是搭的便车，今天我特意来接你的。"

"骑车不能带人，交警看到要罚款的。"

"谁说我骑车带人了？你坐着，我推你回家，谁也说不出什么来。"

"我不是小孩子，也不是七老八十的，让人看起来多难为情，要不，我们走着回去吧？"

"这有什么难为情的，人家小两口儿还搂着回家呢，上来，上来，我一定要推着你回家。我好不容易抓到这样一个机会，不会放过的。"

王妍知道丈夫的脾气，他打定的主意，谁也拗不过他。她准备坐到后面，赵中伟却让她坐前杠上："还是坐前头好，车好推，我们也好说话啊。"

王妍刚坐在前杠上，脸羞得通红；一会儿后，她心里泛出甜蜜。赵中伟的手握着车把，她的手握住丈夫的手。丈夫的一双大手好厚实、好热。有时，有些行人投来不解的目光。这时候，赵中伟就会很得意地说："瞧瞧，人家羡慕咱们啊！哈哈，把他们的口水嫉妒得掉下来才好呢。"

王妍不说话，弯弯的嘴角像月牙一样，上面挂着幸福。

赵中伟说："你怎么换岗位了？"

"今天刚调的，我还没来得及告诉你。商场重新调整岗位，每个人可以自由选择，我就选了服装组。"

"那你该选收银，那活儿好啊，基本都是坐着，一点也不累，对你的腿也有好处啊。"

"那才不好呢！服装组容易提高销售额，那样奖金也多啊。能多挣点钱，又不是什么坏事！你知道吗？我们服装组分成了好多个小组，各小组承包，完成一定任务后有提成。我是小组长呢，组里现在三个人，谁要有点什么事，别人可以顶着，不像以前那样干什么都得请假。现在，我们的自由权可大了，经理说了，各个小组按销售比例提成，如果哪个组觉得人手不够，可以自行招聘。当然，我们自己招的，只能拿提成，没有底薪。"

"哎哟，我老婆也当官了。不过这样一来，服装组比你原来的岗位还累，一天到晚都站着，停不下来的。"

"不会的，没顾客来的时候，我就可以坐啊，喝喝水什么的。有的时候就很长时间没顾客，可比以前轻闲多了。"

王妍说的是谎话。服装组是商场里最忙的，许多顾客是逛而不买，她也得热情接待。一天下来，比以往苦多了。她不对丈夫说实情，是不想让丈夫替自己担心。

赵中伟了解自己的妻子。妻子是个不会说谎话的人，光听她的口气就能知道哪句话是真、哪句话是假。赵中伟听得出，妻子是为了让他放宽心，故意说得这么轻松的。他没有点破妻子善意的谎言。

赵中伟回到营里，坐在宿舍发呆，四连长宁强进来了。宁强是赵中伟带的兵，两人一直走得很近。赵中伟的事，宁强全知道，也就他宁强全知道。

宁强问："营长，嫂子还好吧？"

"你嫂子倒是装着没多大事的样子，可我知道她是怕我担心。过些日子，我准备带她到医院检查检查。"

"多找几家医院看看，兴许有好办法。"

"我现在哪有时间啊？想到你嫂子那腿，我心里就不是滋味。我想，我想换个岗位，多点时间陪你嫂子。"

"这还不容易，不是早有风声说要调你去当副参谋长？那位子好啊，可以天天上下班。副职，事情也不多。我看，只要你去和团首长说说，保准马到成功。"

"你嫂子的病情和我下一步的打算，只能你知道。我不喜欢让别人知道这些事儿，尤其是你嫂子的病。我们当兵的，谁没有这样那样的困难？我不想因为你嫂子的缘故，受到别人的同情和照顾。"

"你就放宽心吧，这些年来，我什么时候出卖过你？你的事，我的嘴紧得很。说点高兴的。这次考核，我们营总算出了口恶气，这可全是营长你的功劳啊。我看三营长的脸黑得跟炭似的，见到谁，脸上的肌肉都僵了。不用说，他心里头难受着呢，呵呵，这回终于也让他尝尝败军之痛了。"

"才是个第二，要不是三营出点不该出的小纰漏，我们还是老小。出气？我心口的气窝得更多。我要的是第一，第二和第三一个熊样，都是败军。我本来指望这一次考核，能够把一营、三营全甩在后头，然后我昂然地离开二营。可是，现在落到这个下场，我心不甘啊。我离开二营之前，一定要找个机会盖过一营，要不然，走了也不踏实。"

"看到一营那帮人的神气样，我也闹心。从营长到战士，个个走路眼睛朝天，拽着呢！最傲的是那孙鹏，瞧他那德行，跟个将军似的。不过，嫂子的病耽误不起啊，要我说，你还是尽快调到机关去，也好多些时间照顾嫂子，别的，就少想些吧。"

赵中伟说："那可不行，我咽不下这口气。"

孙鹏认为自己在菜地的表现可算上乘。一年前，得知赵中伟要到二营，他替赵中伟担忧。二营后进好多年了，两任营长都没能让二营抽身离开泥淖。赵中伟是个带兵人才，一路风调雨顺，万一与前两任营长是同样的命运，那太不公平。要知道，像二营这样的部队，有时光具备很强的带兵能力，也难以确保马到成功。他是真希望赵中伟能够让二营改天换日，这样，他可以有一个强劲的对手。三营是那种高不成低不就的态势，他说不上具体的情况，只是觉得与三营对抗，一点感觉也没有。

这次考核前，虽说二营处处不如一营，但他已经进入危机四伏的状态。这次考核，二营虽然侥幸获得第二，但实力已经浮出水面，明眼人都惊叹二营进步神速。假以时日，大有超过一营的可能。孙鹏不想让赵中伟沉湎于久违的胜利快感之中，那样的话，赵中伟很可能满足现状，止步不前。在他想来，赵中伟不应该是那样的人，但他要敲打敲打赵中伟，让赵中伟再接再厉，从而使赵中伟这样难得的对手更强。有了这样的对手，他才有无穷的斗志。

他请赵中伟到菜地去，本想试探试探这个二营长目前的状态，一见赵中伟没被小小的胜利冲昏头脑，就不由自主地又刺激了一下。

赵中伟本想找李建峰出出主意，看能不能找个突破口，给一营一些颜色看看。

李建峰说："我说老赵啊，部队最大的目标是求稳，只有安全无事，才是最大的成绩。你就是成绩再多，一旦出了事，一百也等于零。我们要是别的比不过人家，就在稳上下功夫，把一营和三营比下去。"

赵中伟心里有一肚子话要说，可见李建峰是这样的想法，也就不想说什么了。再者，李建峰说得并不错，他无从反驳。

赵中伟把自己关在屋里，试图想出点什么法子。

宁强没敲门就闯进来，一脸的兴奋："营长，时机来了，这回可以让一营栽个不小的跟头！"

宁强这家伙，总是在赵中伟苦闷的时候来到身边。许多时候，他不是故意的，只能算是凑巧。可这样的巧合多了，就有了意味。

赵中伟一激灵："说说看。"

宁强说："一营篮球队的主力中锋因家里有事临时探家，我们可以趁这个机会和他们赛一场，我们获胜是十拿九稳的事。这一次，我们要报半年前的一箭之仇。那一次，我们输了三十一分。这后来，营篮球队还一直没有血战过呢。"

"趁火打劫，好像不太好。"

"没什么不好的，他们那个主力中锋，本来就是他们从我们营挖走的，现在他不在，我们才是公平的战斗。再说了，你不是常说，打仗嘛，重在谋略。"

"我听说他们还有个大个儿。"

"你说那小子，打球一般，在连里他都不是主力。"

"知我者，宁强也。逮着这样的战机，是我们的用心，也是一营活该。这样，你先组织球队练上两天，然后你去叫阵，这回我要亲自上场，我要在球场上拿下一营。"

周六下午，赵中伟集合全营的官兵到篮球场观战助威，锣鼓家伙悉数登场。一营自然不甘示弱，也拉出全营的人到场。赵中伟对宁强说："他们人来得越多越好，这样可以让他们都看到他们的惨相。"

赵中伟在场上活动身体，孙鹏却衣着整齐地坐在一营的排头，表情中隐藏着胜利的笑容。赵中伟暗想，别看你现在稳坐钓鱼台，待会儿就让你灰头土脸了。我这高个儿，还是有高个儿的好处的。你孙鹏要是上球场，还不是个大企鹅。在球场上，我就比你有脸面。等会儿，够你喝一壶的。瞧着吧！孙鹏，待会儿你就不会这样平静如水了。

比赛一开始，二营在赵中伟的带领下，打出了个十比零的高潮。二营的兵顿时兴奋起来，球场边的助威声如排山倒海。可接下来，一营开始发威，核心人物就是那个宁强不以为意的中锋。一营再也没给二营机会，球场成了一营的天下，一营最后以二十分的分差大胜二营。

这比赛结束了，赵中伟才反应过来，一营雪藏了一名主力干将，时时在候着二营自找难堪呢！

赵中伟说："一营做得不地道，可又没法说他们，这是战术。军人嘛，就该讲究计谋，还是怪我们球艺不精、情报侦察不准确。现在想起来真丢人，孙鹏稳当地坐在下面，我在场上东跑西颠，可失败的还是我们二营，我这回脸丢大发了！"

宁强说："营长，是我该死，情报摸得不准，大意失荆州！这孙鹏也太狡猾了，想出这么一损招来。"

"你没错，即使我们不大意，也拿不下一营。我们确实不如人家，差距还不小。这次没能成功，还有下次。我一定要找一切可以找的机会，捞回一次。"

比赛结束了，孙鹏倒上场打起球来。他在场上张牙舞爪，动作夸张又可笑，没点打球的样子，倒像马戏团的小丑在表演。他是故意的。他要赵中伟看看，你赵中伟球技是不错，也领兵挑战了，可你还是败了。我孙鹏不用上场，照样手到擒来。

孙鹏正疯得起劲，通信员来说他妻子来电话，好像有急事。

妻子很少打电话到部队来，只要打电话，就是有事。孙鹏三步并作两步到营部接电话。

张小敏在电话中说："你给我回来，你老婆下岗了！"

在回家的路上，孙鹏心想，这世道变化也太快了，工作干得好好的，怎么说下岗就下岗，一点迹象都没有？

张小敏所在的单位搞改革，要精减人员，其中业务员由十六名减至八名，以年初以来的业绩论走留。张小敏排在第十名，只得走人。

孙鹏进了家门，女儿在做作业，妻子坐在一张小马扎上，木愣愣地瞪着眼。孙鹏在营里是绝对权威，回到家，他只能当三把手。张小敏想骂他张嘴就来，动起手来不动腿不出拳头，只是掐孙鹏的肉。孙鹏最怕掐，这远比打几拳、抓两把疼多了，唯一的好处就是，胳膊被掐紫，到营里兵们看不到。张小敏平常掐他的胳膊，到了夏天，掐他的后背。

张小敏看到孙鹏刚关上门，就砸过去一只拖鞋。凭孙鹏的敏捷，完全可以躲过去，甚至可以像接球那样接住鞋。他没躲更没接，硬生生让拖鞋砸在自己肚子上，他捂住肚子哇哇叫起来。疼是疼，没他表现的这么夸张。女儿还在做作业，连头都没抬，看来，她早已习惯了。孙鹏搬来另一张马扎，挨着张小敏坐下，还没开口，张小敏的眼泪立刻如喷泉涌出，边哭边掐孙鹏后背那结实的肉，嘴里不停地埋怨孙鹏这营长当得没头绪。孙鹏不闪开，任由妻子掐，有时还主动把后背送到妻子手上。

孙鹏估计妻子气撒得差不多了，就说："不就是下岗吗？好了，好了，在家待着也好。"

张小敏用劲抽抽鼻子："在家？就你那点工资能养得起我们娘儿俩？在家，在家，你在部队，孩子上学，我干什么呀我？不行，你去找找人！"

"找人？我们团随军家属没找到工作的有十几个，下岗的也有七八个了，又不是你一个。"

王妍乐坏了。

这个月的工资比上个月多出一百来块钱，她点着票子心里盘算着，到服装组才个把星期就多挣了百十块钱，一个月就有三四百块，现在还是服装销售淡季，要是到了旺季，那就更多了。一年下来，是个不小的数目啊。

上午拿到工资，直到下班，王妍的激动都难以平息，在下班的路上，她还第一次哼起了小曲儿。天空飘着细雨，有些人像是早有准备，撑起雨伞披上雨衣；有些人加快了速度，想早些到家。王妍不着急，这点小雨挡不住她快乐的心情。

王妍到了一个路口，只觉得挎在肩上的小包被谁拽了一下，紧接着连人带车就摔倒在地。包里有她刚领的工资，那包现在在一个男人手上，那男人也骑着自行车，离她有二十米的样子。她想爬起来追，可两条腿根本直不起来。她只能半坐在地上喊："抓坏人，抢我包了！"有些人听见了，有些人没听见，但没人停下来问问她，更没有帮她去追坏人的。

雨中的王妍孤立无助。

她喊得没劲了，身子也缓过来了。她左膝盖处的裤子破了，渗着鲜血，两个膝盖都好疼，她想骑车却怎么也上不去，只好推着车子一瘸一拐地走。

赵中伟接到消息赶来，见到王妍，说："没事，只要你人没事就好。"

赵中伟蹲下来看王妍受伤的膝盖，血已经不流了，结了一层薄薄的血膜。"流了这么多血，到医院看看吧。"他说完话，没有立刻站起来，因为他眼里湿了。他用劲挤了挤眼，借着撸头发的机会把眼睛擦了擦。

王妍说："没什么的，就是破了点皮。不用去医院，回去擦点碘酒就好了。我给你丢脸了，我真没用。"

王妍不敢再说了，再说，她会当着丈夫的面号啕大哭的。她满肚子的委屈一时说不出，只是死死地咬着嘴唇，不让自己哭出来。

连队列队在饭堂前唱歌。饭前一支歌，是部队的传统了，虽然有人说这不利于健康，可这传统仍然在流传。五连、六连几乎是同一时间开始唱的，四连却比这两个连慢了两拍。唱的都是同一首歌，四连把那两个连都压下去了。

赵中伟无意中看到宁强在队列中偷笑，这让他心里一亮，对，就在拉歌上和一营搞一回，以偷袭的战术打他一个措手不及。

唱歌，基本算是政治思想工作的内容，归教导员管。

赵中伟找李建峰商量："老李啊，咱们得在拉歌上和一营分个高下。"

李建峰有些摸不着头脑："拉歌？拉歌不是常搞吗？还有专门斗一回的必要？"

赵中伟说："太有必要了。台上是团首长，台下是三个营，我们把一营拉下去，就算是出大彩了。这就是一场特殊的考核，不亚于比武。"

"老赵啊，你啊你，怎么什么事一到你那儿就非要分个你高我低？这拉歌居然也被当成大事来抓，真有你的。想想也是，歌声能显示一支部队的士气，士气是一支部队的基本动力。我们以前好像都是连与连之间拉得多，营与营之间很少对阵过。现在我们二营正呈上升趋势，加把劲鼓舞一下士气，是好事。

那就拉呗！看来，这回得我披挂上阵了。"

"不用，不用，你上不合适。你想想看，拉歌比的是什么，是团结，是战斗力。拉歌需要指挥员，需要战术，你来我往，就是一场没有硝烟的战斗。都是战斗了，还是由我这个营长来指挥冲锋。"

"说不过你，那就由你全权负责。"

"这回组织拉歌，我统一使用连长。我要把娱乐活动变成一次真正的军事行动，给一营一次致命的打击。"

"都说由你全权负责了，你说了算，你就放开了干吧，我无条件支持你！"

赵中伟召集三个连的连长开会，三位连长以为营长要布置什么军事或管理方面的工作呢，一听说开与一营拉歌的作战会议，全傻了。

五连长说："营长，拉个歌还要闹这么大的动静，有点小题大做。再说，这事也不是我们军事干部负责的。"

六连长说："这歌不好拉，一营那帮小子嗓门个个像小钢炮似的，就是比我们的亮堂。我们连在营里最好的，可比人家最差的二连还差。"

宁强说："你们啊，说的都是些没用的。拉歌的胜负也是脸面问题，从一个侧面反映一支部队的强弱，这道理自打当兵那会儿就听说了，你们怎么这兵越当越迷糊了？！哦，我们要比别人强，还要赛吗？什么叫挑战？挑战就是知难而上，就是以弱战强，就是以行动证明我们超过了他们。要是没难度，还开什么会，还是作战会议？你们也动点脑子吧。"

六连长说："宁连长，你别光嘴硬，哪回拉歌，你们都不是我们连的对手。"

宁强说："你，你，怎么说话呢？"

赵中伟说："别吵了，窝里斗，算什么英雄？我找你们来，不是征求你们意见，看看要不要和一营拉歌的。我是向你们下达作战命令的，连长对全连的拉歌战斗力负责，营里由宁强统一协调，我是总指挥。听清楚了，这一次的拉歌，是一场战斗，军事干部上一线打头阵。接下来，我们要研究具体的战术问题。你们每人给我拟一套作战方案，明天九点前交给我。"

王妍到家，脸色苍白，坐在沙发上一点也不想动。儿子看妈妈这样子，吓得什么话也不敢说，呆呆地在旁边看着。过了许久，王妍想起来到厨房做饭，不料身子刚离了沙发就一头栽在地上。

儿子哭喊道："妈妈，我打电话给爸爸，要爸爸回来。"

王妍喝住儿子："别打了，妈妈没事的，是妈妈不小心滑倒的。你看看，妈妈真是不小心。你要是告诉了爸爸，爸爸会笑话妈妈的，咱们可不能让爸爸笑话。"

在王妍心里，丈夫的工作打扰不得。丈夫从农村到城里当兵，一步步走到今天不容易。提了干，当上了营长，才有她从乡下到城里生活的机遇。这对于一个农村人来说，是多么大的福分啊。这一切都是丈夫在部队拼命干得来的，是部队给的。她感谢丈夫，也感谢部队。人嘛，滴水之恩，涌泉相报，何况是这么大的恩德。她知道丈夫心气高，干什么工作都想干出名堂。丈夫的工作，她帮不了什么忙，唯一能做的就是把家操持好，让丈夫一心一意地管好部队带好兵。丈夫工作干好了，心里头有成就感，人精神多了。这样的话，也是在报答部队。

她艰难地从地上爬起来又坐在沙发上，两只手不停地敲打膝盖。后来，她想让腿平放在沙发上放松放松，可腿不听使唤。

儿子吃力地帮妈妈把腿抬到沙发上，小脸涨得通红，说话也有些喘了："妈，妈妈，我帮你，我帮你揉揉。"

王妍抚摸着儿子的头："哟，我们儿子会给妈妈按摩了，真是妈妈的好儿子，妈妈真幸福啊。"

儿子的小手在妈妈的腿上揉来揉去："妈，今天晚上我们吃方便面吧，我会泡的。方便面好香的，好久没吃了，都馋死我了。"

王妍摸着儿子的头发:"妈妈的儿子真的长大了。"

儿子笑了,王妍的泪水却夺眶而出。她想抱住儿子大哭一场,可又怕吓坏儿子,只好赶紧抹尽眼泪。

在拉歌的具体战术上,三位连长发生了严重的分歧,争执不下。

宁强说:"拉歌,会唱的歌曲数量是关键。拉歌时,曲目就是弹药。我们要储备足够的弹药,他一营唱一首,我们回一曲,直拉到他们无歌可唱了,一营也就彻底沉默了。想想那情景,我们还有歌唱,他们却鸦雀无声,多过瘾,多解恨。"

五连长不以为然:"这样的战术太笨,再说,谁知道一营能唱多少歌?我们就一定能多于他们?这太冒险,胜算不高。我的战术是要在唱功上下功夫,拉歌嘛,声高者为胜。我们不也常把唱歌说成喊歌嘛。军人唱歌如喊山,不大讲究嗓音和乐感,要的是嗓门,要的是雄性、力量和气势,比谁的士气高、人气旺。你一首,我一首,较着劲儿吼。这拉歌,就是比音量。音量高过他们,气势就压倒了他们,他们不认输也没招。"

六连长说:"你们说的这两样都没把握,要我说,我们得把主要精力放在拉歌的方式上,速成几个拉歌员。拉歌中,身兼起唱、排兵布阵、发起进攻等数职的拉歌员是必不可少的。让全营官兵现学几套拉歌词,出其不意,他一营歌唱得再多再响,也能被我们拉得稀里哗啦。"

接下来，三位连长你一言我一语地相互攻击开来，人人都认为自己提出的战术是克敌制胜的法宝。

赵中伟乐呵呵地看着自己的三位连长唇枪舌剑，唾沫横飞。手下为拉歌的事争得不可开交，说明他们重视起来，开始进入临战状态了。这就好啦！将有取胜之信念，部队自然勇往直前，所向披靡。

三位连长嘴斗累了，一套完整的拉歌战术也在赵中伟心中酝酿而成。

赵中伟说："有你们这样的斗志，我们二营这回赢定了。综合你们的想法，我的意思是，我们选中十五首歌和五套拉歌词，先以连为单位强化练习，歌要选那些激昂的、铿锵的，要唱得地动山摇，拉歌词要乱腔怪调，好好涮涮一营。每个连出一名拉歌员，搞好提高。全营的合练，由我临时通知。到时候，哪个连没练出成果来，可别怪我当着兵们的面训斥你们。我们现在对兵们就说，要想当个好兵，就得唱好军歌，为了保密起见，与一营拉歌的事，目前只限于我们几个人知道，不得让一营侦察到我们的情报。四天后，也就是周五，全团集中看电影，那儿就是我们和一营较劲的战场。"

赵中伟只说了战术的一部分，也就是前期的准备，其他的，他要随着战斗的临近再做部署。

一听说也就几天的准备时间，六连长信心不足，认为战斗准备过于仓促，以一营以往的战斗力来看，二营纯粹是以卵击石。

赵中伟说："要是有个一年半载的备战，那当然好，可时间不是我们能控制的。"

赵中伟没说的是，别的我都能等，我媳妇的病等不得啊。

宁强看出了赵中伟的心思："我说六连长，还没吹冲锋号你就打退堂鼓了，六连什么时候这么胆小了？营长说什么时候进攻，我们得无条件地服从，而且要最大限度地挖掘潜力锻炼好部队，打一营一个人仰马翻。"

孙鹏思想上进行了激烈的斗争后，决定还是抱着死马当作活马医的心理找一下张小敏的厂长。

到了厂长办公室，厂长热情地招呼他坐，沏茶递烟，让他反而不好意思。他还没说明来意，厂长就说："我们应该照顾军人家属，可市场经济残酷啊，一点人情也不讲。这一次的减员，我们也是焦头烂额，都是我们的员工，让谁走，我这厂长心里头都不是滋味。没办法啊，只能排名了，这样对所有的人都好交代。"

厂长话说到这份儿上，孙鹏知道妻子肯定不能再当业务员了。他从包里掏出两条中华烟，放在厂长的桌子上。为了这两条烟,他在烟店门口来回转了不止十分钟,最后还是狠下心买了。

厂长瞅了一下,把烟又塞回孙鹏包里:"你们军人不容易,这我知道,可我真的没办法。"

孙鹏说:"厂长,这么大个厂子,挤个人不难吧?让我家属当个清洁工,打打杂也行啊,不图别的,就想不离开厂子。"孙鹏说出这话,一种凄凉的感觉向他袭来。

厂长说:"就我们厂子的现状,养不起清洁工了,你再想想别的办法吧。我向你保证,只要我们厂子一有好转,需要进人,我第一个用你家属。"

孙鹏已经没有力气分析厂长的话的真假,只能赔着笑脸起身告辞。他浑身软软地走出工厂大门,包里的两条烟让他觉得特别沉重。马路上人来人往,好像每个人都十分忙碌。

孙鹏回到营里,兵们正在进行五公里越野前的热身。他和兵们一样全副武装地站到起跑线上,兵们有些奇怪地看着自己的营长。兵们更奇怪的是,营长居然跑在队伍的最前面。孙鹏一路狂奔,发泄着内心的郁闷。

兵们的眼前是被汗水浸透的后背,他们营长的后背。到了终点,孙鹏一脸的汗水,可兵们并不知道,他们营长的脸上除了汗水,还有泪水。

两天后,赵中伟以外出搞战术训练的名义,把二营拉到营区后山下，是背对营区的那一面。在这里，歌声再洪亮再有穿透力，营区里的兵们也听不到一点音儿。这真是绝佳的拉歌练兵场地。

赵中伟本来是要做一番战前鼓动的，为此，他头天晚上琢磨了好久，想出了一大串慷慨激昂、极具鼓动性的话语，还在宿舍里练了好几遍。现在，他突然不想讲了。全营按照序列方队肃立，他在队列前沉默了足足一分钟，然后才下达坐下的口令。

他说："全连、全营唱歌，人人都得扯着嗓子大吼，一致得像一个人似的。下面，先由各连组织唱五首歌，然后宁强连长指挥全营唱。时间两个小时，回去后，红烧肉管够。我已经吩咐各连炊事班了，这会儿他们正在炖着呢。"

这些话，是他脱口而出的，昨晚想好的那些，一个字也没派上用场。在面对兵们无言的那一分钟里，他也曾几次想和兵们诉诉苦，告诉兵们，一个军人对于荣誉应当如何珍惜、他要用拉歌这一招打败一营的决心、他的妻子需要他多照顾……他想告诉兵们的太多，然而，告诉了又能如何？他没能给兵们带来荣誉，有愧啊。而且家里的事和兵们说多了，是要博取兵们的怜悯还是怎么的？

各个连交替进行，你方唱罢我登场。三位连长既在向营长展示本连的实力，也在和另两个连比高低。

营与营对抗，是全营的脸面，连与连间也得分胜负。虽说谁也没说，可谁心里都有数。

之后，全营同唱；再之后，赵中伟让三个连互相拉歌。他是要兵们体会到时与一营拉歌的感觉和策略，到了三位连长那儿，就成了连与连之间的针锋相对。

好嘛，刚才是暗赛，现在是明着比了。

整整两个小时，兵们一直在唱，个个脸红脖子粗的。

兵们回去后，不但吃到了香喷喷、油灿灿的红烧肉，每人还分到了一些胖大海。

赵中伟打定了调离二营的主意，觉得有必要和李建峰通通气。无论是作为搭档，还是人家是营党委书记，他都该把自己的想法告诉李建峰。这是私人感情的需要，也是工作程序的要求。

李建峰对赵中伟的调动念头很意外："老赵啊，你怎么有这破想法？你天生是带兵的料，离了兵你就是虎落平原了，活不滋润的。那个副参谋长的位置根本不值得你惦记，奔参谋长那职务才是正道。不瞒你说，前些日子，政委和我说起你，说副参谋长位置空着，想让你去，我当时就把他挡回去了。一个副参谋长委屈你了，也不利于你的发展。你不是不知道，有几个副参谋长能提参谋长的？参谋长人选大多数出自基层，要不就是上级机关下派的。现在二营正在步步为营地往高处走，你可以一展才能。照现在的情况，再有个一两年，我们二营肯定会成为全团的排头营。那就是你功成名就的时候，凭着这资本，你再上机关，底子就厚实了。"

赵中伟还是不想向李建峰挑明自己到机关的真正意图，只是说："到哪儿都是干工作。我在基层拼杀十几年了，想到机关感受另一种军旅生活。"

这话，李建峰当然不会相信："老赵啊，你是不是有什么难言之隐？"

赵中伟连忙摆手："没有，没有，我就是想到机关偷点懒，在基层这些年累坏了。这事我算是正式向营党委汇报，这两天，我再向团长、政委汇报汇报。"

李建峰不再追问。他知道，赵中伟不想说，他再问也没有结果。如果赵中伟果真有没法说的心思，他再穷追不舍，也不好。

赵中伟觉得有些对不住李建峰，虽说俩人搭班子时间不长，可方方面面都很融洽，没有那种人心隔肚皮的防备。他的事，唯独隐瞒了家属的病情，当然，也包括这次他要到机关的真正原因。他不说透这一点，是因为他觉得把家里的事挂在嘴边，不好。至于为什么不好，他倒说不出个一二三来。

赵中伟到了自家的门洞前，双手搓搓脸，龇牙咧嘴眨眼睛，把脸上的肌肉好好活动了一番，他的脸上现出灿烂的笑容。他哼着小曲上楼梯，到了三楼的拐角处，他遇到了妻子王妍。王妍正弯腰揉膝盖。

他快步上去："就你那腿，还扛东西上五楼？你还想不想活？"

"回来了。没事，单位发的五十斤米。"

"要不是这米，我抱你上楼。"

"那你一手提米袋，一手抱我呗！"

"我倒是想啊，可没那么大劲儿，要不，我先抱你回家，再来拿米。"

"快回家吧，儿子在家呢。"

五十斤米不重，可赵中伟一提米袋，心头一酸。他左手提着米袋，右手牵着王妍的手。

儿子还是和妈妈亲，叫了声"爸爸"，就跟在妈妈后面。赵中伟脱了军上衣对王妍说："你陪儿子玩，我当回厨师。"王妍把军上衣挂在门后的衣钩上："你为考核忙活了半个多月，好不容易回趟家，就歇会儿吧。"赵中伟没依王妍，到厨房里忙开来。王妍把赵中伟推到儿子身边："你多陪陪儿子，我天天做饭，也不在乎多这一顿。"赵中伟就倚在厨房门口，这样既能看到儿子，又能看到妻子。

赵中伟说："你的腿这些天怎么样？风湿病，得注意保暖防湿，千万不要累着。"

"老样子，有时疼，有时酸，咬咬牙，也就挺过去了。到这儿来，比以前在老家舒坦多了。你们营考核还行吧？你也和我说说啊。"

"怎么还行？是行得很。你就别为我操心了。明天你请半天假，我带你到医院好好查查。"

第二天，医生检查了一番后说："风湿病，有严重的趋势。"

赵中伟问："有什么好的治疗方法？"

医生说："吃药，少做体力活，有机会上大医院看看。唉，你这做丈夫的，可得多干活，不能当老爷。"

王妍瞧了瞧一身便装的丈夫："医生，他在部队呢！"

医生说："噢，军官啊。军官，也得顾家啊。要不然，你成家干什么？我可告诉你，这病重在养。控制好了，好说，要是继续恶化，那就难说了。我可是正式提醒你了！"

出了医院大门，王妍说："你别听医生瞎说，医生都爱说吓人的话。要不这样，那医院就没生意了。"

赵中伟说："医生说得不错，这些年我欠你的太多。没随军前，你在老家，我照顾不上；随军了，我这个当营长的，又总脱不开身，还是照顾不到你。我一定要补偿，一定！"

王妍没有再说话，只是紧紧地挽着赵中伟。她眼眶湿了，脸上尽是幸福的笑容。赵中伟开始还有些不习惯，走了几步，他搂住妻子的腰，把娇小的妻子揽在怀里。远远看去，路上多了一对亲密的情侣。

前后两次实战性的演练后，赵中伟对突袭一营充满必胜信心。晚上放电影前，下午赵中伟又一次召开会议，这是战斗前的最后一次作战会议。

会上，赵中伟对晚上的拉歌之战做了详尽的布置。

宁强能说会道，负责拉拢团值班员，让其在各营座次上稍作调整，改变过去一营和三营集中坐，二营被分成两块的格局，二营集中起来，使一营一分为二，如此一来，一营的战斗力就大打折扣。

五连长作为拉歌现场的总指挥，六连长和三营本周的值班员关系不错，负责私下打点，让三营不要参与拉歌，观战就行，以免二营腹背受敌。

以往二营在去电影院的路上，和其他两个营一样，总要走一路，把歌声响一线。这次他们是悄无声息。这是赵中伟专门要求的，为的是养精蓄锐，决一死战。

赵中伟对李建峰说："老李，今晚让你看出好戏，回头我请你喝酒，一人一瓶，喝倒睡觉。"

李建峰说："看好戏，好哇！酒，我那儿有，今晚我豁出去，不就是醉一回嘛！"

三个营的队伍聚在影剧院门前，依次入场。

二营的兵入座后，个个昂头挺胸，精气神比哪一次看电影都旺。

台上团首长一个不少，全到场了。

一营照例第一个唱歌，唱的是《咱当兵的人》，由于人员分在二营两边，气势上受到极大影响。

按照事先的战术，二营先是唱段拉歌词，然后不等一营反应过来，就唱《团结就是力量》，这歌明显比《咱当兵的人》有力度。

二营的拉歌员起身环顾了一下一营，便起头唱起借用《南泥湾》的调子填词的拉歌词。

拉歌员："一连呀么……"

兵们："号嗨！"

拉歌员："来一个呀么……"

兵们："号嗨！"

拉歌员："你们的歌声……"

兵们："稀稀哩哩哗哗啦啦嗦嗦。"

拉歌员："来一个呀么……"

兵们："号嗨！"

天大的意外出现了！政治处主任站起来摆摆手示意停下来，今晚别拉歌了，有一个文件传达一下。

二营精心策划的拉歌战就这么被主任无情地化为乌有，二营的兵本已提气张口要唱，主任一摆手，有些兵一时反应不过来，那气就堵在胸口。

赵中伟脑子一片空白，直到电影结束，他好像也没完全回过神来。李建峰看赵中伟木讷的样子，也就不提喝酒的事了。

二营的许多兵，也和他们营长一样没看好电影。散场后，一些老兵叽里哇啦地议论，有的说主任是故意和二营过不去，知道我们要拉歌，他横插一杠；有的说悄悄准备了这几天，本想得胜而归的，这倒好，没开始就被灭了；也有的说，不能怪别人，我们二营就是这个命。

宁强本来是要到赵中伟那儿去的，想想，这时候去，能说什么呢？什么都不好说，还是不去吧，让营长自我消解得了。

团里放电影，一周一次，可团首长全部到场，一个月才一次。没有团首长在场，这歌拉赢了，也没劲。这意味着赵中伟想要再发起拉歌之战，得苦熬一个月。

赵中伟这一夜睡得很好，只是梦中又回到了电影院。主任没有传达文件，二营按照既定战术，歌声如排山倒海，一营被打得落花流水。孙鹏的脸紫得如猪肝，是被气的，嘴里塞着半截黄瓜，黄瓜是黑色的。

他赵中伟纵身跳上主席台，俯瞰全团官兵，双手叉腰，仰天狂笑。

张小敏把自己关在家里好几天，气也消得差不多了。这一天，她出门了。城里的女人情绪不好时，就去逛街。她想，我虽然下岗了，但还是城里女人啊。

逛街去！

城市不小，可张小敏没到一小时就走到王妍所在的商场。她犹豫了一下，还是进去了。

王妍忙得不可开交，没注意到张小敏到跟前。张小敏看着王妍忙碌的样子，心里有点发酸。人家都有事做，她快闲出病来了。她凑到王妍身边："忙着呢！"王妍一抬头："嫂子啊，你怎么来了？"张小敏说："逛街啊。"

张小敏想多和王妍说说话，又不好意思多打扰。又有几个女孩进来看衣服，王妍她们应付不开了。张小敏便帮着张罗，给这几个女孩介绍衣服的款式，一个劲儿说这衣服怎么怎么个好法，女孩穿上怎么怎么个好看。好话她会说。胖的女孩，她说人家皮肤好；脸蛋一般的，她说人家身材好。有两个女孩被她说动了，一个买了件短裙，一个买了件上衣。来了一对男女，她一看那男的就是有钱人，连忙从货架上挑出最贵的一套衣服对那女的说："看看，这衣服就好像为你特意做的，我们这儿就一件，要不你试试。"女孩从试衣间出来，张小敏帮着整理的同时对那男的说："瞧瞧，我没说错吧，这么俊俏的女孩就该穿这么好的衣服。"女孩乐开了花，那男的说："开票，开票！"

王妍她们三个被张小敏的能说会道惊住了，她们半天能卖出去三件就不错了。王妍说："嫂子，你什么时候学的这本事？我们要是都能像你一样这么能说，这生意该多火啊。"张小敏说："你忘了？我是跑业务的，都是卖东西，没多大分别。看看，我在自夸呢！是这会儿人多，我刚好又碰上了几个想买的。"

一次篮球赛，一次没有发起的拉歌之战，让孙鹏倍加警惕起来。半年考核后，赵中伟运用起游击战术，只要有可打之仗，无论大小，他都不放过。这一点孙鹏十分赞赏。军人嘛，就是要时时处处为荣誉而战，再小的较量也是较量。现在，全方位的拼斗暂时没有，他赵中伟采取的是蚕食战术，从小处入手，企图各个击破。这要是不迅速应对，等赵中伟尝到甜头渐成气候，麻烦就大了，搞不好就无法收拾。古人早说过，千里之堤，溃于蚁穴。他赵中伟现在就是只无孔不入的蚂蚁。

孙鹏和三个连长打牌时，就开始说赵中伟的事。

孙鹏不喜欢开会，除了规定要开的会，他偏爱在随和的状态下和手下嘻嘻哈哈就把事吩咐下去。至于手下，在他眼里就三个人，三个连长。指导员归教导员管，他从来不对指导员发号施令。那些副连排长，该由连长指挥，他不插手。他的带兵之道是，捏住了三个连长，就万事大吉。

孙鹏说："这二营长赵中伟近来动作不少啊，你们可要留点神，要不然，当心脸面掉进鞋里成鞋垫。"

在一营三个连长看来，他们营长孙鹏最佩服的就是赵中伟。在孙鹏嘴里，就没说过赵中伟一句坏话。他们私下把两位营长对比了好多次，每次的结论都是一致的。赵中伟除了长相和当连排长那些昔日的光环，别的跟孙鹏没法比。在营长这个职务上，孙鹏完全能胜任赵中伟的老师，而且赵中伟也绝无可能青出于蓝而胜于蓝。他们对孙鹏是俯首听命，就是觉得孙鹏总是长他赵中伟的志气，这危机感也不是这样培养的啊。

一连长说："就他赵中伟和二营，嘿嘿，有勇气，有勇气啊。"

二连长说："他们有进步，是因为基础太弱。不过，再进步，对我们一营也远构不成威胁。"

三连长说："你们出牌啊，二营还值得说吗？"

孙鹏说："你们这帮臭小子，这些天二营东一榔头西一棒子，可不是耍着玩儿的。你们都给我绷紧弦，不管大事小事，谁输给他们，我可得劈头盖脸地大骂。还有啊，都给我眼观六路、耳听八方，别放过有关二营的任何消息。来，该谁出牌了？怎么还不出，想捂在手里下崽儿啊？"

李建峰从团部回来，直接到了赵中伟房间。赵中伟正在翻看影集，照片都是当战士、当排长、当连长的。最多的是当连长那会儿的，那时他连里有个兵，当兵前跟着开照相馆的父亲学过摄影。这个兵没事就拎个相机满营区咔嚓咔嚓拍个没完，尤其喜爱拍连长，他说连长太有型了。

李建峰说："现在就开始回忆，你还怎么走啊？"

赵中伟连忙合起影集，故意反问道："走什么啊？"

李建峰说："我刚听说，团党委已经研究上报了，平级调动，上面会很快批复的，没多久，你就是副参谋长了。现在咱俩平级，到时你就是司令部领导，是上级了。"

赵中伟说："我们是兄弟，什么上级下级的。"

李建峰掏出一张纸："你快离开二营了，没什么送你的，就这张纸吧。"

赵中伟接过纸一看，上面写着两个地址和几个偏方。

李建峰说："这是我打听来的两个治疗诊所，不是什么大医院，但据说治疗风湿效果挺好，你抽空带嫂子去看看。那几个偏方，是我托老家人弄来的，反正都是些中药，没什么副作用，你也给嫂子试试。"

赵中伟眼一热，有话说不出。这李建峰，风不动雷不响的，心思这么细，费了这么大的功夫。这不是兄弟是什么啊？

沉默了一会儿，赵中伟说："准是宁强那小子告的密。这小子要是在战争时代，保不准就是个叛徒。"

李建峰说："我是教导员，这点小秘密套不出来，怎么做别人的思想工作？其实我早就知道了，只不过一直没给你透露。不过你放心，我没告诉别人。你不乐意告诉别人，我理解，也尊重你的想法。"

这天早上，张小敏很早就起来了，比她以前上班时起得还早。这多出来的时间，是她专门用来梳妆打扮的。从头发到眉毛，从衣服到鞋子，她都是精心打理。弄好这些，她做早饭，喊女儿起床。女儿还没睡醒，可看到妈妈的样子大叫起来："妈，你好漂亮啊，怎么搞的，你怎么一下子这么漂亮了？"张小敏说："宝贝，快点吧，早上的时间金贵着呢，快点快点，要不然会迟到的。"

把女儿送到学校后，张小敏从早市买了些菜。她回到家，一边忙着家务，一边总是看墙上的挂钟，留意是不是有人按门铃。到了八点半，门铃响了，她拿起对讲话筒，里面传来王妍的声音："嫂子，走了！"

　　自从那天帮着王妍她们卖出三件衣服起，张小敏就常常去王妍那儿。组里多了一个姐妹，说话热闹了，生意也日渐看好。一天，王妍背着张小敏，和另外两个姐姐商量，说张小敏有生意头脑，人也不错，干脆让她加入我们组吧。那两个姐姐一想，也是，张小敏按销售额拿提成，对她们只有好处，没有坏处。商量妥了，王妍就在回家的路上正式通知了张小敏。张小敏愣愣看了王妍好一会儿，眼圈一下子红了："到底都是乡下的姐姐，在这城里，也只有你这么关心我。我跟着你们干，要是哪天你们看我不中用了，说一声，我保证自觉走，绝不死缠烂打。"王妍说："都是姐妹，我们男人又在一个团里，谁都会有不顺心的时候。说实在的，不是我在帮你，是你帮我啊。"

　　这天，赵中伟刚好回家，王妍就对他说了张小敏的事。王妍言语之中有些骄傲，她的意思是她发现了张小敏的才能，找到了一个好帮手。赵中伟却误解为她是在同情张小敏，便以少有的严肃口气批评道："都是随军家属，都难啊，人家现在遇到了点困难，你帮点忙是应该的，这有什么值得得意的？我可告诉你，别以为帮了人家，就把人家张小敏当丫头使唤。"

　　王妍不高兴了："是你心眼儿小，我可没这样想，什么帮忙不帮忙，都是从乡下出来的姐妹，就该手挽手一块儿走，可不像你们男人在部队里斗啊斗的，非得分出个胜负来。"

赵中伟说："部队的事，和你说不清，怎么，是不是张小敏对你说什么了？"

王妍脸上又多云转晴："说得可多了，以前，我们常说的是家长里短，现在，在一起的时间多了，也说自己的男人了。不过，是她说得多。她说，她家孙鹏一说到部队就说到你，说你是个人才，带部队有一套套的本事，在部队大有发展，说得太多，我听了都不好意思。"

孙鹏对赵中伟的评价让赵中伟有些意外，但又像在他的意料之中。他对王妍说："那是人家张小敏会说话，逗你高兴呢。人家孙鹏才是将才，对我的帮助大着呢。"

第二天一早部队出完操，孙鹏在路上拦住了赵中伟："昨晚回家了吧？我找你没找着。"一营和二营离得很近，赵中伟和孙鹏常碰面。两人都只是点头示意，至多说几句闲话，然后擦肩而过。业余时间，各人有各人的事，私下没多少来往。因此，谁找上谁，都是有事。

孙鹏这样的举动，赵中伟一时搞不清是什么事："你找我？"

孙鹏说："是啊，我找你。昨天晚上，我老婆来电话，说你家属人真好，帮她找了份工作。电话里头，我老婆高兴得要命。自打下岗后，她还是头一回这么高兴。她说这下岗下好了，现在早上可以九点上班，送孩子上学买菜一样不耽误，下班也准点了，收入好像也不会低到哪儿。你帮我解决了大问题，我得感谢你啊！"

赵中伟说："那是女人们之间的事，我们俩爷们儿掺和什么。我听说，是你家属能干、热情、为人好，给我家那位的小组出了不少力。让她加入，是帮我家那位的忙。"

孙鹏说："不管怎么说，我老婆重新有工作，家里收入增加了，她心情好了，我这心里的一块石头也落地了。我一定得感谢你。"

"见外了吧，都是一个团的，你不把我当兄弟吧？她们女人忙乎她们的，我们男人忙乎我们的。"

"好，兄弟，说得好！欸，还有件事，现在全团都传你要高升当副参谋长了，是兄弟，给点准确情报。"

"差不多了吧，不过可不是什么高升，你又不是不知道，副参谋长和营长一样，都是正营职，是平级调动。"

"兄弟，我实话对你说，你不该去当什么副参谋长，你是个好营长，能发挥你的优势才是。你要是走了，对二营是大大的损失，对我孙鹏也是大大的损失。"

赵中伟说："我也没办法，是团里要我去，我总不能抗命吧。再说，团里已经研究上报了，没有回旋余地了。"

谁也没料到，团里会突然集会。

宁强慌慌张张地跑来："营长，营长，团里开全体干部大会，半小时后就集合，这歌还拉不拉？"

赵中伟说："拉，再不拉，恐怕没机会了，什么机会也没了。"

宁强说："可我们什么准备也没做啊？"

赵中伟说："一营不也一样吗？拉！"

团首长全到了，在主席台上一字排开坐着。看电影时，各营坐哪儿，由团值班员调配，为的是通过时常的变动，保证每个营的官兵轮流在最好的位置观赏电影。开会就不同了，机关干部在前四排按司政后的序列就座，司政后的每个部门同样要按本部队的序列就座，三个营也是如此。这样一来，二营就被一营和三营夹在中间。

二营的兵，在集合时已得到命令，要和一营拉歌，拼死也把一营拉下去。

这些天，二营的兵大多数也知道他们营长要离开二营了。听说今天还要拉歌，非得把一营拉下马，兵们都觉得这是营长的最后一战，暗自下决心，一定要以一场胜利为他们的好营长送行。

入了场，二营的一些兵感觉气氛不对，有的人还发现，一营带了不少用于拉歌的家伙，鼓镲、小锣之类的。

　　这一次，二营以一首《学习雷锋好榜样》点燃战火。歌声落下，二营的拉歌员刚要开始拉歌，一营却不给机会，主动唱起《打靶归来》。一营唱完了，那些鼓镲、小锣开始喧嚣。

　　这以后，二营就乱了阵脚。歌唱得还行，可拉歌员不如人家，而且也没什么秘密武器。

　　这时候，赵中伟才意识到，一定是上次未能打响的拉歌之战让一营得到了风声。他钦佩孙鹏的敏锐和用心，也责怪自己太麻痹大意。

　　还有一点赵中伟更没有想到，二营已经败下阵来，三营居然还捅上一刀，也对二营发起了攻击。

　　二营，真是败得一塌糊涂，惨不忍睹。

　　赵中伟的脑子嗡的一声，接下来什么也听不见了。直到李建峰戳了他一下："老赵，宣布你的命令了。"

　　团政治处主任宣布完赵中伟任副参谋长的命令后，团长传达师里的一个紧急通报。

　　命令宣布了，下午赵中伟办理交接。交接完了，他长长地嘘了一口气。从现在起，他就不是营长了。明天到机关报到，他就是副参谋长了。二营的干部像是约好的一样，全来到了赵中伟的房间。大家叫声"营长"敬个礼，都没什么说的。

　　宁强说："营长，别忘了，二营是你的家。"

大家觉得这话最该说，说了这话别的全不用说了，就使劲应和："是啊，营长，二营是你的家，常回家看看。"赵中伟说："团部离得又不远，我们还能常常见面啊，怎么搞得跟生离死别一样？"

李建峰进来了："宁强，事情安排好了吗？"

宁强说："安排好了，全营的人除了我们这些，其他随时待命。"

赵中伟问："出什么事了？"

宁强说："教导员让我们列队送送你，这也是我们全营官兵的意思。"

赵中伟说："别，别，这样不好。"

李建峰说："老赵，送送你，是应该的。"

赵中伟说："真要送，你们在座的就把我送到楼下，还有，明天安排个人把我的东西送到我的新办公室就行了。"

宁强说："明天我去送。"

李建峰说："老赵从来都是说一不二，好，听你的。不过，兵们要是因此有意见，我可不管。"

赵中伟说："都在一个大院里，我想忘了二营，也忘不掉啊。"

平常赵中伟回家，总是晚饭后离队，今天他可以像机关干部一样下班回家了。

到了家，见儿子在做作业，赵中伟一把抱起儿子，儿子说：
"哎！老爸回来了。"和儿子闹了一会儿，赵中伟系上围裙像王
妍那样择菜、炒菜、做饭。

饭做得差不多了，王妍也进了家门。

王妍不相信眼前看到的一切："你今天怎么回家这么早了？"

赵中伟说："老婆大人，以后没有特殊情况，我可以天天正
常上下班了，洗衣、做饭、送儿子上学，我全包了。"

快要吃饭的时候，孙鹏来了。他手里拎着四瓶酒，一进门
就冲王妍喊："弟妹啊，你去我家吧，小敏在等你呢。"又对赵
中伟儿子说："到我家去，我新买了台电脑，你去玩玩。"

赵中伟说："孙鹏，你搞什么鬼？我可是好久没在家吃晚饭
了，而且这饭还是我亲自下厨的。"

孙鹏一提酒："你以后在家做饭吃饭的机会多的是，今天我
们弟兄俩喝点酒。"

三杯酒下肚，孙鹏说："赵副参谋长，不，赵营长，自从你
到了二营，我这个一营长才当出滋味来。你是好营长，我敬你、
怕你，更喜欢你。你来了，我就开始提心吊胆，生怕你超过我。
可我知道你会超过我的。我当兵这么多年，没敬重过几个人，
你是一个。"

赵中伟说："你比我强，强得多，我这营长当得不合格。当营长，就要当到你这个份儿上，才算是真正的一营之长。"

孙鹏说："你别太谦虚，我们团谁不知道你到了二营，二营才雄起了。你是说你们二营目前还没给我们一营颜色看吧？其实，二营与一营现在已经十分接近了。我知道，如果你不走，最多再过半年，我们一营只能跟在你们二营屁股后头了。"

赵中伟说："现在已经不可能了。"

孙鹏说："其实我早知道你要调走，也知道你特别想赢我们一营一回，甚至还有人私下劝我，故意输给你一次。"

赵中伟说："可你没这样做啊！"

孙鹏说："我那样做了，就不是我孙鹏了，再说你老赵也不希望我故意让你一回。"

赵中伟说："的确是。"

孙鹏说："不说这些了，喝酒，喝酒。我说，你也放点歌给我听听吧，有歌听着，这酒喝着更来劲。"

赵中伟说："我家只有军歌，没别的歌。"

孙鹏说："我就爱听军歌，军歌够劲，放！放！"

屋里响起军歌，两人就着赵中伟做的菜下酒，一杯，又一杯。

运动中射击，是最难的。射手在运动中，目标也在运动中，那就难上加难。可是练不到这本领，真正上了战场，那准不行。

　　　　　　摘自马龙某次大比武前的动员

天空有
云彩

一

马龙警校毕业后，从入校前的二支队调到一支队，任一大队一中队三排见习排长。

探家前，马龙已经知道自己要到教导队训练预提骨干，然后在新兵连当排长带新兵。三排的老排长还在，但在下一批新兵来队前，他会提副连，进机关当参谋。据说，半年前，参谋长就宣称将其列为最佳人选。有了这种情况，让马龙去教导队顺理成章。

到排里的第一天，马龙就看出了这一点。

马龙这个见习排长把排里兵的基本情况刚摸得差不多时，接到去教导队报到的命令。与马龙一起打背包去教导队的还有排里的三个兵。

教导队离省城一百多里地，一面是山，三面是农田和村庄，不远处还有一个大水库。乐观的人称这里为世外桃源，空气清新，风景优美；悲观的人恰恰相反，认为上教导队等于被发配，几个月下来，比城里的生活慢下好几个节拍。

马龙的新兵连生活就是在这里度过的。当许多新兵下了车连连抱怨时，马龙暗自喜欢。周围的乡村，让马龙一下子生出家的感觉。院子里是新兵连，外头和他的家乡太相似了，如果把那个大水库看成海，那么，这里和他的家乡就几乎一样，至少感觉上如此。

"刚离开这儿还没到一年，又得受两个月的罪。"赵冬家就在省城，是典型的家门口兵。他是马龙到三排认识的第一个兵。

"你小子，第一年就能来，有几个人能有你这样的机遇？别得了便宜还卖乖。"马龙打了个响指，"自个儿藏着'软中华'偷偷享受，不够意思吧！手下有你这样的兵，我这排长当着还有什么劲？"

"你看我，把这么重要的事都忘了，排长可别给我扣帽子打棍子，我这个新兵给你拍马屁还来不及呢，哪能……嘻嘻，来来，给排长大人上烟！"烟到火到，赵冬笑得很自然，甚至有些灿烂。赵冬心里纳闷，他的隐蔽功夫挺到家的，马龙这个新排长怎么还能发现呢？

马龙深深吸了一口烟："味道不错，不是假烟。哎，我说赵冬，你瞧你的背包还没打开啊，这内务得好好整整，你可记住了，给本排长丢脸，你可没好果子吃！想在我马龙手底下当个好兵，你得好好悟一悟。"

"排长，你放一百个心，本人属于那种死要面子活受罪的人，什么冒泡、掉链子、拖后腿的干活，我一律严防死守，绝不中招。不管别人怎么说，我敢说我就是个好兵，你排长大人

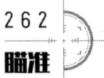

时间长了，会了解我的。当然了，不知道我们俩关于好兵的标准是不是一样，如果你的标准同我的相差太大，那，我在你眼里就是个不折不扣的坏兵。不过，真要是那样，我也没办法！"赵冬的立正姿势很夸张，表情倒是出奇的严肃。

马龙嘴上叼着烟，烟雾熏得眼有些发眯："是吗？这年头空炮弹多的是。好兵与坏兵的标准，以后再说吧，哎——你家在城里哪个区？"

赵冬拆开背包，细心盘卷着背包带："我知道，马排这是在提醒我是城市兵。我确实是城市兵，不过城市兵中也不乏好兵，我就是其中之一。我能来这儿，可全是我自己干出来的，不管别人信不信。再说，农村来的也有孬种。"

"是吗？"

"马排也是农村兵出身，不过，你是他们中的佼佼者。"

"哎哟，我的屁股有些痒。"

"别，我这人从不拍人马屁，别看你马排来的时间不长，可我们排没几个不知道你马排的底细。你当战士时的素质、干班长时的能耐，一套一套的，在二支队的名气快赶上支队长了。"赵冬嘴麻利，手里也没闲着，床上的被子已被他叠得差不多了。

马龙还是那副调侃的腔调："过奖，过奖，以后还请你多多关照。"

"彼此彼此。"赵冬调皮地笑了笑，突然十分严肃地说，"我这回来集训，决定对自己进行全方位的封闭式训练，不让亲朋好友来看我，不给他们打电话写信。"

马龙的心一震："什么意思？"

赵冬说："没什么意思，这两个月不把自己淬好火，以后当上班长也没劲。这班长说好混也好混，说难当也难当，我要么不干，要干，就绝不做窝囊型的班长。"

"城市人就是比我这个农民有眼光有思想。"马龙把烟举在眼前，佯装端详。

赵冬斜坐在床上细心而熟稔地整着被子："马排，你别说，你这次来教导队，可算是躲了一难。"

马龙心里咯噔一下，但脸上还是满不在乎的神色："难？我能有什么难？"

赵冬说："这每年的老兵退伍都是一道坎，我们三排今年的退伍工作这道坎可不好过噢，你等着瞧，非闹腾点事不可。不过，你算是避开了刀锋。当然，等你回去后，想把三排带好，也得下点功夫。我说马排，我可没一点儿瞧不起你的意思哦，实在是三排有些兵刺儿头着呢！搞不好，治没治住，倒把自己弄得满手冒血。"

"没事，我从小带刺的草拔多了，手上老茧厚着呢，不怕扎！"马龙回答得很轻松。

赵冬咧开嘴大笑："马排，你，你真逗！呵呵，呵呵，我的妈呀，我受不了——"

赵冬笑得开心，马龙心里却阵阵发紧：看来，我对三排的情况还只是初步的了解，没把兵们真正、彻底地摸透。马龙知道，有些情况，兵们轻易就能洞悉，而干部即便再身入心入兵们，也难以分毫不差地号准他们的心脉。一个连队一年的工作到底如何、一个干部的带兵能力怎样，别的似乎都是虚的，仅看一年一度的退伍工作顺不顺利、老兵在退伍期间的表现是个什么样子，就足够了，这是最实在、最有说服力的。再有，当战士与当干部完全不是一回事，走入干部的队列，营区生活将是另一种景象。

赵冬绝没有信口开河的迹象，那么，几个月后再回到三排时，等待马龙的很可能比赵冬预测的还严重。不是很可能，而是一定！马龙没替自己担心，倒为老排长捏了把汗。在这退伍的节骨眼儿上，真要出点纰漏，去机关可没门儿，搞不好坏处大着呢。

二

　　赵冬来教导队的第一天神气活现的，可到了第二天后半夜就变样了，天亮前往厕所跑了六趟，肚子刚有些消停，又发起了高烧，盖了两床被还直嚷冷得受不了。马龙先是跑到炊事班让炊事员熬碗米汤，又找来卫生员给赵冬打退烧针。等马龙端来米汤时，卫生员竟然还举着针筒愣在赵冬床边。赵冬死活不让打针，卫生员完不成任务又走不得。米汤有些烫，还得凉凉，马龙把碗放到窗台上时斜了卫生员一眼，想说什么又收回去了。马龙把毛巾浸湿，稍稍挤了挤，敷在赵冬额头上："你小子，烧糊涂了怎么的，连针也不肯打？"赵冬粲然一笑："没事的，我这是水土不服，来得快，去得也快。"

　　赵冬在床上躺了一个上午，中午开饭时和大伙儿一样站队，唱歌，进饭堂。等午睡起来后，他的烧居然退了不少。第二天，他头一个起床，出操跑五公里，他冲在第一个，回来后整内务打扫卫生，干得特别起劲。他没有诳马龙，确实是水土不服。他入伍到新兵连的第一天，也是拉肚子发高烧，但一天的工夫全烟消云散。从新兵连到中队的第一天，仍然是这样的程序。

　　马龙说："你啊，一点也经不住折腾，身体素质差得多喽！"

　　赵冬不以为然："可不能这么说，我就是水土不服嘛！这人吧，换个新地方总会水土不服的，只不过有轻有重罢了。我这还是身体上的，要是心理上的，可就更麻烦了。"

"心理上的……水土不服？"马龙眉头一皱，"说来听听！"

"也没什么，新兵刚到新兵连个个都傻乎乎的，那是因为他们对营区这个新的环境不了解、不适应，对，这叫'文化休克'，这个，排长你比我有体会。"赵冬顿了顿，见马龙没言语，又说，"你看我，在城里生活惯了，让我去乡下一定待不住，即使勉强撑下去，也不可能和乡村融到一块儿去……"

马龙像是品出点味儿："这么说，我这样的农村娃，也不可能和你们城里人一样生活了？再怎么着，终了还是土包子一个喽。在新兵连，我这个新排长初来乍到，再怎么干也是白搭。你是这些意思吧？"

赵冬忙说："马排，我可没这意思，我是说……"

"你的意思？"马龙瞧赵冬那股紧张劲儿，乐了，"哈哈，别臭美了，不是我小瞧你，你的脑袋里还没长出这样意思的养分呢！"

赵冬说："得，我给你介绍介绍即将和你共事的两位排长的情况，算是将功补过。一排长徐亚建是和我们一个大队的，在二中队。看他的长相、听他说话，就能知道他是山东人。他身高一米八，国字脸，浓眉大眼，浑身肌肉，处处散发着威武之气。据说，当战士时，每逢重大活动，他不是担任礼宾哨就是现场警卫。他文化水平不高，来部队时是初中毕业，参加部队的高中补习班才勉强能在档案中文化程度一栏填上高中。从当兵那一天起，他就没考警校的念头，因为他知道自己的水平。他不但有韧性和力量，还有难得的灵性和机敏。当兵第一年，他是中队、大队的训练尖子，到了第二年就拔了支队训练标兵的头筹，第三年代表总队参加全武警部队的军事大比武，捧回了冠军奖杯。这一来，他到警校学习半年回来后就扛上了少尉警衔。他带兵很简单——一是靠威，他的目光、语气和火暴脾气能让兵们小腿肚抽筋；二是靠榜样，对兵们的训练就一句话'练到我这份儿上就行'。当上排长后，他照样是支队的红人，各种大型的军事活动都离不开他。自然，他直来直去、时常火星直冒的脾气，也让各级领导习惯和容忍了。在我看来，他最大的战绩是当排长还不到三个月时，就敢和参谋长拍桌子论高下。我们许多兵都以他为偶像。"

赵冬这才想起来，手上的烟好一阵子没抽了，没命地吸了两口，接着说："二排长凌智文在三大队二中队二排，是典型的家门口干部，就是省城人。徐亚建和凌智文站在一块儿，形成鲜明的对比。一个黑，一个白；一个健壮，一个瘦弱；一个猛如虎，一个柔似羊。他是近视眼，参军时走了点关系，当战士时偷偷戴隐形眼镜，提了干就理直气壮地架了副眼镜。我最看不起凌智文，这人特虚，又黏黏糊糊的，没点革命军人的样子，就连排长也当得差劲。还有就是仗着有点关系，自己没什么本事，却看不起人。不过，他和徐亚建关系挺好，这事有点蹊跷。照理，在他眼里，徐亚建只是个土老帽，一介武夫啊！"

教导队的骨干被分成三个排，马龙还是带三排。不同的是，在教导队，马龙暂时不是见习排长，而是排长。马龙手底下有二十七个兵，个个都是兵中精英。如此的满员，如此的一色好兵，离开了教导队，再也不会有这样的一个排让马龙吆喝。马龙站在队列前第一次点名，心情特别激动。点名结束后，看着兵们回班时的背影，马龙暗自说："过瘾，当这样的排长真过瘾嘞！"

参加骨干集训的兵，像赵冬这样的一年度兵很少，多数是二年度兵。兵当到第二年，对营区基本上开窍，加之集训对他们来说，是晋升正副班长的关键时刻，这样一来，没人不好好训练，没人不好好接受管理，没人不努力表现。最主要的是，他们知道自己该做什么、该怎么去做。兵们上路，干部费心劳神的事就少得多。

马龙不让自己闲着。手下有这帮兵，是他将学校学到的带兵知识和自己的思考与实践对接的好机会。在教导队这段时间，将成为马龙带兵生涯中难得的一次几乎没有任何风险的带兵演习。而当新兵到来时，又可以对马龙的演习战果做一次实战背景下的全面检验。再回到三排，就得真枪实弹地上阵，稍有闪失，都可能让自己的人生多多少少挂点彩。

教导队有一间闲置的大房间，每年新兵连时，有两个排的新兵在这儿打地铺。马龙的新兵连生活就是在这里睡地铺的，进了房间，马龙对当年自己打地铺的那块儿看了又看，眼前好像有个穿着皱巴巴新警服的新兵对着他傻笑，他甚至闻到了这新兵身上的土味儿和海味儿。

马龙要求三排全睡在这个大房间里，而不是像一、二排每个班一个房间，这并不是想找回或者重温自己当新兵的感觉，一个排长和二十七个兵同住一室，可以为相互交流提供最大的方便。马龙向大队长梁向民汇报说，自己是新排长，管理能力有待提高，把兵们集中在一起便于管理。梁向民问是哪个大房间，马龙说："就是原来堆杂物的那间，已经清理好了。"梁向民说："既然前期工作已经做了，那就由你吧。只此一次。下回，有什么事，提前跟我打招呼。"

不用打地铺，一个兵一张铁床，一个班排成一溜。兵们安好自己的床，才想起还没给排长抬床。床抬来了，几个兵又不知放在哪儿，只得征求马龙的意见。马龙也拿不定主意，站在门口往里看，三个班的床纵成三排，整整齐齐，就马龙这张床一进屋破坏了这种和谐。赵冬提出建议，说既然三个班的床如同队列，那么排长的床就按队列位置摆吧。

马龙白了他一眼，说："你赵冬损不损？照你说，我的床最正规的位置在门口。噢，让本排长替你们把门，为你们挡风堵寒气呀！"

赵冬说："三路纵队，排长的指挥位置可以在侧面嘛！"

"这主意不错，算你反应快。"马龙说，"就这么着了，按赵冬这有点浪漫的法子来。集训期间，班长、排长由大家轮流担任，当然，也有我一份。谁当排长，谁就睡这张床，谁的床就归我。这样一来，我倒可以把大家的床都睡一遍。本排长就要这点特权，你们有想法还是趁早憋回肚里去，提了我也不搭理。"

马龙每周只当一天排长，其余六天全留给兵们。在不当排长的日子里，马龙让自己正儿八经和兵们一样。训练、劳动、打扫卫生……马龙不但和兵们一块儿干，往往比兵们干得还勤快。早上出操回来，马龙整理完内务，拿张报纸爬上窗户擦玻璃。遇到一块斑迹擦不掉，他就张大嘴对着玻璃呵口气再擦。这个房间大，窗户也就大而多。马龙从一个窗户上跳下来，忽地又蹦上另一个窗户。有个兵刚上窗户做出擦的动作，马龙吆喝道："干什么呀？这是我的活儿，你干别的去，别和我抢阵地。"

那兵僵在窗台上，犹豫了一会儿说："排长，这是我的卫生包干区啊！"

"是吗？"马龙停住手，"那我的呢？"

有兵在一旁嚷："你是排长，我们没给你分配。"

马龙笑了："我说呢，这些天我干什么活儿，你们都和我抢，敢情是我在夺你们的地盘啊。不行，你们也得让出一块给我。你们要是不听招呼，我可就要行使本排长的权力，搞回不讲民主了。"

兵们和他开玩笑："马排，这哪像是个排长？根本就是个新兵。"

马龙装出无奈的样子："没办法啊，我的兵龄比你们长，你们是兵，我是干部，可往干部队列里一站，我是实打实的新兵蛋子！"

赵冬夺过话茬："我们都分好了，你这一搅和，又得重分，多麻烦。排长，这就是你的不对了。你这是有意增加我们的工作量，是不关心我们兵的具体表现哦！真是干部一动嘴，我们跑断腿。还新兵呢，哪有你这样尽给老兵找碴儿的新兵？"

马龙一乐："多大事？不就是重新划分卫生区嘛，怎么一到你赵冬嘴里就变味儿了？我是新排长，总得让我干点事儿吧。别婆婆妈妈的了，从现在开始，这些窗户就归我了，其他的你们爱怎么分就怎么分！"

三

教导队是常设性的培训单位，照理，到这里来的干部都该是支队的尖子，实际情况却不是这样。在大队、中队干不下去的干部，多半会被调到教导队，兴许还会因此而提一职，可大家都知道，这干部再没什么头绪了。个别的是由于其他位置都满了，只有教导队有空缺。不管怎么说，教导队也是正营级单位，两个正营级的职位，在全支队来讲，还是十分珍贵的。那些在部队没什么发展的干部，支队的想法是给他们提一职，放到教导队一年，然后安排转业，算是为干部解决一点实际问题。这么一来，许多干部在部队的最后一站就是教导队。当然，能从教导队的大队长或教导员的位置向后转的，还是不错的，毕竟是带着正营级回地方的。到哪儿，无论工作、职位如何，正营职待遇是跑不掉的。

梁向民是个例外。他在中队当了四年排长，后来调到支队机关当参谋。从参谋到作训股长到副参谋长，一路顺畅。猛然有一天，干部制度有了新政策，没在基层任过一年以上主官的干部，不得晋升支队部门以上的主官。这是条硬杠杠。没办法，到了正营的第三年，他从机关的副参谋长下到教导队任大队长。摊到别人身上是发配或船到码头车到站，对他梁向民而言，只是补课。这是常识。既然是常识，支队的干部个个心知肚明。

在机关忙惯了，梁向民初到教导队闲得难受，后来发现，教导队是个好地方，可以静心回顾这些年来走过的路，还能以旁观者的身份，扫描和透视支队机关与基层。有了这样的念头，他把每天的时间安排得满满的，还嫌不够用。光为自己准备的那些书就需要大量时间去看，带兵理论、领导谋略、文化思潮、科技知识……还要求自己做笔记写心得。一天中，他有那么个把小时，不是在营区里转圈，就是出营门到水库边钓鱼。

还有件事似乎也是天天必做的——打电话。往机关打、往基层打，说是在教导队人都快发霉了，打打电话透透气。电话那头说，你是蓄势待发呢。他说，屁，我再傻也知道机关好，市里的生活有味儿。你们就偷着乐吧！

嬉笑怒骂间，他把想知道的事情套得一清二楚。就如同神枪手，看似漫不经心地甩手一枪，却是弹无虚发，百步穿杨。

自从着手骨干集训的准备工作，梁向民就开始进入另一种状态。训骨干、带新兵，事关他和支队的未来，他不能不重视。集训队的干部人选都是他向支队党委提供的，最后有个别调整的也是征得他同意的。这些干部老中新全有，性格各异，素质上各有所长，带兵方法各有一路，只有马龙这个新毕业的排长，他不怎么了解。

　　几乎每周马龙都能看见好几次徐亚建和凌智文有些得意地走入乒乓球室，他们是和梁向民一起打球，和梁向民打球似乎成了他们生活的一部分。马龙见两个排长常和梁向民打乒乓球，也想加入其中。马龙的球技不错，也有信心能让梁向民找到拼杀的快感，关键是马龙不知道该怎么才能成为他们中的一员。主动邀请梁向民杀几局，或者悄然在一旁观战，马龙都做不到，不好意思。马龙告诉自己，这没什么好意思不好意思的，总不能让大队长请你吧。马龙给自己做了不少思想工作，还是不好意思。到头来，一看到他们进出乒乓球室，马龙就在想，能和大队长打球多好啊，拉近彼此的距离，增加相互的感情，对自己的好处多着呢！

　　在部队，如果下属与领导有一个共同的爱好，特别是打牌、下棋等人不多的活动，就是绝好的润滑剂。马龙当兵第二年就悟出了其中的道道。马龙下象棋、围棋、打牌等，水平都是不差的，可这么多年来，就因为不好意思，他没因此沾上一点光，只能一次又一次、一年又一年地嫉羡别人。

　　马龙倚着门框，目光直直望向乒乓球室，赵冬在一旁阴阳怪气："心动不如行动，这世道就这么回事儿！"

　　"你不说话，没人把你当哑巴卖了！"马龙话题一转，"你教案准备得怎样了？明天我得看你上场指挥。"

赵冬脸色正经："就是呀，我总不能老想着当班长，而不开始行动把班长的本事学得炉火纯青。马排，我可是在为自己做思想动员呢！你不是常教导我，心有所想，就要竭尽全力去争取吗？"

马龙说："我还说过用心瞄准，无意击发呢，你怎么没记住？"

徐亚建和凌智文的资格都比马龙老，在他们眼里，马龙和刚到新兵连的新兵一个样，抱负挺大的同时，人嫩得很。当马龙要求三排搬到大房间时，这两位排长都嗤笑马龙这个刚出警校的小排长，说马龙就爱玩点哗众取宠的花头。

马龙搞什么轮流坐庄似的管理方式，那徐亚建和凌智文不好说什么，也不能说什么。大队长梁向民在队务会上要求骨干集训期间，一律向三排一样进行互动式的管理模式。大队长发话了，他们俩人心里有气也不敢冒。但他们还是在马龙身上找到了攻击点。教导队有那么多空房间，百十号骨干，一个班一间宿舍、一间学习室，绰绰有余。按建制班居住是部队的传统，也便于各班开展工作。他马龙非标新立异搞集中居住，既过了线，又让骨干的生活条件倒退了好多年。更令人难以接受的是，把床排成了排纵队的样式，这算什么？没有内务观念，大有个人崇拜的倾向。啧啧，一个排长伢子，花花肠子不少。

两名排长在和梁向民打乒乓球时，以唱双簧的战术轻描淡写地说着马龙的不是。他们的口气十分温和，表现出老排长关心新排长成长进步的境界。梁向民刚开始专心打球时脸绷得很紧，渐渐脸上绽开些许笑容，不过抽球的动作越发猛烈起来。梁向民说："一个新排长，要学的东西太多了，你们两位老排长，平常多调教调教他，让他少走些弯路，早点儿成熟起来。他很有潜力，只要你们多点拨点拨，以后进步不会慢不会小。不过，你们和我说这些没什么用，我可没那闲工夫拿捏他这样的小排长，我还得留点时间提高球技，要不然，成了你们的手下败将，大小也是件丢人的事。"

说完这些，梁向民手腕发力，将飞来的球一记抽死。

徐亚建和凌智文两个排长的小动作，没使梁向民过多反感。马龙能明显感觉到，梁向民在他和两位排长之间始终处于中立。在梁向民看来，马龙刚从课堂到操场，有许多事需要他自己去应对，如果什么都扛不住，这排长当起来也没什么大出息。那两个排长，他们要折腾，就让他们折腾吧。

四

马龙给兵们开了一课，叫"每日一侃"。每晚七点到八点半，兵们个个板板正正地坐成三列纵队，由马龙抽点一名开侃。一个半小时里，可以讲兵们的故事、可以就集训中的某一个问题发表自己的观点、可以对集训情况做讲评……总之，必须与兵们有关系、与集训挂上钩。有的兵平常能说会道，可一站到队列前，脸憋得通红也蹦不出几个字来。赵冬就是一例。别看他平时油嘴滑舌，好像什么都会说，什么都敢说，人越多时，他吹得越起劲，可兵还是那些兵，房间还是那房间，只是换了一种形式，他就蔫了，就像一杆枪，枪膛里有子弹，就是发射不出去。赵冬以为马龙的"每日一侃"图的是丰富大家的业余生活，他私下求马龙别让他上台，说是只要不让大家伙坐得那么规矩，不要整出那样严肃的气氛，他保准妙语连珠、妙趣横生。马龙当时没和赵冬说什么，到了晚上的"每日一侃"时，他说了："本来，我让大家轮流'每日一侃'，大家就侃呗，其中的原因我没说，是因为我觉得大家只要上来侃一回，再坐回去想一想，就什么都明白了。然而，我们有的同志却认为我这是在让大家找乐儿。唉，你们都是快当班长的人了，怎么会有这样的想法呢？"

　　赵冬坐在下面一动不动，两眼木木地对着马龙。对马龙的带兵能力，他一百个佩服。这让他很惊讶，他还从未认认真真地佩服过一个人。当兵前和小哥们小姐们一起，他也称得上是"追星族"的铁杆成员，但他只是羡慕歌星们的歌喉，也知道自己只能欣赏，而学不到。对马龙就不同了，马龙就在他身边，马龙的知识和能力让他折服，让他有一种要成为这样的人的强烈渴望。到教导队这些天，他对马龙的一言一行如同进行精度射击一样仔细观察，而后用心揣摩个中的道道。马龙独创的"每日一侃"，让他看到了自己的不足，也深知马龙对他们这些未来的班长的良苦用心。班长是带兵人，职务虽低，可责任不小，工作不少。从兵们的吃喝拉撒睡到训练，方方面面的成长进步，都要管理和引导。一个班长，只会自己干，不是个好班长，会带兵们干、让兵们知道怎么去干，才是主要的。那么，善于表达，自然有其特殊的分量。马龙让他上过一次台，面对熟悉的战友，他的感觉是陌生的，整个人都傻了。他从没有这么糗过。不过，他还是很高兴。"每日一侃"使他看到了自己的不足，而且他相信自己在不久的将来会在全排、全连面前甚至更多人更严肃的场合上滔滔不绝。他崇拜马龙，当然在工作上也怕马龙，越这样，他越喜欢和马龙肆意地开玩笑。他觉得，这是他表达心意最好的方式。不过，今天马龙的一番话，让赵冬有些顾虑。马龙在公众面前说的这些，明摆着是冲着他赵冬来的。马龙为什么不和他私下谈，而非得在大伙面前出他的洋相呢？他想不通。

马龙一脸严肃地讲完话后，让赵冬上台。马龙板着的脸现出丝丝微笑，在赵冬到身边时，马龙还俏皮地挤了挤眼。马龙如此举动，让赵冬当着那么多人的面挠起头来。

马龙在下面坐了一会儿就走开了，直到他估摸着赵冬侃到一半时又进了屋。

兵们没有因为排长不在而不守规矩，赵冬正说得眉飞色舞，一见马龙进来，源源不断的话语就像听到了"立定"口令一样戛然止住。

马龙在屋内站了片刻又离开了。马龙刚出了门没多远，赵冬的状态又陡然回来。

马龙暗自一笑，心想，赵冬有进步了，不过还得锻炼一些时日。

操场上，兵们正在摔倒功。

倒功，说白了，是在多练多摔中掌握安全倒地的技巧，从而使兵们在与歹徒搏斗时尽可能保护好自己。在部队，兵们习惯把倒功训练称为"摔倒功"。一个"摔"字，道出倒功训练的要诀，也写出兵们练倒功的艰辛。说起来，兵们对许多军事训练课目都能以一字击中其要害。比如：正步，其动作要领在于出腿要快、准、有力，讲究的是让脚尖长眼似的迅速踢中假想中的目标，兵们就说"踢正步"。站军姿，意在让军人抬头挺胸，挺拔起来，就有了"拔军姿"。战术，说成"爬战术"，是因为战术动作多是在地面上以各种姿势匍匐前进；说成"打战术"，意指战术训练就是假想的打仗。

兵们倒功练到家，可以在倒地时不伤筋骨。这些来参加预提正副班长的兵，在军事素质上都可以说是尖子，倒功自然也颇有火候。然而，再有技巧，也是肉身与地面相接，摔多了，筋骨安然无恙，但皮肉不会少受罪。一堂课四十五分钟下来，兵们浑身都火辣辣的。兵们不好意思叫苦，就劝马龙别和他们一样摔了，说倒功这活儿不是人练的，你排长跟着我们吃这种苦干吗？你看人家一排长、二排长什么训练都是背着手在一旁指指点点，哪像你一天到晚动真格儿地和我们一起练？你这排长当得可没人家舒服。

马龙说："我也想像一排长、二排长那样，可我这个新排长的管理和组织指挥水平还差得多呢，个人动作也比不上他们，我这样做是在补课，把当排长所缺的素质一点点补起来。其实，我根本就算不上排长，那只有把自己当兵对待了。哪一天我赶上他们，我这排长才算功德圆满。"

三排的兵和一、二排的兵聚在一起说笑时，一不留神就把马龙的这番话抖搂出来，一、二排的兵无意中又和自己的排长说了。一排长、二排长听到这话，对马龙有了些好感，这新排长虽然好出风头，可还是很照顾我们面子的，经他这么一说，我们不与兵们一同训练倒成了素质好的表现。他们对马龙有了些好感，又想到自己刚当排长时也是这股雄心勃勃的干劲，这排长还没当几年，身上的棱角就快磨平了，朝气也下去了不少。想着想着，他们反而羡慕起马龙来。

赵冬认为马龙是在佯装高姿态："马排，你说的那些话我听着别扭，那两个排长成天端个臭架子，被你一说，倒是顶好的排长了。徐亚建，我还认了，那凌智文算个什么嘛！你也太会那个了！"

马龙倒没生气，笑着说："什么那个那个的？我说的是实话，这带兵各有各的招，人家排长确实有人家的本事，你看他们排里的兵不比你们差吧？干什么不都嗷嗷叫？！"

马龙就是不给赵冬借题发挥探底的机会，这样使赵冬觉得对马龙这个排长越来越找不到准星。

五

马龙到了大队长宿舍门口喊报告时，梁向民的一只手正死命挠头，那样子好像要揪一撮头发下来才甘心，另一只手拿着本书。

"来，来来！"梁向民没起身没转脸，"坐，坐坐！"

马龙坐在离梁向民最远的那张椅子上，眼睛盯在梁向民手里的书上，余光却在屋子里游荡。马龙第一次到梁向民宿舍，禁不住观察起来。房子十来个平方，格局就是普通的班宿舍那样子，也没有窗帘。靠门的左边放着脸盆架，上面挂着毛巾，脸盆里摆着洗漱用具。储物柜有些旧，高高大大的，一看就知道有些年头，而且是部队淘汰下来的。书架与它形成鲜明的对比。书架是木制的，没有刷漆，以淡黄色的本色示人，鲜鲜亮亮，看那模样，是整个屋里的新兵蛋子。马龙还是第一次看到这样的书架，没有玻璃等装饰物，一档一档间的距离紧凑得很，书立于其中，上面只有两指的空间。那些书也让马龙新鲜。部队领导和普通干部的书架，他见过不少。那些书架上的书，有政治的、法律的、军事的……不同干部的书，给人的感觉就是一排排队列，有细微的区别，但没大的变化。梁向民的不同。别人有的书，他也有，但在整个书里只占三成，其余七成可就

丰富了，文学、美学……居然还有宗教方面的。吸引马龙眼球
的还有床。床是双人床，席梦思的那种，挺高级的，床单的档
次也不差，图案惹眼，这样的床上居然是军被，还是旧得泛白
的军被。被子叠得不赖！马龙在心里给被子打了九十分。马龙
想着为什么放军被，为什么会叠得这般好，目光在被子上停留
的时间也就长了些。

"怎么？检查我的内务来了？"梁向民放下书，也不挠头
了，"你一定在想这被子不是我叠的吧？还在想，我为什么在这
样的床上放军被呢？"

马龙被梁向民洞穿了心思，脸唰地红了，双手夹在两膝间
搓个不停，目光也从被子快速地转移到自己的鞋尖。这时候，
马龙没一点排长的样子，纯粹是个在首长面前的小新兵。

"告诉你，这被子可是我自己叠的哦，没什么特别的意思，
叠惯了。"梁向民把椅子朝马龙挪了半米，"排长就是排长，别
把自己搞成小新兵的样子，说说你对我的床和被子的看法。"

马龙抬头看了看梁向民，看到了很真诚、很善意的表情。

"我看到了一个同时热爱百姓生活和营区生活的大队长。"
马龙感觉自己的声音有些颤。

"哈哈，别给我戴高帽，不过你这话倒是挺有意思，有意
思！"梁向民又把椅子朝马龙挪了半米。

马龙不想再将这样的话题继续下去："大队长，您找我有什么指示？"

梁向民想了想，说："本来是有点事要和你说的，可这会儿我看书正到要紧的时候，以后再和你谈吧，你还是回去忙你的吧！"马龙转身关门时，梁向民又捧起书，还真有点如醉如痴的样子。说实在的，马龙还是第一次见到如此认真看书的军事干部，看书居然看得走不出来了，这个大队长真有点意思。

这个夜晚，梁向民一定沉浸在读书明理的快意之中，而马龙自己给自己找难受，上半夜一直没睡踏实。马龙就是这样，有时大大咧咧的，什么都不会放在心上；有时却过于敏感，一有点风吹草动就心神不宁，到最后，没事也能想出愁绪来，常有兴师动众将芝麻大的事幻想成西瓜大的时候。

一个周三的晚上，马龙一个裤兜塞一瓶"口子酒"，拎了几个小菜去徐亚建宿舍，走到半路，马龙止住脚步左右瞧瞧，转身往回走了几步，又折回来。

这时候，兵们已经熄灯就寝了，只有几个干部宿舍还是灯光依旧。营区里静得出奇，马龙觉得这种静就像夜色一样朝自己漫过来。

马龙到徐亚建房间时，徐亚建和凌智文正在棋盘上厮杀。徐亚建和马龙点了点头，算是打招呼，对凌智文说："别磨蹭了，没招儿就缴枪吧！"

马龙把酒和菜放在另一张桌子上，给两位排长发烟点火，然后双手握在小腹前观棋不语。

来来回回十几分钟，凌智文败下阵来。徐亚建得意扬扬："你虽然输了，不过没上盘惨，收拾桌子吧你！"

"我来，我来。"马龙抢上前去拾棋子。

"不行，就该他动手，上回我输了，他还让我钻桌子呢！"徐亚建一把拉回马龙，"我说马排，这不是周末，没什么好事，你请我们喝酒干吗？是不是想和我们斗斗酒量？"

马龙说："不敢不敢，我这人嘴笨，自从来教导队认识二位老排长后，想多和你们请教，可又开不了口。这不，今天没事，用酒壮胆嘛！"

凌智文那边已把桌子弄清爽了："来来，上酒上菜，边喝边聊！"

马龙边从塑料袋里拿菜边说："没什么好菜，酒也不是好酒，别笑话我。"

徐亚建找来三个茶杯："来来，满上满上，咱们三人平分。"

马龙面露难色："这一杯下去，我肯定不行了。"

凌智文说："酒是你拿的，你不喝我们怎么喝啊？"

马龙说："你们多喝点，我陪你们。"

徐亚建说:"不行不行,你今天请我们喝酒理由不充分,你又不放开喝,这酒还喝什么劲?撤了算了。"

马龙急了:"我是真不能喝,理由倒有!"

凌智文问:"什么理由?"

马龙说:"还是不说吧!"

徐亚建说:"不说,我们可不敢喝。"

马龙说:"那我说了,其实,其实今天是徐排长的生日!"

徐亚建一拍脑门:"哎呀,我怎么就忘了呢?前两天我还想这事呢!"

"我怎么不知道?"凌智文自言自语后问马龙,"你怎么知道的?"

马龙笑笑没说话。

"有心有什么不知道的!"徐亚建端起茶杯,"谢了,不过,这酒你更得喝。看得起我,咱们今晚一醉方休,没酒我去找。"

"我那儿还有好几瓶呢!"马龙咬了咬牙,也端起茶杯,"得,今晚我豁出去了!"

马龙喝下一口说:"我回去再拿两瓶来。"

徐亚建说:"不急,喝完再说!"

马龙说:"还是先拿来,等这瓶下去,我恐怕腿都抬不动了!"

马龙去排里拿酒,来回都是跑步。

桌子上四瓶酒像枪一样竖着，盖子全开了，三人咋咋呼呼喝开了，茶杯碰得哐当响。

酒下肚多了，出口的话就多了。三人比着说当兵的故事，吹带兵的经历。喝到后来，桌子上的酒瓶全卧倒了，也不知道洒了多少、喝了多少。三杯下肚，徐亚建说："马排，你是真不能喝，冲你这豪爽劲，我们半杯你一口。"

马龙高高举起茶杯："今儿个我高兴，喝，喝死当睡着了！"

下去一杯，凌智文有意只给马龙倒了一点点。马龙用茶杯敲桌子："瞧得起我，就给我倒满了！咱们是兄弟，对不对？"

马龙喝上劲了，没人拦得住，两个排长也就由他去了。

徐亚建说："马排，以前没和你多来往，是我的错，你，你真够哥们儿！够——哥们儿！以后，你有什么难处，尽管找我。你够意思，你这个朋友我交定了！不过，该比试的地方，我还是要跟你较出个高低的。没办法，我徐亚建就是这样的人。"

凌智文说："马排，马排，听我说一句，你带兵有一套，比我们强，真的，比我们强！我酒喝多了，但说的是心里话，绝对是心里话！你不知道，我这个人平时一般不会夸别人的。"

凌智文的拳头把胸脯打得嘭嘭作响。

马龙的舌头已硬如通条，他半趴在桌上，两眼瞪着一个空酒瓶，好似在和酒瓶较劲，非得用目光将其打倒。

　　他们的酒量是比马龙大多了，把酒操练完了，他们俩人只是舌头有些发大，其他几乎一切正常，头脑清醒，走路不打晃。他们见马龙真不行了，就要送他回去。马龙不同意，一个劲儿地说："我自己回，我自己回！"两个排长拗不过马龙，就要找个三排的兵来扶马龙回去。马龙更不乐意，说这样，他这排长一点面子也没了！

　　马龙摇摇晃晃走到三排大房间门口，四下看了看，又摇摇晃晃地来到大操场边的厕所里，用手指抠喉咙，吐得一塌糊涂，吐到最后，扶着墙干咳。

　　马龙回到宿舍，衣服也没脱就躺下了，歪头见床边有杯水，抬手就咕咚倒进肚里。赵冬悄悄走过来，用毛巾替马龙擦脸，帮马龙脱衣服，嘴里小声说："排长，你这是何苦啊？不能喝，撑什么劲？"

　　"你懂什么？！"马龙说完话，就睡着了。

　　赵冬坐在马龙床边足足半小时，见马龙睡得很香，又倒了杯水放在马龙床头，才放心地睡觉去了。

　　第二天午饭后，梁向民找到一排长、二排长："你们昨晚干什么好事了，俩人整人家马龙一个？"

　　徐亚建说："没这么回事，大队长，你太小看我们了，都是弟兄，我们整他干吗？！"

梁向民说："没有就好！"

马龙一天都觉得脑袋如同摔倒功时不小心被撞到一样疼得不行，不想吃饭只想喝水。吃过晚饭，马龙在去厕所的路上遇上梁向民，梁向民说："马排长，你行啊！"

梁向民说完，兀自走开了，丢下摸不着头脑的马龙。这一天，马龙脑子里就装着梁向民这话，像参悟某个训练的动作要领一样反复琢磨。

六

骨干集训也就两个月时间。刚开始，兵们还觉着时间挺长，可一个月后，只觉着哧溜一下，就到了集训结束的那天。

集训结束后，绝大部分兵留下带新兵，少数兵回原单位。徐亚建和马龙一样留下了，凌智文回中队了，是他自己要回的，他说，在新兵连带新兵就不能在家过年了，不能在家过年他会憋疯的。赵冬说："什么回家过年？屁，这凌排长鬼精，他是怕带兵既辛苦又担责任。"

赵冬先前一直说这带兵的差事没劲，教导队这地方更没劲，集训完就回中队。可到了集训的后半程，又求马龙留下他。开始几次找上门，马龙不理他，说："教导队这地方不是人待的地方，带新兵也是个不好干的活儿，你要同中队，说不定春节期间还能回几天家呢！"马龙以关心的口吻和赵冬说个不停，赵冬根本插不上话。马龙说完一大堆，就赶赵冬该干什么就干什么去，不给赵冬说话的机会。赵冬只得天天缠马龙，马龙越不给他答复，他缠得越勤。离集训结束只剩一个星期了。这天中午，赵冬又去缠马龙。他还没开口，马龙说："想留是吧？可以，得有条件。"马龙的条件是要赵冬说出中队三排在老兵退伍时，老兵会捣什么乱子。赵冬搞不清马龙怎么提了这么个条件，但为了能留下来，就把自己知道的和盘托出。

在得知老兵安全顺利退伍的消息后，赵冬转过弯儿了："马排，是你向老排长告的密吧？"

马龙说："什么话？要说告密，你是始作俑者，我只是给老排长提了个醒罢了！"

"唉，我说马排，你这是什么战术啊！老排长在退伍期间摆不平老兵，出点儿事，对你有好处啊！事出得越大，你的好处越多！"

"好处，什么好处？"

"人家没干好，三排在领导眼里就是个烂摊子，你随便干干，就能有成绩。不出事，就算大功一件！现在倒好，三排看似稳定，像个样子，其实危机重重，你接手后，事倍功半啊！"

"你啊，这就是班长和排长的差别，当然，你现在还不是班长呢！"马龙忽然提高了音量，"看来，你对我这个新排长一点信心也没有哦。"

马龙说完，心里直打鼓，我对自己有信心吗？

大部分骨干都回老部队了，教导队像发射完子弹的枪等待装填一样等候新兵的到来。这期间，一个排长手下也就三个兵，要操心的事不多，想玩点什么往往兵力不足。徐亚建常冲马龙发牢骚："就三个鸟兵，闲死我了！"他手下的三个兵，躲他都来不及，业余时间根本不和他在一起。他没招，只好往马龙这儿跑。

马龙和三个兵在打牌，是升级那种。徐亚建见他们玩得正在兴头上，就站在马龙身后看。马龙一瞧徐亚建，对兵们说："没看见徐排来啊，下去一个！"三个兵全坐起来了，抢着要退出，以赵冬最积极，这小子起身就溜了。本来坐赵冬对面的那个兵，看到徐亚建坐到他对面，忙说，还是你们两个排长一对吧。马龙说，行啊！徐亚建出牌喜欢把牌握在手掌里往桌子上拍，他每拍一下，两个兵就像是听到立正的口令浑身一激灵。他们哪像是在打牌，根本就是在徐亚建的指挥下训练啊！徐亚建三四把牌打下来才渐渐放松了些，脸上现出少有的笑容，口气不但温和了，还俏皮话不断。他打牌和参加军事比武一个脾气，不搞小动作，一切凭实力，赢了高兴，输了心服口服。

第二天徐亚建来打牌时，赵冬死活都要上。赵冬和马龙说，没想到徐排这人挺有孩子气，整个儿一大孩子。马龙排的兵们把对徐亚建的感觉传给徐亚建排里的兵。又没到两天，那三个兵也和徐亚建打成了一片。这么一来，他们几个在一起时，就是一群大孩子。马龙这才发现，徐亚建放松了脸上肌肉的同时，另一个徐亚建就出现了。马龙开导徐亚建："看看，兵们都是好兵，只要你愿意和他们玩，他们没个不乐意的！"徐亚建说：

"我也想和他们称兄道弟，可这么一热乎就没人怕了，没人怕了，我还怎么带兵？你又不是不知道当排长有职无权、有名无势，再不严肃点，镇不住这帮猴精猴精的兵。"

徐亚建拿出他对象的照片，说是让马龙参谋。照片上的姑娘漂亮、文静，和徐亚建比简直是一个天一个地。徐亚建说："这还叫漂亮？告诉你，我以前那个比她强上好几倍呢，可惜没照片让你看。"马龙说："你别吹牛了，你傻啊。"他说："以前那个是农村的，我要和她结婚，就得让她随军来，不要说像我这样的人混到随军的杠杠有多难，我从来就没想以后在这座城市生活。现在的这位是县城的，我在部队待不下去了，就转业到我们县城，还是在自家的县城活着踏实、自在。"马龙说："那就找个本市的呗！"他说："本市的？我可没这野心，就是找了个如意的，在她家、在这个城市，我始终是个外乡人。唉，这人身上有些东西是磨不掉的，也是他乡不能接受的。人啊，有些东西是改不掉的。"

七

老兵退伍没几天，教导队就陆续来新兵了。这时的教导队不再叫教导队，而是称新训大队。新训大队是一个极正规的称呼，一般只出现在文件、会议等正规之处，平常大家还是称呼"新兵连"。这称得上是营区的一大习俗。一个新训单位，不管级别是连（中队）、营（大队）和团（支队），日常生活中，兵们大多还是呼之为新兵连。兵们谈起自己的新兵生活，要么说"我当新兵的时候"，要么说"我在新兵连的时候"。一年一年的光景不一样，一茬一茬的兵不相同，"新兵连"却在兵们的唇齿间日久天长。

赵冬现在是新训大队的班长，不过，这班长名不正言不顺，不算正式的职务，只能在新训期间履行班长职责。新训结束的那天，就是他新兵班长当到头的那一天。至于回中队，能不能晋升班长或副班长，那还是说不准的事呢。部队只规定，副班长、班长必须经过预提班长集训，但没说参加过集训的骨干就一定能晋升。也许为了区分，像赵冬这样的班长，营区的称呼是新兵班长。当然不管怎么着，新兵日后回味自己的新兵生活时，是忘不了新兵连的，也忘不了自己的新兵班长。

在第一个新兵的第一声"班长"传到赵冬耳里时，赵冬虽早已在等待这一刻，可真来临时，他还是美滋滋的，乐得不行。现在，赵冬也学会了适度掩饰自己的情绪，至少在新兵面前如此。他心里狂喜，脸上却只是向新兵露出淡淡的微笑，表现出一个班长应有的热情和矜持。他替新兵取下肩上的背包放到床上，让新兵坐在床边休息休息。新兵嘴里说不累，屁股还是落在床沿上。赵冬倒了一杯水给新兵，慌得新兵呼地站起来，赵冬拍拍新兵肩膀，示意他坐下。新兵忐忑不安地坐下，赵冬打开暖瓶，往自己脸盆里倒了半盆热水，从新兵挎包上解开毛巾，放在脸盆里淘了淘，拿出来挤了挤，递给新兵让其擦擦脸。新兵一手握着茶缸，一手接过热腾腾的毛巾，两眼看着赵冬，嘴皮抖了好一阵子，才抖出四个字："谢谢班长！"

赵冬坐在新兵对面的床上，和新兵聊起家常。说是聊，其实是赵冬问、新兵答。赵冬问一句，新兵答一句。赵冬好几次启发新兵畅所欲言，可新兵一点也放不开。没办法，赵冬只好问下去。赵冬觉着问得差不多了，就和新兵讲些到部队后要注意的事项。新兵听着，不住地点头，不住地做保证。赵冬口若悬河地和新兵说着，可脑子里总闪现出自己刚到新兵连时的情形，这刚过了一年，自己就当起了新兵班长那样的角色。时间真是有意思！

这个叫高小强的新兵来自浙江温州，却说一口流利的普通话。赵冬因此对他特别有好感，有了好感，这话就更多了。

赵冬正说到兴头上，高小强突然开口："班长，你教我叠被子吧！"赵冬知道这是新兵嫌他没完没了使出的战术。赵冬反而高兴，这新兵并不是太木嘛！赵冬扯开高小强的被子，边叠边讲解起来。示范完了，就让高小强自个儿体会。看着高小强笨手笨脚地摆弄被子，赵冬暗自发笑，你以为简单啊，你慢慢练吧，部队里的许多事都这样，看起来没什么，真要学到家，不下点功夫没戏！

赵冬组织召开第一次班务会时，马龙前来列席参加。马龙坐在赵冬正对面，目光牢牢地抓住赵冬的双眼。赵冬进行完班务会程序，请马龙做指示。马龙说："班务会上赵班长最大，我只是列席，无指示可言，该说的赵班长都讲了。"

马龙走时，赵冬一声"起立"，兵们唰地全站起来，异口同声地说："排长再见！"在这之前，营区里的一些礼节，赵冬不但和兵们细细说了，还做了演示，并让兵们有重点地进行了练习。排长首次来班里，兵们的表现很出色，赵冬很满意，也很高兴。

马龙出门没走远，赵冬就追上来了："马排，刚才你怎么那样盯着我？搞得我心里毛糙糙的哩！我说话没出乱子吧？"

"像个班长的样子，心理素质好多了，正规场合下嘴皮子也溜了，不错，不错！"

得到夸奖，赵冬乐呵起来："马排，看你说的，这些还是你的'每日一侃'给锻炼出来的！"

　　这一年的新训工作，支队把改善新兵生活条件作为重中之重。其中一项就是，一个班一间房，每个新兵都睡床，不像过去几十个兵住一个屋子，还全睡地铺。马龙本来要和兵们住一块儿的，但一个班十人把屋子挤得满满当当，再也放不下一张床。马龙不情愿地拥有了单间。

　　马龙每天都要到本排的各班转上好几回，看看兵们的内务，和兵们说说话，有时还和兵们开开小玩笑。平时，马龙给兵们的印象是和气、没架子，可上了训练场，马龙又严肃得让兵们怕得要死。兵们私下里常说遇上了个变化无常的排长，明明是张平易近人的脸，立马成了黑黑的枪口，这日子过起来提心吊胆的。赵冬听到了兵们的怨言，哈哈大笑："你们啊，都是九十年代的新兵了，这点窍也不开！马排长这是工作和训练泾渭分明，工作上他是真格儿的排长，是我们的领导；生活中，他是兄长，我们的老大哥。你们把握好这个度，这新兵连生活以后够你们嚼的呢！现在不是时兴接轨吗？你们得和马排长的带兵之道接上轨、合上拍。"

　　赵冬和兵们说着说着，自言自语起来："是啊，马排长就是这样的一个排长，怪不得平常我可以和马龙没大没小地侃，一到工作上的事儿，他就现出排长的角色，不留情面时一点也不留情面。"赵冬现在才算是全明白了。

八

在所有的新兵中，高小强和赵冬走得最近。高小强的父母都是做生意的，平常没时间管他，让他到部队来，其实就是委托部队管个几年。高小强也觉得当回兵是一件好玩的事，家里让他参军，他一口答应了，只是要求父母保证他的开销。父母不在乎这几个小钱，说只要他在部队不惹事，要花钱尽管说。

没到新兵连，高小强就想好了，得和班长、干部搞好关系，不为别的，只求让自己的营区生活快乐一些。他没别的办法，就是用钱进行感情投资。平时，买点零食和班里的兵们共享。他看出赵冬没什么喜好，就是爱抽烟，他呢，也是烟民一个。刚来时，他抽"三五"，给赵冬发，赵冬从来只接不抽。后来，他明白了，赵冬就好"将军"，从此，他甩掉最爱的"三五"改抽"将军"。他不成包地送烟给赵冬，而是把握了赵冬的习性，确保赵冬每天不用掏自己的烟。赵冬知道高小强的心眼儿，也不明说。烟抽了，和高小强间的话多了，赵冬对高小强热情多了。当然，赵冬和马龙一样。他与高小强的密切关系只限在生活中，而一进入工作，高小强被他批评得最多。三天两头挨训，高小强并不介意。赵冬和他关系好，他多遭点批无所谓。

高小强在班里有了好人缘后，又瞄上了马龙。一天晚上，他怀揣两条中华烟蹩进马龙宿舍，和马龙前言不搭后语说了一会儿，他丢下烟往外跑。

马龙声音不高却不失威严地叫住高小强："你把烟忘了！"

马龙把烟塞给高小强："你个新兵，怎么学会了这一招？"

高小强沮丧地回到班里，和赵冬说："两条烟算什么，排长平常也抽大家的烟，怎么我给他两条烟，他就对我那么凶呢？一定是我什么地方得罪了他，要不就是他一直看我不顺眼。班长和班里的兵对我再好有什么用，排长是全排的天啊！这下可好，马屁没拍到，倒惹得一身臊。看排长那生气的样，还不知道以后怎么整我呢！要是明着整我，我还能防着点，就怕他使阴招，那我可惨了。这新兵连的日子还没过半，我可怎么熬啊？"

赵冬一拽他："跟我出去遛遛！"

他心事重重："班长，马排长肯定对我有意见！"

"别瞎猜！没那回事儿！"

"我完了，真的！谁也救不了我了！"

"你太小看马排了，你以为马排就值两条烟？他不是那样的人！"

第二天，赵冬一看高小强，着实吓了一跳。一夜之间，高小强憔悴了许多，尤其是那双眼睛，一点也没以前的灵气，枯枯的、呆呆的。这一天，高小强做什么事都丢了以前的机敏劲儿，训练时思想上老跑马，业余时间只是傻坐着，谁和他说话，他都不理，兵们用玩笑逗他，他一点表示都没有，脸苦苦的。有个最能逗人的兵，平常高小强最爱和他瞎闹，这兵闹得越凶，高小强越高兴。今天不行了。这兵本以为凭自己和高小强的交情，可以打消高小强心中的不快。不料，他刚使出平时三分之一的招数，高小强就和他急了："一边凉快去，要不然，别怪我的拳头不认人！"高小强把拳头攥得青筋直冒。从来都是笑脸菩萨的高小强，居然抡起拳头要揍人。兵们不敢再和高小强接近。

赵冬觉着高小强的思想负担很重，担心高小强哪根筋不拐弯，出点什么事儿。新兵连里无小事，可自己一时又想不出好办法，就向马龙汇报了。

马龙也很惊讶，这兵怎么会这样呢？

赵冬老练地开导马龙："马排，看来兵们的事，你还是有不知道的。像高小强这样的新兵，给你送两条烟，根本没想到是送礼行贿，也不准备求你办点什么事，他只是觉得你收下烟了就是看得起他，就是对他好。当然，你没收，那他就认为你小瞧他，你这个排长心里根本没有他。有了这样的念头，他的想法就多了。这新兵想法一多，十有八九要出事。如果以后你再批评他几句，哪怕入情入理应该批，他还是死命地往严重处想。这就叫钻牛角尖，钻进去就出不来了。"

没过一个星期，赵冬意识到自己的担心是多余的。愁眉苦脸了几天的高小强又成天乐呵呵的，动不动还夸马龙怎么怎么好。赵冬心想，神了，这马排长用什么妙计让高小强卸掉了心理负担？

妙计倒没有，只是马龙收下了高小强送来的手表。高小强在送烟给马龙未收后，把从家里带来一直没戴的一只雷达表送给了马龙。马龙一点也没客气就收下了，第二天戴了一整天。马龙这是专门戴给他瞧的。后来，马龙再也没戴过，但马龙对他关心多了、热情多了，马龙有时批评他几句，他真觉得这全是为他好，是关心的另一种表现。马龙要的就是这样的效果。

赵冬没像往常一样去向马龙探个究竟，因为他隐隐觉得这里面大有文章。既是内幕，还是不去捅为好，马龙当然也不会主动告诉他。

带新兵的班长和干部都明白，这些新兵刚从地方到部队，要操心的事太多太多，太严或太松了都会出事，其中的分寸可真不好把捏。新兵在新兵连的生活紧张，带兵人在新兵连的生活也不比新兵好到哪里去。好像在新兵连所有的带兵人中，梁向民最悠闲。最起码在马龙看来是这样。他还像以前那样，该看书就看书，该到水库钓鱼仍然照去不误。有一回支队下来人突击检查，进营门好一会儿，他才扛着鱼竿回来，走着标准的齐步，如同打靶归来一样。

唯一有变化的是，梁向民很少打乒乓球了，因为没人陪他打。新兵到队之初，他和徐亚建打过一两次，可徐亚建老走神，一点也不在状态。梁向民说徐亚建没点沉稳劲儿，工作的条理性不强。徐亚建很老实地承认："大队长，我这屁股后头跟着群新兵蛋子，没什么闲心思。"梁向民一笑："也是，你们个个铆上劲儿忙到家，本大队长就能闲闲。"

徐亚建人高马大、气宇轩昂，是那种理想化的军人形象。新兵刚到新兵连时，个个遇见他眼里都闪闪发光。分在他排的新兵，刚开始人人都得意扬扬。新兵虽然不谙兵事，但对排长代表本排的形象这一道理还是无师自通的。不消两周下来，新兵对徐亚建畏惧起来，只要有可能都躲着。在徐亚建面前，没一个新兵敢不老实的，真有点老鼠见了猫的样子。排里有个别班长在训练时对新兵动手动脚，徐亚建将这班长拽到一旁眼一瞪："靠手脚树立威信，你这班长还当个啥？"这班长当着徐亚建的面不敢吭气，私下里发牢骚："我要是排长那长相和块头，哪个新兵还敢和我较劲？排长也真是的，站着说话不嫌腰疼。"

在整个新兵连，徐亚建排里的新兵纪律性最强，精神面貌无论什么时候都是最棒的，他排的训练质量也比其他两个排强。就这样，徐业建还常常和马龙抱怨："这帮新兵太笨了，我做了一遍又一遍，班长教了又教，愣是不开窍。"自上次和马龙喝了那场酒后，他和马龙近乎多了。马龙也觉得他人其实挺好，挺好相处。他对马龙的评价是，有南方人的聪明，有北方人的豪爽。前半句马龙有些受不了，后半句马龙爱听。那天新兵连组织会操后，马龙排第一，徐亚建排第二。这样的结果虽然徐亚建早有预感，但事到临头脸上仍挂不住。到了第二天中午，徐亚建尚未缓过劲来，排里出了事——一名新兵跑了。新兵是趁午休时间翻墙溜出去的，好在班长细心，事发不到半小时就确认这新兵是跑了。新兵私自离开营区不是小事，新兵连出动了一支由班长、干部组成的精干小分队追。还好，在火车站将新兵堵住了，这才避免了一起新兵逃跑的事故。大队没对新兵进行什么处理，对徐亚建也没过多责备。梁向民只对徐亚建说："对新兵得严中有爱，你得在思想政治工作方面下下功夫！"仅此一句。对那犯错的新兵，徐亚建没有批评。谁都知道，如果他将新兵开导一番，这新兵保准会吓得半死。徐亚建像梁向民一样也只对班长说了一句话："瞧你给我丢的脸，你什么不行，严防死守也不会吗？"

五天后，也就是大年三十的晚上，马龙和大家一样在看春晚，刚看到一半，徐亚建把马龙拽到他宿舍里，桌上有几个小菜、两瓶酒。马龙说："上回我是舍命陪君子，这酒我真是喝不来，也不喜欢！"徐亚建起开酒瓶替马龙斟上酒："今晚你随意，我只是闷得慌，让你陪陪我。"愿喝多少就喝多少，陪他聊聊天，这样的喝酒马龙喜欢。刚开始，他们还是瞎聊，徐亚建半瓶酒下肚后，话题就集中了。他朝喉咙里倒下一杯酒："你想家不？"这话让马龙有点不知所措，一般这话多是干部问战士的，他徐亚建居然这样问马龙了。马龙抿下一小口酒细细品了品，品也是白品，在马龙的味觉中，酒只有一个味：辣！马龙哈了一口气："被你这么一提，还真有点想！"

徐亚建又倒下一杯酒："我，我想得不得了！我总觉得这地方，我说的是这座城市不是我待的地方，我也待不下去！"

马龙心里一颤："怎么这么说？我们农村兵不就是想在部队提干，过城里人的生活吗？"

"是啊，可这城里人的生活，不是每个农村人都适合的，至少我不行。哎，我看我就是农民的命，至多也就是回我们县城混混。"

"县城也是城市嘛！"

"那是我们家乡的县城，不一样的啊，这儿的省城一点也没我们那儿的味儿，人家也不喜欢我这样的味儿。人啊，水土不服啊！"

马龙容易多愁善感，生怕被话题和烈酒一泡，让思家恋亲的情绪膨胀得无法控制，就有意转移话题："徐排，以后你得多带带我，你一身的素质让我眼馋呢！"

徐亚建把要往嘴边送的酒杯停在半空中，目光为之一亮，瞬时，他似乎又消沉了："不行，现在光靠自己素质过硬吃不开了，再说，现在的兵和我当兵那会儿变得太多了，说实在的，我还真调理不好他们。"

九

三个月的新兵连生活，对新兵来说，简直是度日如年，可新兵班长们恰恰相反。三个月太短，这班长的感觉还没喂饱呢！

瞧着兵们掰着手指头盼下连的那一天，赵冬和其他新兵班长一样有些失落。失落之余，赵冬又感到欣慰。这三个月的时间，他基本上摸到了当班长的路子，兵们的表现也不错，马龙向赵冬透露，他的班评个"先进班"没问题。

兵们的目标开始转向自己会被分到哪个中队去。新兵连生活只是营区生活的预习期，一切都将从中队正式开始。人的出生地是乡村还是城市、富裕地区还是穷乡僻壤、小城镇还是大城市、家庭条件好坏以及父母是什么职业，都极大地影响着一个人的命运。对兵们来说，中队以及中队干部的重要性，不亚于人上述的先天条件。对此，兵们无师自通。

支队首长和机关干部来新兵连的次数日渐增多，所以，这天上午，支队政治处副主任许志敏带着干部股长和保卫股长等人到新兵连时，谁也没过多在意。

许志敏是从中队指导员到机关任了三年干部股长后提为副主任的，也算是部门领导。他本想下去当教导员，不干这个副主任的。副主任虽是部门领导，实际没什么大事，大事有主任。不像在大队当个教导员，自己可以做主。作为政治部门的代表到地方上参加一些会议、下基层跑面蹲点，好像是他的主要工作。下基层，可以不用待在机关，可以多和基层官兵接触，当然，还可以稍稍提升一下他这个副主任的感觉。

许志敏一行人直接到了大队部，向大队长和教导员通报了此行的目的和工作计划。接着就找来高小强谈话。

这天是周六，高小强正和赵冬神气活现地侃大山，一听副主任找他，脸色立刻就发白，愣了好一会儿。他问赵冬，首长这是干吗？赵冬全然不知，只好说："可能是新兵连快结束了，首长随便从花名册上点人搞些调查吧，碰巧点到你高小强了，去吧，没事的。"

高小强想让自己放松，可最后更是紧张，到了大队部门口立正喊报告。听到一声"进来"，高小强推门而入。还没等他看清屋里的人，只听有人说："把门关上！"

声音不大，但透露出威严，这让高小强由紧张转为害怕。他像听到口令做动作一样下意识地转身关上门，再转过来时就低着头，直盯自己的脚尖。

三位干部中，一位中校坐在办公桌前，一位少校和一位中尉坐在沙发上。高小强木木地站着，直到中校让他坐在椅子上时，高小强才轻手轻脚地走过去坐下来。高小强一坐下来，就发现自己处于很不妙的位置，这是一个他只会想到受审的位置。高小强直腰挺胸，两手放在膝上，眼睛没有按标准坐姿规定平视前方，而是将目光打在距自己一米左右的地上。

高小强万万没有想到，首长们来是调查他向马龙送手表的事的。

向高小强问话的是许志敏，没有过渡，直入主题。高小强想都没想，一口咬定自己没给马龙送手表。许志敏做他的工作，说和组织上说实话，组织上会保护你的；我们已经掌握了确凿证据，你不对组织上说实话，是要负责任的；等等。

高小强装作一副老实的样子，其实许志敏的话，他半句也没进耳朵。许志敏做了许多工作，软的硬的全用上了，高小强还是坚决否认送手表一事。许志敏最后说："你回去好好想想，想到了随时可以找我们！"

高小强得到允许离开大队部后，第一件事就是向赵冬通报情况。他对赵冬说的第一句是："赵班，这下我把马排害惨了！"

赵冬很不高兴："一只手表一千多块，这么大的事，你怎么不和我商量商量？"

高小强满脸委屈："这种事能和你汇报吗？"

"你说的也是，"赵冬又检讨起自己，"我说呢，那天马排突然戴了块高级手表，那么显眼，唉！我怎么就没问问他这表从哪儿来的呢？要那样，我动员他退给你，也就没今天这事了。"

高小强急了："班长，还是想想现在该怎么办吧！这事我不说，马排更不会说，咋就露了呢？"

"要是马排说了，领导就该表扬了，而不是现在的调查。当然，他要说早就说了，也不会等到今天。"赵冬一推高小强，"你想想吧，是不是你跟谁说漏嘴了？你这张嘴反正老管不好。"

经赵冬这一提醒，高小强像是想起了什么，但又不敢肯定。赵冬让他想到什么就说，兴许能找出些眉目。

高小强想起来，他曾和几个老乡吹他和马排的关系，好像稍稍提到了送手表的事。

他把这些说给赵冬听后，又说："我的老乡都是哥们儿，他们不会捅出去的！"

赵冬一撇嘴："嘁！老乡老乡，背后一枪。这种事我见多了。再说了，也可能是你的老乡像你一样一不小心和别人提过，有心的人记下了，在新兵连快结束时告的状。"

高小强说："对，是有人告的状，刚才那位中校说了，支队接到了人民来信，但他没说是谁写的，我要知道是谁这么没良心，我非和他没完！"

赵冬说："那中校是政治处副主任，我估计那人民来信也是匿名的。事情到了这一步，我们是没法救了，就看马排的造化了！"

马龙在接受调查时，很是惊讶，马龙没想到他们会调查，来得太突然，根本不给马龙梳理的时间，但马龙还是没让许志敏一行费什么周折，承认收了高小强的手表。不过，马龙声明，准确地说不是收，而是暂为保管，要是调查组不来，马龙这两天就准备把手表还给高小强的。

一向以稳重著称的许志敏一阵冷笑："马龙同志，你这种态度是不对的！暂为保管？上千块钱的东西，你不向大队汇报，也没给高小强收条，你把我们当三岁孩子了？"

马龙不卑不亢："事实就是如此，我没有必要向组织撒谎！"

许志敏一拍桌子："马龙，这是什么态度，各级早就有明文规定，严禁收受新兵礼物、侵占士兵利益，你置纪律于不顾，犯了严重错误，现在还不积极承认错误、认真反省，反而强词夺理。"

马龙依然冷静："我只能说，高小强之前送了两条烟我没收后，他的思想负担特别重，后来他送来手表，考虑到稳定他的情绪，我就假装收下了。至于别的，我没什么说的。"

马龙的态度让许志敏十分恼火，一个刚从警校毕业的排长，公然收战士这么重的礼物，本来在支队就绝无仅有。现在事情暴露了，马龙非但不深刻检讨，争取组织的从宽处理，反而往自己脸上贴金，将错误的行为美化为带兵之道。本来，支队党委出于关心年轻干部的成长，加上从各方面反映看，马龙在带骨干和新兵期间，做了大量卓有成效的工作，引进了一些超前的带兵理念，是个好苗子，如果马龙确有收手表一事，只要退还手表，在新兵连干部大会上做深刻检查，这事就算过去了。如今，马龙这样的态度，倒是让支队党委难做了。

许志敏不便对马龙明说，只能要求大队在不违反原则的前提下，从侧面做做马龙的工作。

两位大队干部在此前已经商量好了，新兵连总结时，给马龙上报记三等功。现在可好，三等功泡汤，搞不好还得受处分，算什么事嘛！

大队干部没少做马龙的工作，梁向民甚至暗示马龙："既然事情已经这样了，不管你出于什么目的，还是承认自己一时糊涂收了高小强的手表，现在认识到错误的严重性，只有好处，没有坏处。"马龙只一句话就把梁向民噎住了："大队长，连你也不相信我，那我说什么也白搭！"

马龙对支队调查组和大队干部三番五次找他谈话，而且翻来覆去就那些话，憋了一肚子气。新兵连的工作到了收尾阶段，当然也是最为关键的时刻，让我这个排长放着排里的大事小事不管，从早到晚，就是谈啊谈说啊说的。想要谈，等到新兵连结束了，兵们平安分到中队了，再找我也不迟嘛。到那时，你们爱怎么和我谈都成。在许志敏又一次找马龙时，马龙进门没待许志敏开口，就把怨气撒开了。马龙只说了不到五句话，就被怒不可遏的许志敏呵斥住了。许志敏不能不生气。这个小排长，犯了这么大的事，不好好反省，却跑来和他讲道理，还说什么稍后再调查处理，这脑子里装的什么嘛，一点组织纪律性都没有。

排长出了事，兵们一下蒙了，开始小小地乱起来。赵冬先是找另外两个班长谈了谈，主题是平常马龙这个排长对他们都不错，不管马龙这回的事错多大，身为班长要把本班的兵管好，不要出乱子。这是他们对马龙最好的关心，也是对兵们的关心，当然，他们是班长，这也是他们应该做的。两个班长虽然兵龄都比赵冬长一年，但见赵冬说得有理，再一想马龙确实为排里操了不少心，也就按赵冬的意见办了。兵们经班长教育，都规矩起来，比马龙天天管着他们时还本分。

十

由于马龙拒不承认收士兵礼物，更不深挖思想根源，没有改正错误的动机和行动，许志敏如实向支队提供了调查报告，并建议支队党委给予马龙严重警告处分一次。

这样一来，在新兵连结束的前一天，马龙的处分决定在新兵军人大会上宣布。只不过，支队党委最后下的是警告处分。许多人都私下议论，平常看马排长挺好的，工作认真负责、作风紧张、为人和气，还会些带兵的方法，没想到，他的手这么黑。

马龙所在排的兵，基本上都替自己的排长抱不平，但他们知道自己只是新兵，没有说话的地方，再说也说不出什么。他们的具体行动是责怪高小强，骂高小强不地道，害什么人不行，非要让排长受处分。高小强有嘴说不清，原来他不愿到一大队一中队这样的排头中队去的。一中队训练量太大，训练强度高，比其他中队苦多了。高小强被大家骂急了，就去找大队长，求大队长想办法把他分到一中队去。梁向民一听这话乐了，这事真蹊跷！这到底怎么回事啊！得，就让高小强去一大队一中队！梁向民不但和警务股打招呼将高小强调到一大队一中队，还和一大队教导员说就把高小强这个兵放在马龙排里。一大队教导员和梁向民关系不错，就问这是干什么，梁向民说："我也没理出个头绪来，只是觉得让高小强在马龙手下，或许是件有意思的事。只是觉得可能有意思，至于会有什么样的意思，我还不知道。"

支队上下，尤其是干部，都记住了马龙，记住了一个受贿而且不思悔改的排长马龙。许志敏更是重重记下了马龙这个新排长，记下了他与马龙的交锋。

马龙背上一个处分，心里很不好受。更让马龙不好受的是，认识和不认识的干部都用一种怪怪的眼光看他。倒是徐亚建还像以前那样和马龙走得近，处分决定宣布后，马龙怏怏地往排里走时，徐亚建十分不平地对马龙说："不就是一块表吗？小题大做，现在收块表还算什么事？"

新兵连分兵那天，各个中队来的干部，都没搭理马龙。也许，没有"手表事件"，他们也会不理马龙。一个新排长，中队干部多半不放在眼里，很少会主动打招呼。可能是马龙过于敏感了吧。

马龙开始还在篮球场与新兵告别，后来干脆窝进屋里不出来，只在窗户里边目送与自己生活了三个月的新兵背着背包、拎着皮包皮箱登车。马龙看到，排里的兵从车上伸出脑袋四处张望，脸上有焦急，有期待，有失望。兵们这是在找他们的排长呢！车子开动，车子开出营门的那一瞬间，兵们还在找他们的排长。兵们对着马龙的宿舍使劲地招手，有个兵甚至扒在车帮上。他们觉得马龙一定能看得到。

马龙的眼眶湿润了，心里就如同此时的新兵连大操场一样空空荡荡。

十一

马龙把高小强分在赵冬班里。没别的，他觉得高小强这样的兵，要管住带好，非赵冬不可。赵冬是第二年兵。第二年兵就能当上班长，是全支队不多见的。

马龙对赵冬说："用你管自己的方法管高小强，就行了！"

赵冬说："马排，一箭双雕，你这招够毒！"

马龙说："别瞎掰，我只知道不同的庄稼就得用不同的法子去种，比如选择土壤、时节、肥料等，各不相同，这带兵有时和种庄稼没什么两样！"

回到大队，没有人和马龙提过"手表事件"的只言片语，仿佛就不知道这事。这让马龙更加难受。他曾经想主动找中队干部谈一谈，可说什么呢，说自己并没有收手表，显然是越抹越黑，适得其反；向他们表决心，一定放下包袱，把今后的工作干好，那不是自己打自己嘴巴吗？思来想去，马龙放弃了。

和兵们一块儿训练好啊，可以了解兵们的思想动向、掌握兵们的训练质量，以自己的行动带动兵们的练兵热情。当然，更主要的是马龙训练起来，就能将种种不快驱赶得远远的。晚上熄灯哨一响，能倒头就睡，白天累得要死，晚上睡得香。这样，就不会翻来覆去睡不着，觉着漫漫长夜好难熬。

马龙所在的一支队是一支新组建的机动部队，任务是处置突发事件，属于全训单位。营区说是在郊区，其实离市中心并不远。武警部队历来以点多、线长、面广著称，大多是几十人的一个中队驻扎一方，像一支队这样上千人全住一个大院内的部队，并不太多。偌大的营区大院，只分为两大区域，一是机关，二是基层。更准确地说，机关和基层不在一个院子里，机关有机关的大门，三个大队另共用一个大门。机关大门由警通中队把守，三个大队的大门由三个大队轮流上哨。三个大队的三幢楼在营区的一侧一字排开，训练场和其他场地都是共用的。

马龙当战士时是在只有不到三十人的一个县中队，营区小，兵也少，去除后勤、上哨和出公差的，走上训练场的至多十来人，还够不上两个班。兵们再有训练热情，情绪也很难高涨。现在不同了。到了训练时分，营区内的各个训练场撒满了兵，摸爬滚打，呐喊声阵阵，十分壮观。马龙喜欢营区这种饱满的感觉，更沉醉于训练时的状态。马龙本来就喜欢训练，现在更需要用训练来排解心中的郁闷。

上了训练场，马龙既为组织指挥者，又常加入参训者的行列。发现兵们训练动作有不得要领的，马龙先是讲解，后是示范，结束语是"照我这样练"。其他时候，马龙轮流在三个班里参加训练，一切听班长的口令。每天，马龙都会集中排里的兵一起训练一会儿，组织指挥的是值班班长，马龙位于全排的排头兵位置。他的训练量从不会比兵们少，一节课是，一天是，一周还是。带头参训，可以激发兵们的训练热情；和兵们在训练场打成一片，可以零距离地掌握兵们的训练情况，从而总结出更多行之有效的训练方法。对兵们训练上的小窍门，他能一个不落地观察到。找兵请教，他就像新兵向老兵讨教一样。有些兵不好意思，嗫嗫嚅嚅张不开口，他就佯装生气脸一虎："你看不起我啊？"接下来，他软硬兼施非让兵说出个一二三。有的兵则相反，主动找到他，向他提训练建议，探讨训练中出现的问题。刚开始是班长、老兵，后来，有些新兵也加入其中。这中间，就有高小强。

　　高小强的脑子灵，在新兵连就露出端倪。训练、内务卫生，你看他好像出工不出力，可就比其他新兵入门快、进步大。来到一大队，他闲言碎语中都是训练苦啊累啊，上了训练场也不怎么卖劲，然而到了会操什么的，他在所有新兵中成绩还是最好的。他只要把动作练到家或者自认为训练量达到了，剩下的时间就胡混。马龙看出高小强的鬼头精，可一时还不好说什么。

高小强在马龙面前随便得很，但骨子里还是有些怕马龙的。"马排，我向你汇报汇报训练方面的事儿！"他说完这话，递上一支烟给马龙。见马龙接过去了，他又点上火。马龙笑眯眯地抽着烟："嗯，说吧！"

这下高小强的胆才真正壮了："现在什么都讲效率，我们的训练也得讲效率，我们得注重投入和产出的比例。要我说，只要训练达到要求，就别再耗在训练场上。还有，那种大家苦也吃了、汗也流了，到头来训练上没什么起色的事，太亏本！不划算！"

马龙回应道："有道理，我也正琢磨这事呢，被你一点，我开窍了。不过，我觉得你好像把训练和做生意这两个不相干的事掺和到一块儿去了。"

高小强笑了笑："可能吧，我爸是做生意的，我妈也是做生意的。"

这回马龙笑了："那你怎么不去做生意，来当兵干吗？"

"我是想做生意的，可我爸说我还是先出去长长见识锻炼锻炼。其实，他这是蒙我，他是管不住我，也没时间管，让部队好好管管我！到了部队，我想，来就来了呗，开始想混，到了你手下时间不长，就觉得这兵当起来怪有意思的。我这人吧，讲的就是你来我往。你对我这么好，我得当个好兵才行啊！马排，我知道你现在这样拼命地干，是为了夺回因处分而受的损失。唉，都怪我不争气！"

马龙朝他胸脯砸了一拳，又用大拇指戳戳自己的鼻子："我是那样的人吗？区区一个处分，我还是扛得住的！"

十二

中队长于俊在正连的位置上已经干了五年多，现在正闹着转业。说是闹，其实也不算，他只是从今年年初开始，每两个月向大队和支队各交一份转业报告。时间都是双月的最后一天。每到这一天，他先到大队部找教导员，什么话也不说，放下报告就走。到支队政委那儿，也是如此。交报告前几天，他一下子变得心事重重的，走起路来特别慢，见到谁，都是沉着脸不说话。而交上报告后的几天里，他情绪明显好得多。有人说，他是以交报告的形式向上级提出无声抗议，从而达到让上级给他提一职的目的。

赵冬常和马龙说些于俊的事，这也让马龙知道了于俊的许多事。于俊在训练上很有一套，当战士是训练尖子，当了干部带出的兵嗷嗷叫，只要比武，冠军准是他的。只是他有个毛病，遇着谁都不服气。他的训练方法确实有独到之处，但也正因为如此，他看不惯其他人的训练方法。大队长周亮也是训练方面的行家里手，可于俊就爱和他较劲。

大队长周亮的情况，马龙了解一些。周亮当兵时军事能力响当当，从排长到现在的大队长，都是吃的军事这碗饭。他个儿不高，入伍时在身高方面勉强过关。除了个儿，其他方面，他颇有军事干部的做派，说话嗓门大、作风硬朗，大大咧咧中透着一股豪爽劲儿。在骨干集训时，赵冬就和马龙说过周亮，还称周亮有两大特点。一是对下属、对兵们豪气盖天，但从不敢在老婆面前吸烟，回家前一准刷牙，早上一到部队，先是猛抽两支烟再干别的。二是对家门口的干部特别关照，在他们面前，他没有威风相。当时，马龙责怪赵冬胡言乱语，对领导不够尊重。赵冬说他是实事求是，实话实说。马龙心想，真要如赵冬说的那样，他这个没什么背景的农村娃准没什么好日子过。转念一想，也不尽然，他把自己的工作做好，人家也不会胡乱找他的麻烦。

开始，周亮提出的训练措施，于俊从不放在心里，还是照着自己的法子训练兵们。周亮当然知道这事，但见于俊确实把部队带得不错，虽然心里不畅快，但也不好说什么。可是，后来于俊和他从暗地里抵触发展到明刀明枪的对抗。他在什么样的场合，都会对周亮的那些训练方法进行肆无忌惮的奚落。在大队的训练会议上，他当着周亮的面，指责周亮训练思路陈旧、训练方法老套，只是以权力来野蛮地推行自己中听不中用的花招数。这把周亮惹火了，当着全大队干部的面指着于俊的鼻子大骂。周亮骂得越起劲，于俊脸上的笑容越多，弄得周亮的那激愤之语似乎倒成了他于俊绽放笑意的催化剂。会后第二天，周亮找于俊谈过一次话，但谁也不知道他们谈了些什么。这以后，他们俩人的关系又回到了从前，好像那次会议上的事根本没发生过。大队的官兵可不这么想，总觉得周亮和于俊之间会发生更大的冲突，表面的融洽只是表面。大家的看法是，周亮和于俊不可能再相处得好，渐渐地，大队营区里时不时传出些小道消息，都是些周于二人出现新矛盾的细节。再渐渐地，周于二人真的越来越疏远，最后形成水火不容的态势。从那时到现在，已经两年了。现在的情况是，周亮时不时会在干部大会上、在私下场合，拿于俊说事儿，在他的嘴里，于俊一无是处。于俊变了，沉默了，中队的日常工作，他照参加不误，兵们训练他也到场，但什么事都不问不管了，一切全交给了副中队长。副中队长以副代正乐得自在，全然是以中队长的架势在开展工作。连里甭管开什么会，于俊都是坐在那儿面无表情地抽烟。每次指导员都会极为尊重地请他讲话，他眼睛一扫副中队长，意思是还是副中队长说吧。

赵冬这兵好像什么事都知道，什么事都懂。他见马龙对于俊的事尤其感兴趣，就提醒马龙："我说马排啊，对于中队长，你可以敬佩，也可以同情，你什么都可以做，但绝对不能和他太亲近。现在我们大队的状况是，谁与于中队长走得近，大队长就对他横挑鼻子竖挑眼，没个好。"

马龙说："他们俩人的事，有些蹊跷，也许他们都陷入了一个怪圈，需要一个中间人给他们沟通一下。"

赵冬惊讶地看着马龙："马排，你没搞错吧？别人想躲还躲不过来呢，你倒好，哪根神经活动了，想去沾这种事？到时，可别怪我没提醒你，这事，你还是躲得远远的好！"

说实话，马龙也为自己的这一想法感到后怕。他是什么呀，一个小排长，而且是犯过错误受过处分的小排长。

可马龙还是与于俊扯上了关系。马龙因为在搞攀登训练时摔了下来，倒没受什么大伤，只是脚脖子扭了，肿得像个大馒头。这天，马龙只得待在宿舍里。也不知什么时候，于俊进来了。这是马龙与于俊第一次单独在一起，显得有些不知所措。于俊露出少有的微笑："伤得不重吧？你啊，现在是排长了，别总顾着自己练，应该多花些时间调教手下的兵才行。排长的素质高固然好，但兵们个个比你强，那才是带兵能力的体现。还有啊，训练只是用于军事的，想用训练调节自己的心情，并不明智。"

于俊说这些话时，手一直在马龙肿的地方揉。马龙感觉火辣辣的，但又觉得挺舒服。

说完这些话，于俊走了。他话中有话啊，马龙开始细细揣摩起来。几天下来，马龙把他的话想透了，就开始有心留意他，并渐渐有了与他进一步接触的想法。

终于有一天，马龙走进于俊的宿舍。那是一个晚上，部队熄灯了，马龙怎么也睡不着，稀里糊涂就去了他的房间。三排在三楼，于俊住在四楼，是楼梯东的第一个房间。马龙不知道自己怎么上楼的，但知道自己没喊报告也没敲门。屋的门虚掩着，好像随时等着人来。于俊正在地上练俯卧撑，练得满头大汗。马龙刚推开门，他头都没抬："你来了？进来吧，等会儿，我还有二十个就好了。"马龙没细想他这话的意思，忙着悄悄打量他的房间。指导员的房间他去过，中队长这儿他可是头一回来。部队正规化管理，中队干部宿舍的设置，有统一的规定。要说于俊这儿与指导员那儿有什么不同的话，就是多了一副拳击手套。

于俊做完动作起来用毛巾擦了擦汗，就坐在床头："站着干吗？坐啊。"他坐在床边，马龙只好坐在他写字台前的椅子上了。这样的坐法，倒好像是马龙在找于俊谈话，这让马龙紧张的心情放松了许多，一下子拉近了与他的距离。马龙相信，这是于俊有意为之的。

"现在很少有人来我的房间，你来一定是有事吧？"于俊的语气很平和，但目光中透出狡黠，"怎么，你不怕？"

马龙尴尬地说："这有什么怕的？再说来都来了，怕也没用了。"

于俊手掌一拍大腿："好家伙，你果然有个性，不错，不错啊！我喜欢，我欣赏你。"

下到中队这么久，马龙还是第一次与于俊离这么近说话。但他的笑容、他说话的语气，让马龙一下子放松下来。马龙突然间觉得，他并没有人们说的那样难以相处，相反，他的随和让马龙感到亲切。

这天晚上，马龙在于俊房间里待了两个多小时。马龙基本是一个忠实的听众，听他讲带兵的方法、分析马龙管理和组织训练的得与失。这时马龙才意识到，原来于俊看似对什么都不关心了，对什么都不闻不问了，其实他时时处处密切关注着中队的一切。听他说话时，马龙总有些走神。这样一个对部队有深厚感情、对带兵有极大兴趣的人，和大队长周亮都是同一类人，怎么就走不到一块儿呢？马龙在想，他们之间到底是怎么回事？

十三

说起来，在大队的九个排长中，马龙的素质还是冒尖的，只有徐亚建比马龙略胜一筹。别人都说马龙的素质是排长中最好的，可马龙还是觉得徐亚建比他强。

在教导队集训预提班长时，马龙就见识了徐亚建的过人之处，那时马龙就觉得他跟徐亚建相差一大截。回到大队几个月下来，马龙又发现他与徐亚建之间的这一大截的距离又拉长了许多。

马龙和赵冬说起徐亚建，赵冬不以为然："马排，你这是太过敏，你们俩哪有你说的那差距，还一大截呢？要我说，你比他缺的只是老练和名气。人家徐亚建是土生土长的，从战士到干部，一路攒出了现在的形象。你呢？一个外来户，有几个人了解你的过去，再说，你这人好像又不爱说你自己的过去，反正我是没怎么听到！"

马龙说："可不能这么说，我的确有许多地方要向徐排学习！"

赵冬乐了："马排，要说学习，恐怕是徐排常向你学习吧。别人不知道，我还不知道啊。"

赵冬这个兵看起来有些稀拉、油腔滑调的，可他分析问题总有自己独到的见解，常常透过现象看本质。几个月下来，马龙与他的关系处得出奇地好，赵冬是马龙贴心的参谋助手，很多事，马龙都会听他的建议。当然，有些事，马龙是不会和他商量的。他这个班长当得不错，而且抱负很大，说以后至少搞个总队长当当。马龙说："你还是先把警校考上吧。"这小子牛气冲天："考警校，小菜，我想上一准上。马排，你就等着为我庆祝吧！"

赵冬说得不错。在新兵连时，马龙和徐亚建常在一块儿，回到大队后，天天能见上面，一周至少要聚在一起说儿话，许多时候都是徐亚建找马龙，要么就是派个兵来叫。只要是兵来传话，徐亚建一准在他排的菜地等马龙。徐亚建特别爱往菜地跑，有时马龙都搞不清种菜和训练他徐亚建更钟爱哪一个。马龙本以为，对于种菜这些农活，他马龙绝对是个行家里手，可和徐亚建一比，又感觉逊色了许多。在菜地里，徐亚建身着迷彩服，身影里写满兵味儿，可他的动作和眼神活脱一个深谙农事、专于农活的老农。就这样，马龙眼里的徐亚建总是游离于军人与农民之间。

马龙和徐亚建在菜地里一边聊天，一边拔拔草、松松土、浇浇水。不知为什么，这时候马龙感觉特别好。马龙总觉得，在营区里，这样的聊天方式是最自然、最舒坦的。

徐亚建主动约马龙时，都是有事要问马龙，而且一般都是有关训练和管理方面的。看得出，他十分关注马龙和手下兵们的一举一动，马龙这边刚有点动作，过上三两天，徐亚建就会向马龙问个所以然。马龙把高小强的建议仔细分析了一番后，在排里搞起"单位时间"训练法。刚实施了两天，徐亚建就让马龙给他好好讲讲"单位时间"训练法的目的和组织实施办法。

还像以前那样，他们是在菜地就训练方法进行探讨的。徐亚建听得很认真，就连把油菜当作杂草拔出好几棵都没察觉。

"马排，听你说起来简单，可我就想不到，你这么细细说了，我还是没理出个思路。"徐亚建这才发现手里拔出的是油菜而不是杂草，"瞧我，你瞧我，连菜和草都分不清了。"

马龙说："都是我不好，瞎说八道，让你们排损失了好几棵油菜。"

"没事，待会儿我送到炊事班去，没事的！"徐亚建把油菜从草堆里挑出来放在一旁，"平常只见你和兵们玩得欢，嘻嘻哈哈的，可兵们该怕你时还怕你，一点乱子也不出，说说你的门道吧！"

徐亚建这人直肠子，不喜欢别人和他来虚的，这一说，马龙就说开了："对于管理，我的理论是先管后理，管为重。什么叫管？就是让你做什么，不让你做什么，在这方面，我从不含糊，把排长的那点小权发挥到极致。我的方法很简单，重点抓班长，由班长去抓各自的兵。要是哪个兵因为犯了错进入我的视线，这兵就有大麻烦了，搞得兵们一切只想在班长这儿得到解决，严防被我瞄上。班长有了权力、有了责任感，做起班里的工作也是劲头十足。业余生活时，我来了个一百八十度大转弯，由严厉的排长变成大男孩，变得迅速而彻底。工作的时候，兵们如若不把我当排长看，哪怕就是那么一丝丝的表示，我也不会放过。可到了生活中，兵们要是老惦记我的排长身份，我同样大为不快。兵们对于我要求他们在生活中绝对以哥们儿的姿态相处，十分地欢迎。其实吧，说来说去，就是八个字，'文武之道，一张一弛'，没什么大门道。"

徐亚建叹了口气："你说的理儿我全懂，可我就是不知道怎么做。"

"徐排，你这话就不中听了，你身上的优点够我学上好几年呢！"

"都是兄弟，一家人不说两家话，我那两把刷子过时了！"

"其实我也不咋样，倒是近段时间我们于中队长指点了我不少。"

"是啊，现在全大队的人都知道于中队长对你特别关心，好像还因为关心你，于中队长也不像以前那样不问事了。"

　　这一天，马龙吃过晚饭，和排里的兵打起篮球来。打到正过瘾的时候，大队通信员急匆匆地跑来："马排长，马排长，大队长找你！叫你现在就去。"

　　马龙从球场上下来，顾不上擦擦洗洗，一路急奔到了周亮的办公室。周亮正在把玩手上的烟，烟是"红塔山"，硬盒的。马龙立得笔直，就如同在拔军姿。周亮的眼睛还缠在指间的烟上："知道我找你干什么吗？"马龙如实回答："不知道！"周亮吸了一口烟，吐出漂亮的烟圈："我只有在两种情况下才找下级谈话，一种是好事，一种是坏事。找你，是坏事。今天，我代表大队党委和你谈话，主要是指出你存在的三点问题。一是不能与兵们同训练同娱乐，离兵现象特别严重；二是不尊敬上级，与同级干部搞不好团结，群众基础太差；三是执行命令不严肃，常有不服从指挥的时候。你这个新排长怎么这么多毛病呢？年轻人啊，还是踏踏实实地做点事。好了，我就和你谈这么多，你回去吧！"

　　马龙刚刚还一身燥热，现在却是透心凉。周亮给马龙提出的三个缺点，个个都能让马龙脱军装走人，就更别提什么成长进步了。瞧他那口气，这可是大队党委的意思。

　　赵冬像是嗅到了味道："排长，大队长找你了？"马龙没有瞒他："是啊，怎么了？"赵冬从烟盒里弹给马龙一支烟："要我说，你这人太老实，那大队长是什么人你又不是不知道，你光低头干活，捞不到什么好处的！还有哇，要我说，不是周大队对你的工作有看法，数落你的那些问题也只是莫须有，关键是你这些日子与于中队长走得太近了。"马龙只是狠狠地抽烟，没理他。马龙当然知道周亮给他列的三大罪状都是不着边际的，相反，在这三方面，他恰恰是大队所有排长中做得最好的。现在，他能够安慰的，只有周亮说的让他"踏踏实实地做点事"那句话。可能他这个新排长在大队太冒尖了，让一些人不舒服，周亮是在以另一种方式告诫他。他除了这样想，也没别的招。

十四

人在背运时，有时反而能静下心来想一些事和人。挨了周亮的猛批，马龙的心情就如同忙了一季的农民颗粒无收般糟糕。这时，他想到梁向民。离开教导队这么久，他们没有联系过一次。他想梁向民，还因为他刚得到消息，半年的干部调整，没波及参谋长。也就是说，梁向民未能如期走上参谋长的位置。他想，梁向民现在的心情也不会比他好到哪里去。想到这儿，他产生了特别想到教导队见见梁向民的冲动。他打电话给梁向民，告诉他想去看他的想法。"好小子，还能想到我。行啊，来吧，我打电话给你们大队，让他们用车送你来。"他听得出来，梁向民高兴的话音中夹杂着掩饰不住的忧愁。只是，很淡很淡。

车子出了营门穿过市区进郊区，绿色的玉米、金黄的稻子如潮水向马龙涌来。不知为什么，马龙却在想，要是把部队拉到这田地里打战术多有诗意啊。

到教导队是上午十点左右，空空荡荡的教导队虽太阳高照，还是显得冷清。马龙进了梁向民的房间，梁向民正在看书，见到马龙他把书往床上一扔："走，我们钓鱼去，中午请你吃鱼。"在马龙帮梁向民带门时，他发现屋里有个小水缸，里面游着不少鱼。

水库离营区有半小时的路程，一条弯弯的小路卧在庄稼地里。走在这条小路上，马龙大口吞吸着熟悉的味道。走在他前面的梁向民头戴迷彩帽，脚蹬高帮迷彩鞋，一身迷彩服，鱼竿斜在肩上，怎么看他都像是去打仗而非钓鱼的。

他们到了水库边，梁向民在树下的一块石头上坐下："自己找地吧，不过别离我太远。告诉你，你可是第一个陪我钓鱼的人哟。以前至多是我陪首长钓鱼，说是陪，其实我是不钓的。"

马龙本以为梁向民会和他好好说说话的，可是没有。撒鱼食，装鱼饵，抛鱼竿，然后，他就静静地守着。半小时下来，他一句话也没和马龙说。还有就是，这半小时没一条鱼咬钩。

马龙终于忍不住了："梁大队，这时候没鱼啊！"

梁向民提了提鱼竿："水库里的鱼多着呢！等你坐上两小时再说吧！"

没办法，继续干坐吧。

两小时下来，一条鱼也没钓到。梁向民心满意足地收起竿："走，回去，我亲自下厨做鱼给你吃！"

在回来的路上，马龙说："梁大队，你知道这会儿钓不到鱼吧？"

梁向民说："谁规定钓鱼非要钓到鱼的呀？想吃鱼，我那口缸里养着不少呢！"

梁向民的厨艺还真行，红烧鱼、清蒸鱼、炖鱼汤，色香味俱全，居然还是马龙的家乡味，不是他梁向民家乡的湖北风味。

他们是在梁向民房间吃的，就他们两人。桌子上有六瓶啤酒，梁向民面前三瓶，马龙面前三瓶。

马龙吃了两口鱼："梁大队，你做的鱼挺地道嘛！看来，你喜欢上我们这儿的菜了！"

梁向民一笑："不是喜欢，而是习惯了。只是菜味好适应，有些事是没法适应的，或者很难适应。对了，和我说说你当排长的事。"

马龙就把他在一大队当排长的经历拣主要的和梁向民说了说，当然，挫折是他重点渲染的。他絮絮叨叨两支烟的工夫，与其说是在诉说，还不如说是在发泄。梁向民听得特别投入，这让他很舒服。

梁向民直视马龙的眼睛："要我说，你是个好苗子，好苗子就得多磨炼，就像摔倒功，没有个千摔百练，不摔掉几层皮，甭想让倒功炉火纯青。这人哪，就得把自己当作压进枪膛的子弹，随时接受撞击，有了打击才能飞向目标……"

梁向民说的话，马龙没全听懂，但他还是煞有介事地点头附和，似乎他已完全参透一样。

马龙头发晕，搞不清是因为酒喝多了还是脑袋上下点多了。

他们每人面前有了两只空酒瓶时，梁向民的兴致更高："你马龙是个怪人，到现在我也没把你摸透。你有文化、有思想、有许多现代的东西，可你骨子里还是农村里的东西多，只不过不太明显，可以说是隐性的吧。这么说吧，乡村养育了你，学校和部队的教育成长了你，你可以改变你身上的许多东西，只是你清不去你血液里的成分……对了，我得和你说一句，你们周大队长可是很欣赏你的，不过，他不让我对你说，没办法，今天酒喝多了，我也高兴，说就说了吧。我相信你会很好地把握自己的，要是连这点事都处理不好，你日后也成不了大器。"

梁向民的语气一直很平和，平和得让马龙觉着他像进入射击状态的射手，又好似还没能从钓鱼的心境中走出。

马龙想，自己是真晕了，要不然怎么会越听越迷糊呢？还有一点迷糊的就是，直到他回到一中队才想起自己和梁向民说的话不少，可就没探听梁向民没如愿当上参谋长的事到底是什么想法。梁向民的话多，但也丝毫没提及这事，就连表情上也没有显露一丝一毫。他是不是也犯迷糊了？

十五

在全支队所有的排长中，马龙关注得最多的是凌智文。凌智文的父亲在省委某个处当处长，母亲则为市政府的办事员，再加上他的那些同学、朋友什么的，这使得他在这座城市里有一张四通八达的关系网。大队，甚至是支队的一些公事和大大小小的领导的一些私事，常常要让他去跑一跑。

他本来是在市支队的，和马龙一样，从警校毕业后调到了一支队。原因很简单，一支队这样的机动支队，与外界接触更多。支队的本意是让他到机关的，可他一门心思要到最基层，说自己得在部队第一线好好锻炼，最起码也得干到大队长再上机关。大家心里都明白，对他而言，机关和基层没什么区别，享有的自由是等同的。更何况，有了在基层工作的资历，再步入机关前途更美好。由此可见，这家伙贼精。

马龙关注他，是因为他的灵巧劲儿。在营区这条河里，他是一条鱼，在哪儿都能畅流。他能和兵们玩到一块儿，和领导也打得火热。一个排长与兵们称兄道弟不是难事，但与各级领导保持良好的关系，得有点真功夫。在大队，凌智文的牌场最多，和兵们打，更与大队干部打。大队长有相对固定的牌友，教导员的牌场也有几个常客，能经常在一起打牌的，私人关系自然非同一般。与大队长关系铁的，一般与教导员就差，因而很少能与教导员成为牌友。这里面的关系不好处理，也很敏感。没人这么说，可大家都通晓其理，落实在行动。

这些人中，凌智文是个例外。在任何一个牌场中，凌智文都是圈中人，可以在一个又一个本不相通的圈子间自由穿越。大队干部的牌友多为中队级干部，还是正职，副职都挤不进来，更甭说小小的排长了。怪了，大队长、教导员都爱喊上凌智文。似乎凡与凌智文处得好的，就等于拿到了进入这座城市的通行证。这是许多人的共识，凌智文本人对此也颇为得意。当干部的，大多数都想转业后能在这座城市有一席之地；那些家属已经随军的干部，家里大大小小的事，有个说话有点分量的本地人关照，总是件好事。按马龙的分析，这是凌智文在营区吃得开的关键所在。

说凌智文是营区里的一道风景，这话有点俗，俗得能让人反胃，但又是最贴切的。如果非要换一种说法，那么凌智文就是这座城市在营区的代言人。他像电视里的天气预报播音员一样，能将城市里的新时尚、新潮流在第一时间带进营区，成为兵们茶余饭后的谈资和一些干部的生活风向标。他对这座城市文化的了解，就如同马龙对乡村民俗的体验一样深入而细腻；他对大街小巷的熟稔，与马龙对家乡田埂的烂熟一个样。马龙对家乡风情和每个角落、每条小路的无所不知，只能作为他走进故乡记忆的桥梁。凌智文就不同了。遇到了在市区里执行任务，他总能以向导身份出现，为完成任务提供不可或缺的保障。三大队每年来新兵，都是由他上台介绍城市方方面面的情况，活脱一个城市通。他讲得确实有滋有味，新兵们个个听得止不住咽口水。

凌智文既然是一条鱼，那么从三中队游到一中队来，也是常有的事。这又是一个特例。一个大队三个中队的干部，有些来往，小排长之间交往不会太多，更不可能经常去串门。这是营区不成文的规定之一。虽不成文，却比那些白纸黑字的规定还有效力。部队就是这样，约定俗成的条条框框，往往威力无限，杀伤力极强。在连以下干部中，似乎唯独凌智文心中眼里没有队与队的界限，什么地方，他都可以自由出入。最让马龙眼热的是他进大队长、教导员的办公室，根本不需要规规矩矩立正报告，总是旁若无人地长驱直入。其实，进大队长、教导员的办公室，对于马龙这样的小排长机会少得可怜。马龙到一大队半年多，教导员办公室没去过，大队长周亮那儿去过一回，就是挨批的那次。

马龙回到一大队后，几乎天天可以见到凌智文，每次见到他，马龙都远远地就和他打招呼。他有时会和马龙笑笑或搭个腔，有时似乎没看见，马龙愿意这样认为，也只能这么认为。

大队的工作年初都有计划，除了特殊情况，一般不会变动。可在半年总结时，大队却突然宣布，11月份大队要举行一次军事大比武。这让所有人都大感意外。这大比武，只有支队三年才搞一次，大队的各中队之间也只是以会操的形式比试比试，就是军事比武，也是临时动议，不会给各单位过多的准备时间，顶多一周的热身。这回倒好，提前三个月通知，从气势到内容，全是支队大比武的翻版。所有人心里都有问号，但又没有心思去想这到底是为什么。这次大比武，是全员性的，只是到比武前一天，大队才随机抽取比武人员，在每个中队的各个排中各抽一个班。这下可好，从兵到班长，从排长到中队干部，人人都不得不为荣誉而战。比武的时间选得也有意味。比武一结束，就是年终总结、老兵退伍，然后就是干部调整和晋升。也就是说，比武的成绩，对每一个参加比武的人都意义重大。

这不，于俊终于闲不住了。他的转业报告照交不误，可人重新回到了训练场。他在备战大比武动员大会上说："我这人不指望在大比武中得个冠军然后提一职，今年年底我转业是铁定的事，但我在这个中队，就不能让别的中队在比武上盖过我们。"

第二天起，于俊就天天穿着训练服和兵们在训练场摸爬滚打。每天，于俊都要召集排长和班长开会，分析一天的训练情况，改进训练方法。中队的老兵说："我们的于中队长又回来了！"就连指导员也不得不承认，于中队长真是好样的。

于俊到三排最多，用他的话说，我们中队也就是三排的三个班可以，其他的，上了比武场也只是陪人家玩玩。马龙不想于俊在全中队面前表现得对他过于偏爱，让于俊多到另外两个排去走走，于俊不说话，只是笑。马龙看得出，他的笑有些诡秘，这里头一定有名堂，可不知道暗藏了什么样的玄机。赵冬对马龙说："于中队长最知周大队长的心事，怎么说来着？一个人最了解的不是自己，而是对手。你就瞧好吧，于中队长老往我们排里跑，一定是嗅着了什么。"

三个中队的干部和兵们全动起来了，都想在比武场上所向披靡。周亮经常会到训练场转转，指点指点。他去二中队的次数最多，待的时间最长，有时还会亲自帮着二中队训练，尤其是去张文武排里的次数多。他一会儿亲自给兵们纠正动作，一会儿又把张文武拽到一边比画着传授经验。一旁的二中队队长脸上乐开了花，就好像陡然间被提了一级似的。远处的凌智文，时常会傻傻地注视着，那目光中有无数的不解和渴望。业余时间，凌智文去周亮那儿的次数明显增多，大家都说凌排长一定是私下恳求周大队长多帮帮他的排，可周亮还是一如既往地把

精力多用在张文武的排。

　　周亮基本上不到一中队的场地来，有时经过一中队训练的地方，也是目不斜视地迅速走过。时间长了，全大队的人都看出来周大队长一点不关心一中队的训练。至于为什么，当然说什么的都有，有的说周大队长不希望一中队胜，有的说周大队长对一中队不抱任何希望，有的说周大队长是在调教二、三中队，到时把一中队打得一败涂地，让于俊好好瞧瞧他周大队长的厉害，他周大队长是要回到中队长的身份与于俊较量一次。

十六

虽说马龙在省城当了两年多的兵，但对这座城市他还真不太了解。当战士那会儿，倒是经常能上街转转，但总觉得自己是浮在城市上空的尘土。一身警服，在觉得自己神气的同时还是别扭，别扭来自那些同龄人的目光。一人当兵，全家光荣，那是在他家乡，到了这样的大城市，军人走在大街上就是另类。即便没有这盾牌，口袋里那点津贴费也让你没底气。现在，他是干部了，可以着便装外出了，只要他不开口，人家很可能不知道他是外地人，这让他心里有少许的踏实和自信。把一个月的工资揣在兜里，他可以不花一分钱，但腰杆挺直了。他想得更多的是，要尽快由外到里了解这座城市，要为以后在这座城市生活进行战略和战术上的准备。提干这么久，他到市里去过不少次，有执行任务的，也有特意请假去的。执行任务时，没有玩的份儿；请假外出，最多的一次才是半天。这些日子训练太紧张，他决定请一天的假，在城里好好转转，细细感受一番这个城市，也算是一次放松吧。

这天早上，马龙走在通往营门的大路上，一辆从他身后驶来的车嘎地停在他身边："哟，马排啊，怎么，出去玩玩？"

和马龙说话的是坐在副驾驶上的凌智文，车是什么牌子马龙看不懂，但他知道这是辆好车。凌智文和马龙一样，一身休闲装扮，只不过他穿的是名牌，马龙身上没件名牌，款式和质量倒还过得去。凌智文回家或外出办事，都有车接送，有时是支队或大队的车，有时是地方的车。不像其他排长，部队的车坐不上，好不容易蹭上一次，对驾驶员递烟赔笑，驾驶员仍把他们当新兵看；地方的车他们更别想，他们只能是骑自行车或坐公交车。在这个城市里，马龙没有朋友，除了偶尔有老中队的战友来看看他，别的根本没人找他。凌智文就不同了，几乎天天有地方上的人来找他。来的人都是坐轿车的，好像还都是好车。这个城市是他的家，营区也是他家的一部分。

马龙还是与车保持着原有的距离："凌排长，你好，回家吗？"

"回家？回家多没劲，几个朋友约我出去玩玩，"凌智文转身打开后门，"车上还有个空座，来，来，上车，我捎你一段。"

马龙摆摆手："谢了，门口就有公交车，你先走吧！"

凌智文笑笑招招手："都是兄弟，别见外，车上刚好还有个空座，上来吧！"

话说到这份儿上，马龙只得上车。车里烟雾缭绕，大家都在抽烟。马龙悄悄摸了摸口袋里的烟，还是忍住没掏出来。他要抽烟就得给大家发一支，可他的烟跟他们的比太差，拿不出手。光是自己抽，也不行，那太没礼貌了。

马龙没想到，他上了车就失去了一个人到处转转的自由。这一天，凌智文一直让马龙跟他们一起玩。虽然马龙觉得有些别扭，但还是很乐意的。马龙不知道凌智文是不是有意带着他开眼界的，反正，这一天，他们去了许多地方，不，应该说进了许多地方的内部。这些地方，马龙以前只是在外面瞟一眼后匆匆而过。凌智文说："马排，今天让你走入城市的内部，当然，这还只是冰山一角，以后你会发现这个城市有意思的地方太多太多。"马龙不得不承认，就是凌智文说的"冰山一角"，已让他觉得他就是一个农民。城市，对于他来说，是一个陌生而奇妙的世界。面对它，他是那样的无知和可笑。好在，凌智文并没有嘲笑他。应该说，马龙还是挺聪明的。比如吃饭的时候，对那些不知如何下手的菜，他总是先按兵不动，不露声色地观察凌智文他们的动作和程序，然后才开始自己的操练。比如中午吃到一半，服务员给每人上一碗汤。这汤用料很简单，就是一碗清水，上面漂了几根青菜。当时，酒烧得马龙口干舌燥，他真想一咕噜全灌下去。一桌这么好的菜，上这样的汤似乎不合拍。有了这样的心眼儿，他克制住冲动。后来，他十分庆幸自己的这份克制。因为这碗汤不是喝的，而是用来洗手的。凌智文的热情和友好，让马龙忘记了对他的种种看法。是的，这一天，他们当然少不了喝酒。中午一场，晚上一场，这两场都是凌智文请的客，按凌智文的说法，都是数一数二的档次。马龙对是什么样的档次没有准确的判断，只知道两个饭店的装修十分豪华，两桌酒菜都是他前所未见的，除了在电视里看过，从未在书本上读过。马龙没有多喝酒，凌智文也没劝他多喝，这使他更高兴。他在与凌智文感觉越来越近时，也意识到他对这个城市愈加陌生。

晚饭连吃带喝持续了将近三个小时，从饭店出来，他们又来到一家酒吧。从凌智文与他人的谈话中，马龙听出这酒吧是凌智文的一个好朋友开的。屋里光线很暗，每个桌子上都点着小蜡烛。蜡烛浮在碗里的水面上，跳跃着温馨的光芒。吧台后的酒柜里摆满五花八门的酒，都是些马龙不认识的洋酒。倒挂着的高脚酒杯，闪烁着诱人的星光。坐在宽宽的条凳上，双手撑在厚实的木桌上，看着幽红的酒色、嗅着淡淡的酒香，耳边飘来悠悠的音乐，马龙一下子恍惚了，我是谁？我在哪里？马龙好几次以为在老家的院子里，坐在祖传的红木条凳上，双手撑在红木桌子上遥望天空的星星。酒是好酒，可他喝得不舒服，酸酸的，好像还有些涩嘴，但他还得有滋有味地轻酌细抿。让他很不舒服的还有凌智文的一番话。在此刻之前的一天里，凌智文和他说了许多话。凌智文如同一个导游，如同老兵带着新兵头回上街，让马龙走入了城市内部，让他为了真正了解这座城市迈出了第一步。这一步虽然不大，但对马龙有着开创性的意义。此刻不同，凌智文的话与这酒一个样。

凌智文把玩着酒杯："你觉着到了一中队怎么样？"

"还行吧！"酒弄得马龙浑身都有些难受，但还是表现出十分满意的样子。

"别蒙我了，你到中队没多久，周大队长找你谈话的事儿，我又不是不知道，只不过我没说。"

马龙心里一颤，杯中的酒微微抖动。自被周亮批评后，除了赵冬，这还是第一次有人和马龙谈起这个话题。马龙曾经与教导员有一次短暂的试探性谈话，结果是他并不知晓情况。现在，凌智文自信并略显得意的表情告诉马龙，他对这鲜为人知的谈话了如指掌。马龙只好点点头。

"也没什么，可能你对周大队长这个人还不了解，其实他这人挺够意思的。对了，还有你们指导员和我也是好哥们儿。"凌智文眼睛一直盯着酒杯，酒杯在他手中缓缓地转动，"领导也是人嘛，看问题难免有些偏好！再告诉你吧，别看我和周大队长来往算是密切，可他这人我还真是看不透。就说他和于俊吧，在别人面前，他都挑这毛病那缺点，可和我说的全是于俊的好话，听他那口气，好像还对于俊佩服得要死。"

凌智文说到这儿，突然捂住嘴，神情紧张起来："嗨，我刚才可什么也没说，你得替我保密，不能泄露半个字，要不然周大队长非把我活剥了不可。"

中队长于俊和指导员关系不是那么融洽，这马龙早就看出来了。中队两位副职和两个排长对两位主官有完全不同的看法，意味着他们与主官的亲疏程度。从马龙下中队的那天起，他们就在竭力把他们的立场向马龙渗透，发展到最后，指导员也多次向马龙暗示应选择的方向。这方向无非就是向他靠拢。指导员是周大队长眼里的红人，而于俊中队长和周大队长水火不容。倒是于俊中队长从不和马龙说人与人方面的事，他只教马龙如何带好兵、搞好训练。马龙不偏向任何人，始终保持中立。中立的他处在夹缝之中，这是一个既有挤压感又有自在感的夹缝。也正因为他是中立的，才被选为中队党支部支委。中队五人党支部，两头不靠的他，每一次开会都如履薄冰。没想到的是，现在许多人已经认定他和于俊穿一条裤子了。和于俊一伙，那就是说他这个小排长公然和周大队长对抗了，这与周亮找他谈话的事倒是能对接得上。可是，现在凌智文却说周亮对于俊怀有敬佩，再加上梁向民说周亮对他也很器重，这让马龙真不知所以然了。

　　这一夜，马龙双眼合上了，却一直未能培养出睡意。这与酒喝得多少、喝得舒不舒服毫无关系。

十七

眼看离比武还有一周多，于俊找到二、三中队说是练练兵。一个中队出一个班，班是于俊挑的，选中的是马龙、张文武和凌智文三人排里最好的一个班。马龙这班的班长是赵冬。比试的程序和项目，全是套用大队即将比武的那些。成绩是张文武的班第一，马龙的班第二，凌智文的班第三。这在马龙的预料之中。回到队里，于俊对马龙说："接下来的这一周，你好好抓抓赵冬这班，我看了，等到真比武那天，我们中队保准把他们拿下。"马龙说："到时是抽签，随机性太大。"于俊手一摆："什么抽签啊？蒙人的，那周大队长早谋划好了，他这一招，逃不过我的眼睛。"

马龙把这意思告诉了赵冬，他说："我信于中队长的，我得好好加把劲。"赵冬还对马龙说："在训练场我还纳闷，这么大的事，大队长怎么没出现，后来我听大队通信员说，周大队长用望远镜在大队部把我们比试的全过程探得一清二楚。"

到了比武前的晚上，周亮召集三个中队的干部开会，布置第二天开始的比武。果不出于俊所料，没有事前说的抽签，就是指定于俊选中的那三个班。马龙这才回过神来，这三个班，是每个中队最强的一个班。他声称抽签，只是让各中队全面抓训练，而比武就该强强对话。

比武整整搞了两天，最后赵冬班得了第一，张文武排里的那个班第二，凌智文的那个班还是第三。这结果，是班长的荣誉，也给三个排长排出了座次，当然，三个中队也分出了高低。有人提意见，说于俊摸到情况，集中抓了参加比武那班的训练，这不公平。周亮说："那你们怎么没摸到情况，你们也知道于俊不可能从我这儿得到消息，他是自己分析出来的，这是能耐，有本事你们也有这道行啊！"

要说马龙这排长当得还是不错的，可还是有不少人对他有看法。基层有了意见，机关有了风声，再加上支队党委又收到两三封关于他种种问题的匿名信，这年的年底老兵退伍后，他这个小排长又一次进入支队党委会的议事日程。

这一次，又是政治处副主任许志敏带队下到一大队对马龙进行调查。那次马龙在新兵连的"手表事件"，调查组的组长也是他。

许志敏有多半时间在基层，但不知什么原因，自从马龙到一中队后，他没到一中队来过。以前，一中队他来得最多。

一个毕业才年把的干部，居然让支队两次派工作组进行专门调查，这个排长到底想干什么？马龙心想，如果我是许志敏，我对这样的排长一定有种说不出的感觉，当然是很不舒服的那种。

许志敏到中队的前半个小时，梁向民给马龙打来电话，这多少让马龙有些意外。梁向民没和马龙杂七杂八地闲聊："马龙啊，许副主任又带人调查你了，你得好好给我挺住喽！"

梁向民似乎就只是为了和马龙说这一句话才打这个电话的，话打住，电话也就挂了，马龙还没反应过来是怎么一回事。

这一次，许志敏没将马龙找出来谈话，而是单刀直入杀到他排里。

这天早饭后，许志敏直接到了马龙的宿舍。马龙其实并没有像当初在新兵连那样的宿舍，而是和八班的兵住一个屋。许志敏来的时候，正该是兵们做上午操课前的准备工作。许志敏离八班老远，就听到班里吵吵嚷嚷的，到了才知道，一个兵的家长来了，正高声和马龙说话。马龙见许副主任来了，连忙敬礼问好，然后向许志敏介绍兵的家长，又和兵的家长介绍许副主任。这会儿工夫，兵们都知趣地撤了，就连高小强也溜出了门。

兵的家长是高小强的父亲，早上下了火车直接打车到中队。高小强的父亲得知眼前的是支队领导，又是握手又是上烟。许志敏说："我不会抽。"高小强的父亲说："来，来一支！"马龙忙为许志敏挡驾："我们许副主任真是不会抽。"高小强的父亲收回了烟，自己叼上一支，狠狠地抽了一口，开始说话了："许首长，对对，许副主任，我正要找你呢！你来，正好！你们都是好人，都是我家高小强这个浑小子不地道。出了这么大的事，到现在才告诉我，我听了，这还了得，放下生意赶来了，我要好好向你汇报，为马排长讨个公道……"

马龙想，许志敏这会儿一定很失望。许志敏是个心思缜密的人，来与他谈话前一定准备得很仔细、很用心，被高小强的父亲这么一搅和，许志敏的准备算是白忙活了。

事情大大出乎他的意料。他收高小强的手表，确如他所说的，是出于一种带兵策略。在收到手表的当晚，他就写了一封信给高小强的父亲，信中说，为了让高小强能够抛去心理负担，他装着收下手表，等新兵连一结束时就还给高小强。不过，做假戏就要做足，他要求高小强的父亲不要把这事告诉高小强。信中，他还请高小强的父亲常给高小强来信，不要光想着生意而对儿子的成长不太关心，不要把生意场的那一套灌输给儿子，要多做做正面工作，等等。

当时，马龙气火攻心，愣是把这一茬给忘了，后来想起来时，处分已背上了，再说出去又怕人家说他是和人家士兵家长合谋的。这么一来，他就把这事捂下了。现在高小强的父亲说开了这事，让许志敏始料不及。

许志敏拿着这封信，一个人在一中队队部坐了整整一个上午。中队干部几次想进门探探风，到了门口也没敢进去。

许志敏没到饭堂吃饭，饭是中队通信员端到队部的。据说，中队本来要给许副主任加两个菜的，一瞧他那阵势，买来的菜择好洗净切利索了，就是没下锅。吃过中午饭，许志敏派通信员把马龙叫到队部。

进了门，扑面而来的就是许志敏的笑容。马龙当兵第二年后就见过许志敏，那时许志敏刚提干部股长。在马龙的印象中，从来没看到他笑过。在支队，他是有名的板脸。听别人说，他当指导员那会儿可不是这样，成天笑嘻嘻的，号称支队头号笑面虎。现在，他如此灿烂地冲着马龙笑，让马龙心里直发毛，马龙倒愿他还是沉着脸相对，那样马龙心里会坦然些。

这天，许志敏对马龙说了许多话，马龙自当兵以来，第一次有领导和他说这么多话。说实在的，许志敏说的那些话，当时，马龙没心思细琢磨，一股脑儿全吞下了。隔了好几天，马龙才细细地品了品。许志敏说："我知道高小强的父亲不是你叫来的，他说的那些话也不是你教他说的。你这事吧，按理已经过去了，不提也罢，可既然有了新的情况，我还是和你说说吧。当初，我带队对你进行调查时，反复要你说出实情，可你隐瞒了最重要的事实，我们也只能按原则办事。照理说，现在对你收手表，不，应该是保管手表一事要重新进行处理，还你一个清白，把你背了近一年的处分去掉。可是，我个人认为这不是上策。你可能不知道，我这次来，还是带着调查你的任务来的。最近，支队收到了好几封反映你的信，说了你不少事，还有人直接在支队主要领导面前详细摆了你工作中存在的问题和过错。从目前掌握的情况来看，事情比较严重，对你的成长进步极为不利。如果现在把你的旧事重提，给你平反，人们很容易把这两件事联系起来，说你是想用功补过，说你想转移调查组的注意力等。这不能怪大家的误解或者所谓的胡乱联系。你想，高小强还在你们排里，这事又是高小强的父亲专程来道明来龙去脉的。真到那时，你现在的处分可能会去掉，但新的处分又会降到你身上，处理的力度只会比上回强。你说呢？你千万别以为，我这是为自己开脱。不错，当初是我调查的，现在真相出来了，有人会想到我的工作作风不实，还可能会说我这副主任当得没水平，可这些只要我说两句，就没我的事了，毕竟是你隐瞒了真相嘛！要我说，你这事过去就过去了，身上有个处分虽说不光彩，但现在已没多少人计较了。再说了，这处分对你的成长进步不会有什么实质性的障碍，这一点我这个副主任可以给你打包票。你要是信不过我这个副主任也没关系，可能你也听说了，我可能也快磨正了。你想想，一个主任的话还能不当家吗？！这次来调查你的事，我已经感觉到，根子不在你，而是我们有些干部看不得别人比他们强，见不得一些创新的东西，这种风气是很不好的，我们一定要树正气。你还年轻，好好干，组织上和我都不会亏待你的……"

许志敏的话还在马龙肚里打盹儿时，高小强父亲的举动着实让马龙吓出了一身冷汗，让许志敏大为恼火，让全大队的官兵不知道究竟发生了什么事。

马龙从队部出来后，已到下午的操课时间。各排刚在楼前整齐报数，他无意间一昂头，看到六楼顶上站着个人，那人叼着根烟，风吹得他的衣服哗哗作响，是高小强的父亲。马龙浑身一颤，一下子明白高小强的父亲为什么会到楼顶上亮出这副架势。他一定是听说许副主任找马龙谈话了，而马龙和许副主任都没告诉他谈了些什么，他一定看出些苗头了。马龙顾不上其他什么了："大叔，你这是干什么啊？"高小强的父亲没低头看马龙："没你的事，我在等一句话。"操场的兵们都仰头看，高小强急了："爸，有话你下来说，上面多危险啊！"高小强的父亲还那样站着："臭小子，都是你惹的祸！"这工夫，许副主任也来了。他稍稍抬头朝楼顶看了看后，目光就死死地抓住马龙。马龙知道许副主任要让他做什么。他三步并作两步上楼，好说歹说，高小强的父亲就是不听。后来，他说："大叔，你这样下去，可就把我害死了，你要真为我好，就当什么事也没发生。"高小强的父亲足足看了马龙有一分钟，把燃到头的烟在脚下碾了又碾，轻声对马龙说："马排长，听你的，这事就先这样，我不给你添乱。以后要是有谁对不起你，你尽管对我说，我非得为你讨个公道不可。"

晚饭后，许志敏又找到马龙，没等他开口，马龙主动向他汇报说："高小强的父亲的工作我已经完全做通了，关于手表的事，我交代高小强到此为止，据我所知，目前还没有其他人知道高小强的父亲来队的内幕……"

没等马龙汇报完，许志敏一拍他的肩膀："行了，没什么大事，其实你也不用汇报的，这事本来就是透明的嘛。你要把精力放在带兵上，你的起步不错，好好加把劲！"

许志敏一行在大队待了整整三天，上上下下找了不少人谈话，有兵也有干部，有排长也有大队领导。走的那天下午，许志敏只和马龙说了一句话："马排长，组织上会对你的工作做出正确评判的。"他说这话时，表情很严肃，马龙从他的口气中听不出个所以然来。

十八

于俊真转业了。这事，大家都没感到突然，而周亮到中队来面对面告诉于俊上级批准的事，让大家摸不着头脑。那天，马龙正在于俊房间和他探讨训练方法时，周亮推门而入。他的第一句话就是："于俊啊，你的转业报告批下来了！"说完这话，他看着于俊，于俊也看着他。在他俩沉默对视中，马龙离开了。那天，周亮在于俊房间里待了足足有两个小时，没人知道他们都谈了些什么。

高小强的父亲来队里时，顺便带了两大包电子表，原想把部队的事办好后再到批发市场推销出去的。没承想，事情远比他想得复杂。当天晚上，他就上了回家的火车。走前，他把电子表交给了高小强，说是已经联系好客户，过两天人家来部队取，并告诉高小强应收多少钱。

高小强送走父亲回到中队，把两个包拿到中队储藏室。费了好大的劲将包放到架子上后，他两手叉腰，仰头看包。看了没多一会儿，他又把包取下来放到地上，打开包，包里是各式各样的电子手表。这些手表的款式是最新潮的，就连对市场信息了如指掌的他也是头回见到。

第二天恰好是星期天，高小强一个挎包装手表、一个挎包装便服，请假上街了。到了没人处，他脱下警服，换上便服后到了一个电子市场，先是装着要买手表的样子到电子市场去转，还真格儿地和人家砍价。掌握了市场行情，他一个胳膊上戴了十多只手表，又将别的手表串成两串挂在胸前，挎包则被他装进了塑料袋。他在街上走走停停，一只只手表就在人们的视线里晃动、闪亮。等到有人走到他身边，他热情招呼，忙着展示手表的功能。由于手表款式新，价格适中，他又会招呼人，一个上午他把带的电子手表全卖了出去。

第二天，高小强又找马龙请假。

马龙说："不行，你昨天刚出去，休息日的外出名额不能全让你占了。""我不占排里的名额，已经和中队长说好了。""你都和中队长请好假了，还找我干吗？""我只是和中队长说我今天得出去，有事，又不想挤掉别人，中队长就让我向你请假。"

一个月里，高小强除星期六、星期天，还出去了好几天。这一个月里，他的心思全在手表上。如果不是最后那一次出了点事，马龙只会对高小强频繁出去感到怀疑，断然想不到他上街卖手表。

高小强的手表特别畅销，加之他那别出心裁的叫卖方式，招揽了许多顾客，也让两个小青年动了歪心思。那天中午，他在街心公园里边休息边数钱，两串本挂在胸前的手表被他放在身边的长椅上。公园里人很少，知了的叫声显得这里更加安静。两个小伙子悄然向高小强走近，到了高小强身边，一个拿椅子上的手表，一个抢高小强手里的钱。这下子，高小强把学到的擒敌术用上了，一个扣腕就让抢钱的小伙子手腕折了；另一个小伙子拎着两串手表跑出去没二十米，高小强一个跃起侧踹，那小子身子飞出去好远才落到地上，一口血水吐出来，血水里还有两颗牙。高小强还惦记着他有手表没卖出去的事，丢下两个哼哼唧唧的家伙就想走。不料，两名巡警拦住了他，说："小伙子好身手，跟我们到巡警队去一趟。"原来，一段时间以来，街心公园附近一直有抢劫案发生，巡警一直未抓到现行。到了巡警队做笔录时，巡警要高小强拿出证件，高小强说："我是武警。"巡警说："有点像，那你的证件呢？"高小强说没带，巡警为了证实，就让高小强打电话让部队的人来一趟。

马龙在午睡时被中队长叫醒了，要他一道去巡警队领高小强回来。一路上，中队长一言不发，弄得马龙不知道高小强到底出了什么乱子。

高小强见到中队长不好意思地笑了笑，瞧见中队长身后的马龙，脸上的笑容就僵住了。巡警把高小强好好夸了一番，要为高小强请功。在回来的路上，中队长又把高小强表扬了一番。马龙始终没说一句话，一支接一支地抽烟，送给高小强的是一副没有任何内容的表情和弥漫的烟雾。

到了中队，高小强随中队长去了队部，马龙回到排里。十多分钟后，高小强找到马龙："中队长让我把抓歹徒的经过写出来，好报三等功。"马龙说："立功的事放放吧，先写检查，你胆子不小，竟然做起生意了，组织纪律观念被狗吃了？告诉你，这事我跟你没完！"高小强一声不吭地走了。晚饭后，中队长找到马龙："高小强出去卖手表的事我知道，那么多手表不卖出去，损失可大了，我们也要关心战士的切身利益嘛！再说，高小强立功，对你马排长也是好事啊！你怎么想起来要处理高小强？这对大家都不好，尤其是你马排长现在的情况，你可得慎重一些哟！"

马龙考虑了一个晚上，也拿不定主意。第二天早操后，高小强向马龙交了检查。马龙看检查时，高小强怏怏地站在一旁，老实得有些过分。马龙把纸抖得哗哗作响："怎么不是勇擒歹徒的经过？"高小强的声音低得像蚊子："我不能对不起排长你。"马龙听得出，高小强说的是真心话，这倒让马龙的心思活泛起来："检查也写了，至于立不立功，由中队说了算吧！"高小强看看马龙："排长，跟你说实话吧，我不稀罕功，那玩意儿对我没用，我又不想在部队怎么的，干个两年，我就走人。"马龙点起烟深深吸了一口，甩给他一支。马龙的这一动作意味着他心情好了，对兵犯的过错原谅了。如此的信号，三排的兵无所不知。

现在马龙发出这样的信号，高小强又回到了他平常的样子。

高小强最后还是立了三等功，大队还专门召开了表彰会。马龙注意到，在介绍高小强的事迹里，外出卖手表一事已被处理得荡然无存。这以后好一阵子，高小强在马龙面前都不怎么自在。高小强把剩下的手表送给了中队的兵们，说是送，其实是最低价出售。高小强在送表时说，这些表是我爸那次带来准备赚一笔的，后来没来得及，别看市价一只五十多块钱，其实进价才十六块。弟兄们喜欢的话，随便挑。有了这话，兵们对高小强感激之余还不忘付钱，有的一人买了好几块，留着送给亲朋好友。一时间，一中队的许多兵都戴上了时尚的电子表。兵们对高小强的印象又好了一层，都说他够意思。

过了两个多月，在一次带高小强执行巡逻勤务时，马龙跟高小强眉飞色舞交谈一番后，抡起手臂夸张地做了一个看表的动作："唉，我说你高小强，中队那么多人你都送表了，怎么不给本排长孝敬一只？"高小强愣了一下："排长，我，我怕手表再给你惹麻烦。"马龙说："得了吧，你小子无心无肝，净嘴甜。你给中队长好几只手表，怎么没怕呢？你滑吧你，其实你那手表的进价才十一二块钱，你以为本排长不知道啊？"

其实，马龙是真不知道。

高小强突然捂住肚子，说是拉肚子，飞一样往巷口跑。

十九

谁都没想到，今年干部晋职牵涉的面这么大。如此轰动的事，在正式宣布命令前，马龙没得到一点消息。

梁向民荣升支队参谋长，许志敏当政治部主任，张文武、凌智文和马龙被提为副连，在各自的中队任副中队长。在所有人中，他的任职时间最短，属于进步最快的。这让他有些意外，更让许多干部议论纷纷。命令宣布的当天下午，梁向民、许志敏和于俊分别打电话给他。

梁向民说："马副队长啊，你还是有一套的嘛，那就放开手脚干吧！有时间还得陪我钓鱼哦！"

许志敏说："马龙，你这次提职，有些同志是有看法的，你要用行动证明自己的实力，别让人家说我许主任看人不准、用人不当！"

于俊自从离开中队后，一直没和马龙联系。他在电话里说："你小子好好干吧，这回你能提前提职，周亮大队长可为你说了不少好话。"

于俊的话，最让马龙不知所以然。他真不知道中间发生了什么事，更不知道周亮为什么还会欣赏他，为他说好话。

凌智文找到马龙和张文武，说他做东，三个人共同庆贺一下。那天，他们都喝多了，回来的路上，凌智文说："听周大队长说，于俊在省里找了一个好单位，给周大队长高兴坏了。"

这些事，马龙真是想不通，只得求教梁向民。梁向民回到了机关，马龙去一趟很容易。梁向民说："其实啊，周亮和于俊相近得就跟一个人似的，这人啊，太相像了在一起共事不好弄，有了直接的上下级关系更麻烦。于俊转业是好事，他年龄偏大，在部队发展有限，到地方还有很大的空间。"

到了九月份，于俊到新单位报到了。他当了省公安厅防暴总队的一个大队长，按级别是跳了两级。听说，省厅看中了他在部队获得的那一块块立功奖章和数十次的比武冠军。

这时候有一种说法在大队里风行，说周亮与于俊的关系一直很好，但周亮觉得于俊在部队干不如回地方发展，所以才与于俊演了一出苦肉计。

对于这样的说法，马龙真想反驳，可又不知从何说起。

后记

　　作为带兵人，排长确实有些特别。在干部序列里，排长最小。排长是新干部，和新兵有相似之处。对排长而言，指挥学校就是"干部的新兵连"，毕业下连的一两年，排长多半还处于兵到干部的过渡期。与班长相比，排长是干部，但岁数不一定比班长大，过去的志愿兵、现在的士官都还属于兵，但许多人的年龄比排长大，倘若是班长，那带兵实践和经验都远比新排长丰富。

　　我就当过这样的排长，或者说，我当排长时就是这样的。我当兵第三年考上初级指挥学校，上学一年半后就回到部队当实习排长。在我的排里，无论年龄和兵龄，我都没有绝对优势。用班长们的话说，出去一年半回来就成了干部，他们一时还适应不了。身份从士兵变为排长，非必要时，我从不会把自己当排长看。这样的好处显而易见，兵们与我一点儿也不生分，把我当成了他们的兄弟。

　　大家都是年轻人，没毛病和没青春活力一样不正常。这是我最爱和兵们说的话。说实话，我喜欢那些调皮捣蛋的兵，凭我的经验，面对这样的兵，不要总想着修剪他们的缺点，而是要激发他们的自尊心和上进心，这样才能调教出好兵。

当年，我排里的一个兵军事素质样样过硬，是全排数一数二的训练尖子，但他总是很自卑。最初，我时常和他聊天，用他的训练成绩表扬他。他听时很高兴，与我的关系也越来越好。没想到有一天他对我说："排长，其实有自卑感挺好的，这能让我看得清自己，更知道自己的长处和短处。这让我想到了枪上的缺口，看起来有不完整之憾，但正因为有了缺口，精准瞄准才得以实现。"如此，也就有了《缺口》这篇小说。我在当排长前搞新闻已经小有名气，这让一些兵误以为我是军事素质不行的后勤兵出身。

有个入伍第二年的兵训练出工不出力，我找他谈心，他傲气十足地说："排长，军事不行也是能当干部的。"如此冲着我来，我也不生气，只是说："得，以后你哪个课目比我强，到时我训练你休息。"我敢这么说，自然是他哪一项训练也不可能超过我。不只是对我这样，这个兵对谁都冲劲十足，但只要让他服气的人，他客气得很。后来，他见识了我在训练场上的厉害后，在我面前乖巧得很，我便对他说："真正的高人，不在嘴上，不在脾气上。"他是《虚光》中左佳的原型。其实如果我们能排除像虚光一样的缺点或虚浮，人生之路或许就会走得更好些。

我多次说过，我当兵是为了习武、为了操枪弄炮的。我也相信，走进军营、走上从军路，在训练场上摸爬滚打、在枪林弹雨中冲锋，是许多人的梦想。战场是显现军人价值的高光之地，战斗甚至战争才能打造真正的军人形象。无仗可打的军人常常被人忽视，自己也难以找到自豪感，然而，军人的最高使命或终极理想是消灭战争，还世界一片安宁。在战场之外的军人，每天都在为战争而准备。从纪律严明的言行举止到周而复始的训练，军营这座大熔炉把一块块生铁铸造成好钢。铁打的营盘流水的兵，多数军人总是要离开部队的，练就的军事本领根本派不上用场。和平年代的军人因此而来的困惑，注定无法解开。练为战，又要拒绝战，军人就在这样的状态中生活着。

我特别喜欢军人有强烈的荣誉感和无处不在的好胜心，这本该是青春就有的激情和热血。"见第一就争，见红旗就扛"，这话在兵们踏进营门的第一天就能听到，而后一直流淌在军营生活这条河里。小到饭前唱歌，大到训练场上比武，但凡有比较的，军人都要有抢占高地的勇气和行动。面对面一决高下，是军人最崇尚的。青春、阳刚、干净，种种我们最向往的品质在军人身上得到了集中体现，也让军营生活中激烈的对抗和真诚的团结融在一起，形成军营特有的气息。

军人，当然有军人的特殊之处，然而，军人也是人。早在20世纪80年代，军旅文学开始提倡把军人当人写，其意也很明确，那就是军人也有普通人的情感和生活，也有普通人的缺点和柔弱。我认同这样的观点，但又觉得"军人也是人"似乎还可有更广阔的理解和更深的意味。

我们常说，新兵入伍要完成从普通老百姓到合格军人的转变，这当然是指身份意识、行为规范和理想使命等全方位的转变。我一直记得，我当年的新兵班长常对我说：什么是军人？就是长大的真男人。什么是军营生活？就是把路走好。我这位班长平常话不多，谁犯了错，他自然要教育，但只告诉对方错了，犯了纪律，然后就是让对方想。他要说点什么观点出来，也不做任何解释，也是让别人自己想。"你想，你使劲想。"这是他的口头禅。在我印象中，他只有一次给兵们细细地讲道理。那次，一个城市兵不请假外出，批评后还很不服气，说"部队这是干什么呀，这么多的规矩，太烦人了"。班长心平气和地说："规矩多？哪里规矩不多？人从生下来就在规矩里活着。告诉你，等你离开部队到地方，等你再有十来年的生活经历，你会发现，这世界、这社会的规矩多着呢，不但比部队多，还比部队更严格。"那个城市兵自然不信班长的话，我也不信。

无论是在部队，还是后来我转业到地方，每当我讲起部队的一些人和事，大家都觉得特别新奇。与别人谈起军旅文学，也会被认为军旅题材的作品有些小众，离辽阔的社会生活有些远。在相当长的时间里，我也是这么认为的。直至近些年，我才意识到这里面有误解，或者说我们没有洞察到军营生活的内质。"军人也是人"，意味着军营生活再怎么特殊，其里与社会生活其实是一致的。从人的生存和生活状态而言，军营中所有的一切，我们在社会生活中都会遇到，区别只在于具体的事，即外在的表现形式不同。比如，大家习惯地认为部队纪律严明，其实每个单位的规章制度都是硬杠杠。有一次，我们退役战友聚会，有个战友说，在部队时总觉得班长、排长管得太多太狠，离开部队几年再一想，他们与小时候的父亲和现在的领导比起来，还是客气的。另一位战友说，当年在部队其实是将成长和步入社会的一切都经历过了，到哪里都会有人际关系、得与失、理想与现实等遭遇。那天，大家回忆起部队，说起的都是美好、快乐或有趣。后来，大家得出一个结论：如果说军营生活真有什么特别之处，那就是大家都有十足的血性，都在摸爬滚打中得到了锻炼，成长起来了。

我在部队写军旅题材时，写的是军人，是我那些可爱的兵。离开部队后，再写时，我是把军营生活当成一种人生状态。我写的不再只是军人，而是所有人，是关于我们共同的生命体味。所以，有一次谈及军旅文学时，我说：军旅文学的好处是，大家把它当作军旅文学读时，可以读到军人那与众不同的形象和人生；如果把作品中的军人当作人生角色中的一种，当作工作职业的一种，每个人都能读到自己，都能在字里行间与自己相遇。

北乔

2024年11月10日

写于京北阳光草堂